锦绣中华

古今名胜诗词选

JINXIU
ZHONGHUA

张成杰 编著

中国书籍出版社
China Book Press

图书在版编目（CIP）数据

锦绣中华 / 张成杰编著 . -- 北京 : 中国书籍出版
社 , 2021.7
　　ISBN 978-7-5068-8526-3

　　Ⅰ . ①锦… Ⅱ . ①张… Ⅲ . ①诗集—中国 Ⅳ .
① I22

中国版本图书馆 CIP 数据核字 (2021) 第 125172 号

锦绣中华

张成杰　编著

图书策划	成晓春　崔付建
责任编辑	成晓春
责任印制	孙马飞　马　芝
出版发行	中国书籍出版社
地　　址	北京市丰台区三路居路 97 号（邮编：100073）
电　　话	（010）52257143（总编室）（010）52257140（发行部）
电子邮箱	eo@chinabp.com.cn
经　　销	全国新华书店
印　　刷	三河市华东印刷有限公司
开　　本	787 毫米 × 1092 毫米　1/16
字　　数	402 千字
印　　张	25.75
版　　次	2022 年 10 月第 1 版
印　　次	2022 年 10 月第 1 次印刷
书　　号	ISBN 978-7-5068-8526-3
定　　价	78.00 元

《锦绣中华》序

王君敏

孔子曰："智者乐水，仁者乐山。"

辛弃疾说："我见青山多妩媚，料青山见我应如是。情与貌，略相似。"

小子不才，也曾有言："不经文学陶铸的人性是粗陋的，不经山水滋润的心灵是枯槁的。"

中华民族是一个爱诗的民族，又是对山水一往情深的民族，因此，山水诗，在中国诗歌宝库中蔚为大观，向来为人们所喜爱。

中国人为什么特别喜欢山水诗呢？

山水诗中有无限风光，可以满足人们搜奇探胜的心理需求。凡是得不到或不易得的，就是最好的，也最容易激起人们得到的欲望。山水诗人谢灵运对险奇的山峰、陡峭的崖壁就特别有兴趣，为了游览奇山异水，常常"晨策寻绝壁"。据《南史·谢灵运传》记载："出郭游行或一日百六七十里，经旬不归，既无表闻，又不请急。"而且，"寻山陟岭，必造幽峻，岩障千重，莫不备尽"。他甚至组织大量人力在会稽"所居之处，自西山开道，迄于东山。"平常人自然没有可能做如此的"豪华旅游"，但是，我们可以在他的诗歌中和他一起领略"高高入云霓"的天姥山、"定山缅云雾，赤亭无淹薄"的定山，在诗中感受"邈若升云烟""岩下云方合"的奇妙景象。

李白一生"五岳寻仙不辞远，一生好入名山游"，游遍大江南北。不论是"难于上青天"的蜀道，还是"连天向天横"的天姥山，不论是"飞流直下三千尺，疑是银河落九天"的庐山瀑布，还是"两岸猿声啼不住，轻舟已过万重山"的三峡，都留下了他的足迹，留下了他的诗歌。也让千载之下的读者与诗人一起真切地感受到自然山水的声色、形貌、姿势、动静万千样态。

千载以来，山水诗蔚为大观，各具特色，令人目不暇接，特别是清人的山水诗，奇峰

i

怪壑，诡岩异洞，千姿百态，别具一格，也大可赏玩。

山水诗中有无限深情，可以满足人们畅神散怀的情感需求。陶渊明从官场回到他的山水田园，便有"久在樊笼里，复得返自然"的感受，这种返璞归真的逍遥是人生的慰安。王维有"明月松间照，清泉石上流"的秋山，李白有"相看两不厌"的敬亭山，柳宗元有"独钓寒江雪"的孤舟，杜甫有"留连戏蝶时时舞，自在娇莺恰恰啼"的浣花溪，这些山水风景既潜移默化地安慰了诗人的感情，又激发起诗人的诗情画意。他们"登山则情满于山，观海则意溢于海"。从"高钟疑到月，远烧欲连星"中，我们可以领略刘禹锡豪迈高远的情怀；从"举头红日近，回首白云低"中，我们感知到诗人寇准与华山一样的冲天豪气；从"不畏云梯千级远，老夫五上拜名山"中，我们感受到白水先生不畏艰难、老当益壮的豪情；从"不曾留梦凭高做，孤负秋屏一枕凉"中，我们体会到熊东遨先生勇于进取、及时有为的期许……沉浸在山水之中，便能排除尘世俗务的干扰，去掉身心的羁绊，卸下功名利禄、是非得失荣辱等观念，可以"忘忧""快心意"，可以"散怀""畅神"。

山水诗中有无限智慧，可以满足人们澄怀悟道的精神需求。山水诗是从玄言诗的母腹脱胎而出的，根植于儒道佛的文化土壤，突出地体现着中华民族"天人合一"的哲学观、宇宙观、自然审美观。中国历代山水诗人普遍追求一种理想的人生境界，即人与自然山水形神相感相通，人以此参契天地万物之道，从而达到任情自适的精神境界。王之涣的"欲穷千里目，更上一层楼"，刘禹锡的"沉舟侧畔千帆过，病树前头万木春"，杜甫的"会当凌绝顶，一览众山小"，苏轼的"不识庐山真面目，只缘身在此山中"，朱熹的"等闲识得东风面，万紫千红总是春"，陆游的"山重水复疑无路，柳暗花明又一村"，杨允谦的"花有时节含苞放，而我逢君少法缘"，这些含有无尽景趣、情趣、理趣的诗句，都是诗人借山水澄怀悟道的结果。此外，自佛教传入中国以来，佳山妙水不仅成为僧人栖息的地方——"天下名山佛占多"，也成为僧人参禅悟道的工具，故而许多精妙的禅诗同时也是深美的山水诗。

山水如人，也有遇不遇的问题。遇柳宗元才使永州山水为世人所赏；遇范仲淹才使岳阳楼焕发出崇高的境界；遇吴承恩才使花果山名扬中外。李白的"飞流直下三千尺，疑是银河落九天"使庐山瀑布获得不朽美名；苏轼的"欲把西湖比西子，淡妆浓抹总相宜"使杭州西湖更加名声远震；张继的"姑苏城外寒山寺，夜半钟声到客船"使夜聆钟声成为经久不衰的旅游项目。所以，古人有言：山水有灵，亦当惊知己于千载！

《锦绣中华》可谓山水之知己，山水诗人之知己。编撰者张成杰先生"一生好入名山游"，足迹几乎遍及中国大地，所到之处也必有歌咏。山水固可是视先生为知己，而先生也临山水如对父兄。"群峰叠翠接天门，秀谷含烟向日曛。莫道青山多妩媚，举头恰是对家严。"（张成杰《崆峒山》）这便是此种心情的写照。

《锦绣中华》是诗人张成杰先生主编的第四部诗歌集。采用的体例是：介绍一个景点，展示一张景点图片，刊发一首乃至多首表现此景点的诗歌。上卷依景点类型分类，下卷依景点属地分类。将表现同类景点的诗歌与图片聚拢一处，景以类聚，则易见共性，尤易显个性也，无个性则不足以成一方之风景。将表现同一省景点的诗歌与图片汇编一处，则不唯易见其共性，也易于探索其来龙去脉，知风土人情之关联。一方山水养一方人，一方人而有一方山水，山水与人相得益彰，而成就一方之文化。

一册在手，用途多有。可广识，可读诗，可赏图，可卧游，也可做在实际旅游中的导游图、启发诗情酵母、感发生命的导火索。

品读《锦绣中华》这些山水诗，可以启发人们的生命意识，升华人们的精神。

我们要挟带此书，去寻找自己的山水、自己的诗意、自己的生命感触，让情感在旅游中得以抒发，精神在旅游中得以印证，人生在旅游中得以升华，去完成属于自己的生命诗篇。在观赏山水中丰富自我，在发现山水中发展自我。

王君敏己亥年正月十一日于问墨堂

目 录

锦绣中华 上卷

5

明清人物

锦绣中华　下卷

17

21

锦绣中华

上卷

中华十大名山

望岳

（唐）杜甫

岱宗夫如何？齐鲁青未了。
造化钟神秀，阴阳割昏晓。
荡胸生曾云，决眦入归鸟。
会当凌绝顶，一览众山小。

登泰山

白水

云牵雾绕岱峰青，步履千阶上紫庭。
万里山河凭远眺，清风两袖拂辰星。

泰山，位于山东省泰安市，古时为历代帝王封禅祭天的神山，有"五岳之首""天下第一山"之称。既有气势雄伟的自然景观，又有着深厚的文化内涵。

题西林壁

（宋）苏轼

横看成岭侧成峰，远近高低各不同。
不识庐山真面目，只缘身在此山中。

登庐山

白水

青峰坦荡数千秋，三叠源头碧水流。
我识庐山真面目，庐山知我爱遨游。

庐山，地处江西省庐山市境内，中华十大名山之一，又名"匡山""匡庐"。庐山以雄、奇、险、秀闻名于世，享有"匡庐奇秀甲天下"之美誉。

黄山，位于安徽省黄山市，原名"黟山"，后更名为"黄山"，取自"黄帝之山"之意。黄山以奇松、怪石、云海著称于世，有"天下第一奇山"之名。

游黄山

王君敏

云海苍茫万壑声，奇松奇石有奇情。
山头指看双峰近，行去遥遥半日程。

登黄山

白水

松声万壑入天关，鱼脊攀缘步步艰。
云海苍茫峰若岛，身如孤舶碧霄间。

华山，位于陕西省渭南市华阴市，古称"西岳"，雅称"太华山"。华山南接秦岭，北瞰黄渭，有"奇险天下第一山"之说。

登华山（新韵）
王君敏
崎岖一步一登攀，西岳茫茫近九天。
独向高峰迎晓日，夜来风雨不堪寒。

登华山
白水
苍穹屹立凛千秋，万仞嵯峨冠九州。
论剑谁堪真敌手，西峰顶下客如流。

峨眉山月歌
（唐）李白
峨眉山月半轮秋，影入平羌江水流。
夜发清溪向三峡，思君不见下渝州。

峨眉山
白水
初升眉月印神州，叠翠千峦入早秋。
万佛苍茫云海上，梵音时续磬声幽。

峨眉山，位于四川省乐山市峨眉山市境内，是中国"四大佛教名山"之一，风景秀丽，有"峨眉天下秀"之称。

武夷山
（唐）李商隐
只得流霞酒一杯，空中箫鼓几时回。
武夷洞里生毛竹，老尽曾孙更不来。

游武夷山（新韵）
王君敏
闲云逸雾绕丹峰，远客初来倚盖行。
崎路通天难忘我，野花遍地不知名。
未将道理求夫子，且喜人狐铸恋情。
万木葱茏含翠雨，灵溪九曲忘归程。

武夷山，位于福建省武夷山市南郊，是三教名山，也是儒家学者佳道讲学之地。

五台山，位于山西省忻州市五台县境内，与尼泊尔的蓝毗尼花园，印度的鹿野苑、菩提伽耶、拘尸那迦并称为"世界五大佛教圣地"。

五台山

（清）顾炎武

东临真定北云中，盘薄幽并一气通。
欲得宝符山上是，不须参礼化人宫。

五台山

白水

寂光常照五台山，云影峰回去复还。
禅座不空尘外客，香花落雨到人间。

台湾玉山

武明星

峭壁千寻玉顶寒，幽深绝壑水湍湍。
高山铜像云天外，遥望乡关顾影单。

台湾玉山

白水

遥望峰峦着玉颜，朝天五岳碧霄间。
先贤肃立凭栏处[①]，梦断乡关眼欲潜。

注：①玉山峰顶，有一座3米高的于右任先生半身铜像。

玉山位于中国台湾省中部。主峰邻近地区崇山峻岭，溪谷深邃，蕴藏许多珍贵的生态资源及人文史迹。

珠穆朗玛峰，简称珠峰，高度8844.86米，峰顶位于中国与尼泊尔的交界处，是世界第一高峰。

珠峰

武明星

耸立苍穹入碧霄，云裳霞帛绕峰腰。
孤高圣洁倾尘世，日月相知伴寂寥。

珠峰

白水

独立苍穹未记辰，环球俯瞰历沉沦。
高悬一线登天路，千载冰心照世尘。

长白山，位于吉林省东南部，主峰白头山多白色浮石与积雪，因此得名，素有"千年积雪万年松，直上人间第一峰"之美誉。

送僧归太白山
（唐）贾岛

坚冰连夏处，太白接青天。
云塞石房路，峰明雨外巅。
夜禅临虎穴，寒漱撤龙泉。
后会不期日，相逢应信缘。

长白山
武明星

莫道瑶池落此间，神仙更是慕名山。
湖光波影连天碧。自驾浮云隐逸闲。

中华五湖

秋望洪泽湖
（清）李锴

木叶洞庭下，秋涛洪泽回。
蛇龙今已放，璧马谩成灾。
苍莽空天合，沉吟晓望开。
防川有深戒，莫止岸加培。

洪泽湖
白水

碧水苍茫涌九霄，风帆竞发万千条。
夕阳堤外烟云里，渔火临江弄晚潮。

洪泽湖，中国第四大淡水湖，位于江苏省西部淮河下游。原为浅水小湖群，唐代始名"洪泽湖"。

过巢湖
（明）沈明臣

腊月湖波稳，乾坤自混茫。
烟霜弥四泽，水气隐三光。
尽日闻渔鼓，高云辨雁行。
孤舟兼晚岁，去路总他乡。

巢湖
白水

烟波浩渺碧无涯，数点归舟远影斜。
环顾湖光天地阔，山衔落日揽云霞。

巢湖，位于巢湖市境内，波光帆影，景色宜人，是五大淡水湖之一，国家级风景名胜区。

鄱阳湖，地处江西省的北部，长江中下游南岸。鄱阳湖是中国第一大淡水湖，也是中国仅次于青海湖的第二大湖。

春过鄱阳湖

（唐）贯休

百虑片帆下，风波极目看。
吴山兼鸟没，楚色入衣寒。
过此愁人处，始知行路难。
夕阳沙岛上，回首一长叹。

鄱阳湖

白水

千帆棹影沐霞光，云海孤峰映夕阳。
远眺庐山波万顷，长空雁字渐成行。

题太湖

（明）杨基

天帝何时遣六丁，凿开混沌见双青。
湖通南北澄冰鉴，山断东西列画屏。
掩雨龙归霄汉暝，网鱼船过水云腥。
乘风欲往终吾老，角里先生在洞庭。

太湖

白水

烟波浩渺入东吴，风动千帆竞太湖。
缥缈西山云雾起，满天细雨湿姑苏。

太湖，位于长江三角洲的南缘，古称"震泽""具区"，又名"五湖""笠泽"，是中国五大淡水湖之一。

洞庭湖，古称"云梦"，位于长江中游荆江南岸，洞庭湖因湖中洞庭山（即今君山）而得名。

望洞庭

（唐）刘禹锡

湖光秋月两相和，潭面无风镜未磨。
遥望洞庭山水翠，白银盘里一青螺。

洞庭湖

白水

苍茫云梦接天河，往返渔舟锦上梭。
远影君山牵暮霭，夕阳轻拨洞庭波。

中华五岳

东岳泰山二首

白水

一

岱峰高耸碧霄间，石径峥嵘步步攀。

不畏云梯千级远，平生五上拜名山。

二

群峰叠翠接天门，秀谷含烟向日暾。

莫道青山多妩媚，举头恰是对家尊。

　　东岳泰山，位于山东省泰安市中部，"五岳之首"，被列为世界文化和自然双重遗产，是中外闻名的游览胜地，有"天下第一山"之称。主峰玉皇顶海拔 1532.7 米，气势雄伟磅礴。

游嵩山

（宋）程颐

鞭羸百里远来游，数日阴云暝不收。

遮断好山教不去，如何天意异人谋？

中岳嵩山

白水

声声松籁入苍穹，佛塔牵云映日红。

古柏岩头舒曲臂，展姿也示少林功。

　　嵩山，位于河南省登封市西北面，属伏牛山系，是五岳中的中岳。

登恒山

（金）元好问

大茂维岳古帝孙，太朴未散真巧存。

乾坤自有灵境在，奠位岂合他山尊。

椒原旌旗白日跃，山界楼观苍烟屯。

谁能借我两黄鹄，长袖一拂元都门。

北岳恒山

白水

百岭千峰立太行，石阶栈道浸寒霜。

青松古柏烟霞里，几片闲云抱夕阳。

　　恒山，位于山西省浑源县，中华五岳之北岳。叠嶂拔峙，气势雄伟，为北国万山之宗主。

望衡山

（唐）刘禹锡

东南倚盖卑，维岳资柱石。
前当祝融居，上拂朱鸟翮。
青冥结精气，磅礴宣地脉。
还闻肤寸阴，能致弥天泽。

衡山，位于湖南省衡阳、湘潭两盆地间。衡山因其位于星座二十八宿的轸星之翼，"变应玑衡""铨德钧物"，犹如衡器，可称天地，故名衡山。

临江仙·华山行

王建美

腾飞索道临碧览，孤身似驾金銮，
彩云朵朵竞飞翻。远望千万里，
何处是人间。
峰险壑深千壁峭，隔崖飘逸登攀，
江山无限且凭栏。谁人堪论剑，
独自振衣还。

七十五岁登西岳华山

白水

巅峰峭壁入云端，古柏奇松浸月寒。
皓首石阶登万步，苍龙岭上我凭栏。

华山，位于陕西省渭南市华阴市。它是中华五岳之西岳，是道教全真派圣地，有朝阳（东峰）、落雁（南峰）、莲花（西峰）、五云（北峰）、玉女（中峰）五峰。

中华四大佛教名山

普陀山记游（新韵）

王君敏

大海真容物，长桥自度人。
岛含天地秀，潮带古今音。
不必频频拜，常怀善善心。
云慈鸥鸟乐，回首木森森。

普陀山，形似苍龙卧海，素有"海天佛国""南海圣境"之称，相传是观世音菩萨教化众生的道场。

九华山天台峰新晴晓望

（宋）吴潜

一莲峰簇万花红，百里春阴涤晓风。

九十莲华一齐笑，天台人立宝光中。

西江月·九华山

王建美

雪染重峰叠翠，梵音檐角苍茫。

天台茅草几丛黄，留待春风点绛。

世事本多纷扰，奈何与愿无妨。

慈云法雨佛无疆，祈福九华山上。

九华山，位于安徽省池州市青阳县境内，素有"东南第一山"之称。古称"陵阳山""九子山"，相传是地藏王菩萨的道场。

过中岩渡月出峨眉山

（宋）程公许

返照中岩流，峨眉分外清。

一弯新吐月，共我两忘形。

露下沙逾白，宵寒酒易醒。

荻花风索索，拥被不堪听。

峨眉山

白水

重上峨眉赏月光，清风缕缕入松房。

只缘碌碌修行少，愧对名山一炷香。

峨眉山，位于四川省乐山市峨眉山市境内，相传是普贤菩萨的道场。

送僧游五台山

（宋）释简长

五峰横绝汉，寒翠倚苍冥。

积雪无烦暑，高杉碍落星。

碛雪檐外见，边角坐中听。

师到栖禅夜，龙湫独灌瓶。

五台山，位于山西省忻州市五台县境内，相传是文殊菩萨的道场。

中华四大道教名山

武当山，位于湖北省十堰市丹江口境内，是我国著名的道教圣地之一。

登武当
（民国）李品仙

为寻胜景武当游，步步崎岖兴不休。
四面烟峦归眼底，疏疏林叶万山秋。

武当山
白水

月出峰峦夜色明，诵经入耳步虚声。
清修苦练心宁静，放下浮名世事轻。

龙虎山
（宋）江万里

凿开风月长生地，占却烟霞不老身。
虚靖当年仙去后，未知丹诀付何人。

龙虎山
白水

丹霞赤壁数峰擎，水逸林幽峡气萦。
龙虎山中风骨正，太虚万古自清明。

龙虎山，位于江西省鹰潭市西南20千米处。相传古时正一道创始人张道陵在此炼丹，"丹成而龙虎现"，因此得名。

齐云山
（明）唐寅

摇落郊园九月余，秋山今日喜登初。
霜林着色皆成画，雁字排空半草书。
面冀才交情谊厚，孔方兄与往来疏。
塞翁得失浑无累，胸次悠然觉静虚。

齐云山，位于安徽省休宁县城境内，境内有三十六奇峰，七十二怪崖，汇成胜境。

青城山，位于都江堰市西南部。中国四大道教名山之一。青城山群峰环绕起伏，享有"青城天下幽"的美誉。

再题青城山

（宋）范成大

万里清游不暇惆，双旌换得一枝筇。
来从井络直西路，上到江源第一峰。
海内闲身输我佚，山中佳气为人浓。
题诗试刻岩前石，付与他年苏晕重。

青城山

白水

丹岩峻峭步天梯，岭上松风野鸟啼。
两鬓霜华千里客，坐观流水过山溪。

中华四大名刹

灵岩寺

白水

辟支灵塔入峰巅，
千佛廊檐绕梵烟。
万事到头知是梦，
僧房修竹静参禅。

灵岩寺，位于济南市长清区万德镇境内，寺内有辟支塔、千佛殿等景观，佛教底蕴浓厚。

冬日暮国清寺留题

（唐）刘昭禹

天台山下寺，冬暮景如屏。
树密风长在，年深像有灵。
高钟疑到月，远烧欲连星。
因共真僧话，心中万虑宁。

国清寺，位于浙江省台州市天台县城关镇，始建于隋。初名天台寺，后取"寺若成，国即清"，改名为国清寺。

国清寺

白水

塔影停云映晚晴，千灵慈护国清明。
鉴真辞别隋梅下，岁岁晨钟入梵声。

玉泉寺，位于湖北省宜昌当阳市。该寺坐落于绿树丛生的玉泉山东麓，被誉为"荆楚丛林之冠"。

独游玉泉寺

（唐）白居易

云树玉泉寺，肩舁半日程。
更无人作伴，只共酒同行。
新叶千万影，残莺三两声。
闲游竟未足，春尽有余情。

玉泉寺

白水

数峰无语仵云天，曲涧清流汇玉泉。
四面客来皆有幸，众人同结旧时缘。

栖霞寺

白水

千秋净土古栖霞，挹翠楼头映日斜。
红叶经霜成悟性，慈云法雨泽香花。

题金陵栖霞寺赠月公

（唐）周繇

明家不要买山钱，施作清池种白莲。
松桧老依云外地，楼台深锁洞中天。
风经绝顶回疏雨，石倚危屏挂落泉。
欲结茅庵伴师住，肯饶多少薜萝烟。

栖霞寺，位于南京市栖霞区栖霞山。江南佛教"三论宗"的发源地，中国四大名刹之一。

中华四大名园

颐和园，坐落于北京西郊，与圆明园毗邻。它是保存最完整的一座皇家行宫御苑，被誉为"皇家园林博物馆"。

颐和园

白水

长廊曲径景明楼，御苑皇宫菊带羞。
万寿山中千古事，一湖碧水洗清秋。

颐和园

（民国）溥杰

一园竹树绕泉石，四季冬春夏复秋。
放棹只疑天上坐，凭栏真个画中游。
岚光叠翠巍云塔，湖影回廊漾梵楼。
合璧大圆横玉带，斜阳无语卧铜牛。

避暑山庄
白水

松风万壑拂飞霞，曲水荷香朵朵花。

盛世康乾烟散去，锤峰几度夕阳斜。

避暑山庄，位于河北省承德市中心北部，是清代皇帝夏天避暑和处理政务的场所。中国四大名园之一。

拙政园图咏
（明）文徵明

流水断桥春草色，槿篱茅屋午鸡声。

绝怜人境无车马，信有山林在市城。

拙政园
白水

回廊亭阁绕平湖，移步三分景色殊。

入夜桂花馨竹影，一轮秋月映姑苏。

拙政园，位于江苏省苏州市，江南古典园林的代表。全园以水为中心，山水萦绕，庭榭精美，具有浓郁的江南水乡特色。

九日游留园
（民国）王国维

朝朝吴市踏红尘，日日萧斋兀欠伸。

到眼名园初属我，出城山色便迎人。

奇峰颇欲作人立，乔木居然阅世新。

忍放良辰等闲过，不辞归路雨沾巾。

游留园
白水

奇峰瘦石倚云楼，月影莲池水静流。

晚翠难留人远去，竹林摇落故园秋。

留园，位于江苏省苏州阊门外，为中国大型古典私家园林。园内建筑布置精巧，奇石众多。

中华四大名桥

广济桥（新韵）

王君敏

亭亭相挽过韩江，到此行人心不慌。

最是斜阳新雨后，晚风亦带古潮腔。

广济桥

白水

千秋阶石跨韩江，楼阁如墩舸似桩。

雨后桥亭心愈静，晚风扑面送潮腔。

广济桥，位于广东省潮州市古城东门外。广济桥集梁桥、浮桥、拱桥于一体，是我国古桥的孤例。

访赵州桥（新韵）

王君敏

溪水悠悠觅古踪，山村喜见赵州虹。

老夫桥上闲闲立，亦自清风满袖中。

鹧鸪天·赵州桥

（宋）江南雨

一拱苍茫带晚烟，潇潇秋雨袅深寒。

已无商旅通南北，剩有文章说肇端。

今古梦，往来帆，漫教思绪越千年。

当时多少闲情在，及至归时俱惘然。

赵州桥，坐落于河北省赵县，因赵县古称赵州而得名，又称"安济桥"。赵州桥是中国现存最早、保存最好的巨大石拱桥。

洛阳桥

（宋）刘子翚

跨海飞梁叠石成，晓风十里度瑶琼。

雄知建业牙城峙，势若常山蛇陈横。

脚底波涛时汹涌，望中烟屿晚分明。

往来利涉歌遗爱，谁复题桥继长卿。

洛阳桥

白水

历经风雨数千秋，万古安澜碧水流。

望月潮声天地远，诗人桥上咏乡愁。

洛阳桥，位于洛阳口，距福建泉州城5千米，为国家级重点文物保护单位。余光中先生曾赋诗吟诵洛阳桥。

卢沟桥抗战纪事诗之二

王冷斋

长虹万丈跨卢沟，胜地流传七百秋。
桥上睡狮今渐醒，似知匕首已临头。

游卢沟桥感赋

星汉

石狮依旧对苍苍，亲见八年烽火狂。
此地夕阳西下后，朝朝带血起扶桑。

卢沟桥，位于北京市丰台区，因横跨卢沟河（即北京市永定河）而得名，亦称芦沟桥。

中华四大石窟

莫高窟

白水

殿阁千层显佛光，飞天造像绘仙廊。
丝绸古郡悠深路，外域胡笳入故乡。

莫高窟，坐落于甘肃河西走廊西端的敦煌，是世界上现存规模最大、内容最丰富的佛教艺术地。

云冈石窟

白水

屹立千年十万尊，残垣断壁遍伤痕。
佛遭浩劫嗟无助，神像凋零泣晓昏。

云冈石窟，位于山西省大同市西郊17千米处的武周山南麓。石窟依山开凿，气势恢宏，分东、中、西三区，是中国规模最大的古代石窟群之一。

龙门石窟，位于洛阳市南郊伊河两岸的龙门山与香山上。

游龙门石窟
张永义

薄雾轻纱笼洛河，昔年离乱起干戈。
岂能天下无强盗，纵使人间有佛陀。
渐觉西山云气少，每逢东土鬼神多。
白园何处闻丝竹，唱入烟江傍钓蓑。

龙门石窟
白水

秋深伊水碧波寒，香暗莲台入佛坛。
心秉禅意随缘处，慈云瑞气化平安。

山寺
（唐）杜甫

野寺残僧少，山园细路高。
麝香眼石竹，鹦鹉啄金桃。
乱水穿人过，悬崖置屋牢。
上方重阁晚，百里见纤毫。

麦积山石窟
白水

谁将麦垛碧霄间，石窟阶梯绕壁环。
佛座苍穹天地阔，慈云飘过万重山。

麦积山石窟，位于甘肃省天水市，属秦岭山脉西段，因山形酷似农家麦垛之状，故名。

中华四大名亭

醉翁亭
王君敏

四面青山乐未央，风来檐翼欲飞翔。
只因当日同公醉，百鸟和鸣带酒香。

醉翁亭
白水

琅琊山秀水含情，远去忠公路几程。
亭外烟云牵晚翠，撩人蟋蟀醉声声。

醉翁亭，位于安徽省滁州市西南，是四大名亭之首。欧阳修手书《醉翁亭记》碑堪称稀世至宝，被誉为"天下第一亭"。

陶然亭，位于北京市南二环陶然桥西北侧，始建于清代，有"都门胜地"之誉。

温甫读书城南寄示二首

（清）曾国藩

一

岳麓东环湘水回，长沙风物信佳哉！
妙高峰上携谁步？爱晚亭边醉几回。

二

夏后功名馀片石，汉王钟鼓拨寒灰。
知君此日沉吟地，是我当年眺览来。

题爱晚亭

李银清

名亭临水映秋枫，枫叶携霞思杜翁。
爱晚停车歌一首，唱醒岳麓远山风。

陶然亭

白水

环湖翠柳靓新妍，戏水轻舟划碧天。
庵内慈悲清静地，睡莲初醒晓风怜。

浣溪沙·陶然亭

（民国）俞陛云

山色林光一碧收，小车穿苇宛行舟，
退朝裙屐此淹留。
衰柳有情还系马，夕阳如梦独登楼，
题墙残字薛花秋。

爱晚亭，位于湖南省岳麓山下清风峡中，原名"红叶亭"，新名来源于杜牧的七言绝句《山行》。

春题湖上

（唐）白居易

湖上春来是画图，乱峰围绕水平铺。
松排山面千重翠，月点波心一颗珠。
碧毯线头抽早稻，青罗裙带展新蒲。
未能抛得杭州去，一半勾留是此湖。

湖心亭

白水

清风送爽步长堤，忽闻枝头野鸟啼。
放眼湖心孤岛上，画船烟雨入桥西。

湖心亭，位于杭州西湖中央，中国四大名亭之一，与三潭印月、阮公墩合称西湖三岛。三岛，且是三岛中最早的岛。

中华四大名塔

嵩岳寺塔，位于登封市城西北5千米嵩山南麓嵩岳寺内。

少林寺

（唐）沈佺期

长歌游宝地，徙倚对珠林。

雁塔风霜古，龙池岁月深。

绀园澄夕霁，碧殿下秋阴。

归路烟霞晚，山蝉处处吟。

嵩岳寺塔

白水

嵩山古塔染秋霜，残月清溪入寺凉。

风雨中州英侠气，十三僧棍救秦王。

飞虹塔

白水

翠柏环围寺院深，飞虹古塔比青岑。

佛门净地何须扫，法雨慈云布梵音。

位于山西省洪洞县东北部霍山的广胜寺内，始建于汉代，是中国现存最大、最完整的一座琉璃塔。

释迦塔，位于山西省朔州市应县城西北佛宫寺内，俗称应县木塔。它是中国现存最高、最古老的一座木构塔式建筑。塔内供奉着两颗释迦牟尼佛牙舍利。

释迦塔

王君敏

无常风雨一年年，独立苍茫阅大千。

却恨四围云片片，障为俗客眼中天。

释迦塔

白水

神功峻极百寻楼，屹立苍穹眺九州。

偶借祥云巡塔顶，常挥风雨洗千秋。

千寻塔
白水

拔地擎天气色氲，灵台一座独超群。
千寻圣塔迎红日，万丈霞光映彩云。

千寻塔，位于云南大理县崇圣寺内，为崇圣寺三塔中最大的一座，是一座建于南诏时的古刹。

中华四大书院

白鹿洞书院
白水

青峰白鹿古祠堂，洞入灵泉草自芳。
岁月不移清净气，雅歌余韵透书香。

白鹿洞书院，位于江西庐山五老峰南麓。由于宋朝朱熹和陆九渊等曾在此讲学或辩论，使之成为理学传播的中心。

岳麓书院
（宋）徐玑

屋舍如庠序，读书兼教文。
来北望南岳，青似一重云。
步绕业山小，城看隔水分。
欲知巡狩事，野老间能云。

岳麓书院，位于湖南省长沙市湘江西岸的岳麓山东面山下。清末光绪二十九年（1903年），与湖南省城大学堂合并改制为湖南高等学堂。

嵩阳书院简耿逸庵

（清）叶封

荒院重开地，周庐益美轮。

吾衰期复古，道在信传人。

乔木能无恙，今居必有邻。

回思经始日，仅尔薙荆榛。

嵩阳书院，位于河南省登封市，因坐落在嵩山之阳而得名，是宋代高等学府之一。

南都学舍书怀

（宋）范仲淹

白云无赖帝乡遥，汉苑谁人奏洞箫。

多难未应歌凤鸟，薄才犹可赋鹪鹩。

瓢思颜子心还乐，琴遇钟君恨即消。

但使斯文天未丧，涧松何必怨山苗。

应天书院

白水

清流毕竟远尘埃，几度墟中复又开。

且看神州千载里，此乡屡出栋梁材。

应天书院，位于河南省商丘市睢阳区，由五代后晋杨悫所创，中国四大书院之一。

中华四大碑林

题西安碑林

李银清

夏瓦秦砖筑史廊，尧痕禹迹古存香。

经书迁徙居碑碣，青石坐班言汉唐。

六骏不胜三礼重，九州须杕四维荒。

喜看今日开新境，浩荡天风贯世昌。

西安碑林，位于陕西省西安市南城墙魁星楼下，因碑石众多、蔚为壮观而得名。它是收藏中古代碑石时间最早、名碑最多的一座书法艺术宝库。

谒孔庙

（明）李梦阳

端笏陪朝列，时禋谒圣林。

戟门留石鼓，春殿静珠琴。

奎府星连切，璧池龙跃深。

诜诜趋国子，早晚翠华临。

孔庙碑林，位于曲阜孔庙内，矗立着198块碑刻，记录着元、明、清三朝共51624名进士的姓名、籍贯和录取名次。

夜宿泸山

（明）杨升庵

老夫今夜宿泸山，惊破天门夜未关。

谁把太空敲粉碎，满天星斗落人间。

泸山地震碑林

白水

松涛岭上伴泉吟，寺院铜钟响古今。

地覆天翻成旧事，千秋风雨洗碑林。

西昌地震碑林，位于西昌市南泸山光福寺内，共有石碑100余座。石碑上记有西昌、冕宁、甘洛、宁南等历史上发生几次大地震的情况。

吊五妃墓十二绝句·其六

（清）范咸

忍把童家旧誓忘，孝陵风雨怨苍苍。

芳魂若向秦淮去，正好乘潮到故乡。

台湾高雄南门碑林，位于台湾高雄市，又名大碑林。碑亭内陈列了61座清代的碑碣，数量相当庞大。

中华四大名楼

岳阳楼，位于湖南省岳阳市。北宋大文学家范仲淹的一篇《岳阳楼记》，令岳阳楼名动天下。

登岳阳楼

（唐）杜甫

昔闻洞庭水，今上岳阳楼。
吴楚东南坼，乾坤日夜浮。
亲朋无一字，老病有孤舟。
戎马关山北，凭轩涕泗流。

登岳阳楼

白水

洞庭浪涌岳阳楼，夕照君山泊远舟。
不息涛声追问我，有谁天下再先忧？

黄鹤楼

（唐）崔颢

昔人已乘黄鹤去，此地空余黄鹤楼。
黄鹤一去不复返，白云千载空悠悠。
晴川历历汉阳树，芳草萋萋鹦鹉洲。
日暮乡关何处是？烟波江上使人愁。

雨中登黄鹤楼感赋

白水

黄鹤楼台眺九州，楚天纵览越千秋。
历朝权贵尘埃尽，当代名流竞出头。
暴富贪官财敌国，清贫百姓稻粱谋。
河山无限烟云里，风雨连江向晚舟。

黄鹤楼位于湖北省武汉市，是武汉市标志性建筑，与晴川阁、古琴台并称武汉三大名胜。

滕王阁

（唐）王勃

滕王高阁临江渚，佩玉鸣鸾罢歌舞。
画栋朝飞南浦云，珠帘暮卷西山雨。
闲云潭影日悠悠，物换星移几度秋。
阁中帝子今何在？槛外长江空自流。

滕王阁，位于江西省南昌市，因李元婴在贞观年间曾被封为滕王，故以"滕王"冠名。素有"西江第一楼"之美誉。

登鹳雀楼

（唐）王之涣

白日依山尽，黄河入海流。

欲穷千里目，更上一层楼。

同崔邠登鹳雀楼

（唐）李益

鹳雀楼西百尺樯，汀洲云树共茫茫。

汉家箫鼓空流水，魏国山河半夕阳。

事去千年犹恨速，愁来一日即为长。

风烟并起思归望，远目非春亦自伤。

鹳雀楼，位于山西省永济市蒲州古城，本是北周时兵家修建的军事建筑，楼体壮观，结构奇巧。

中华十大古镇

黄姚古镇

白水

明砖宋瓦旧祠堂，青石长街透古香。

摇曳炊烟临晚籁，苍山凝秀向斜阳。

黄姚古镇，位于广西贺州昭平县东北部，由于镇上以黄、姚两姓居多，故名"黄姚"，域内多为明清建筑。

丹巴藏寨

白水

碉楼错落立山梁，

远岫云浮裹寨房。

好客佳人惊艳舞，

奶茶一碗透馨香。

丹巴藏寨，位于四川西部的甘孜藏族自治州东部旁，是居住在丹巴县的居民形成的藏族村落。外形上既有寨房的特征，又有碉楼的形态，旧称碉楼寨房。

图瓦村
白水

雪峰隐约映晖阴，
草绿天蓝白桦林。
锦毯酒香酬远客，
凝烟碧水净尘心。

图瓦村，位于新疆喀纳斯湖南岸3千米处的喀纳斯河谷地带，周围山清水秀，环境优美。图瓦人多居住在用松木搭建的塔形木屋中，称作"木楞屋"。

婺源县斋书事
（元）卢挚

竹树映清晓，坐闻山鸟鸣。
瓶花香病骨，檐雨挟诗声。
客亦非馀子，春无负此生。
明朝余问俗，吟罢却须晴。

婺源古镇
白水

茶亭古树小溪流，油菜花香绕竹楼。
伫立廊桥浑似梦，游人醉入古徽州。

婺源古镇，地处赣东北。整个古镇依山傍水，建筑白墙青瓦，完美保留着古徽州的意境和韵味。

夜过乌镇
（宋）宋伯仁

望极模糊古树林，弯弯溪港似难寻。
荻芦花重霜初下，桑拓阴移月未沉。
恨别情怀虽恋酒，送衣时节怕闻砧。
夜行船上山歌意，说尽还家一片心。

乌镇
白水

拱桥交错港湾多，泛桨乌篷戏碧波。
女子浣纱相问候，轻声吴语宛如歌。

乌镇，地处浙江省桐乡市北端，是一座拥有1300年历史的江南古镇，有着原汁原味的水乡风貌和深厚的文化底蕴，享有"中国最后的枕水人家"之誉。

周庄
白水

淡烟疏雨染周庄，风引篷船入藕塘。
漫步桥头宽窄巷，条条阶石印沧桑。

　　周庄镇，位于江苏省苏州昆山市，有"中国第一水乡"之誉。周庄镇60%以上的民居仍为明清建筑，仅 0.47 平方千米的古镇有近百座古典宅院和 60 多个砖雕门楼。该镇因邑人周迪功先生捐地修全福寺而得名。

游同里镇
白水

朦胧暮色荡清波，小岛连湖港道多。
几片风帆撩越水，星光月影漾吴歌。

　　同里镇，位于江苏省苏州市吴江区。同里镇被五个湖泊环抱，由49座桥连接，网状河流将镇区分割成七个岛。古镇镇内家家临水，户户通舟，宋元明清桥保存完好。

西塘古镇
武明星

烟雨回廊石拱桥，莓苔幽巷酒旗招。
兰舟荡漾千年梦，月影灯光映九霄。

西塘古镇
白水

拱桥细柳月如钩，曲径回廊碧水流。
寂寞胥塘人不寐，宫灯无语是乡愁。

　　西塘古镇，位于浙江省嘉兴市嘉善县。古镇历史悠久，是古代吴越文化的发祥地之一。在春秋战国时期，是吴越两国的接壤之地，故有"吴根越角"和"越角人家"之称。

赤坎古镇

白水

涛声不息泽侨乡，
昔日骑楼去旧装。
渡口惟存船缆石，
无言冷静对斜阳。

赤坎古镇，位于广东省湛江市，坎沿潭江而建。清一色的骑楼，自有一番中西合璧的古朴味道，因此享有"中国第五古镇"之誉。

初到汀州

（唐）灵澈

初放到汀洲，前心讵解愁。
旧交容不拜，临老学梳头。
禅室白云去，故山明月秋。
几年犹在此，北户水南流。

长汀县

白水

卧龙叠翠映清秋，唐代城墙镇碧流。
千万客家开垦地，滔滔江水向汀州。

长汀县，位于福建省西部，是最具代表性的客家人聚居地，世界客家首府。长汀是福建新石器文化发祥地之一，全县有200多处新石器遗址。

中华十大古城

歙县岁寒堂

（宋）苏辙

槛外甘棠锦绣屏，长松何者擅亭名。
浮花过眼无多日，劲节凌寒尽此生。
暗长茯苓根自大，旋收金粉气尤清。
长官不用求琴谱，但听风吹作弄声。

歙县古城，位于安徽黄山市，始建于秦朝。古城由府城、县城两部分璧联而成，形成了城套城的独特风格。歙县古城是中国三大地方学派之一的"徽学"发祥地，被誉为"东南邹鲁、礼仪之邦"。

阆中古城，位于四川省于阆中市内，古称"阆苑"。城内20多条街巷仍保留唐宋时的建筑风格，是我国保存最完整的古城。

阆水歌

（唐）杜甫

嘉陵江色何所似，石黛碧玉相因依。
正怜日破浪花出，更复春从沙际归。
巴童荡桨歌侧过，水鸡衔鱼来去飞。
阆中胜事可肠断，阆州城南天下稀。

阆中古城

白水

巴岭雄魂铸阆州，深街石径历千秋。
无穷山色来窗里，洗耳泉声绕屋流。

平遥夜坐

（明）韩邦奇

漠漠荒城暮，飘飘旅笛哀。
坐看寒烛尽，愁绝夜更催。
冀北花争发，秦西雁不来。
岁华容易改，春尽且尘埃。

游平遥古城

白水

环城深廓向天翱，四海游人仰古陶。
莫道旧衙真气派，如今新府接天高。

平遥古城，位于山西省晋中市平遥县，是一座具有2700多年历史的文化名城，也是中国仅有的以整座古城申报世界文化遗产获得成功的两座古城之一。

丽江雪山

（明）程本立

玉龙峰高九千仞，日色晦明云气寒。
何当赤脚踏冰雪，更有红颜生羽翰。
石洞僧来昼骑虎，瑶台仙去夜乘鸾。
山灵于我岂无意，一路天花落锦鞍。

丽江古城，坐落在云南玉龙雪山下，是中国唯一一座没有城墙的古城。古城内有四方街、木府、五凤楼等多处景点，是中国以整座古城申报世界文化遗产获得成功的两座古城之一。

大理古城

白水

皑皑白雪亮苍山，

洱海浮云独自闲。

石板碧流携曲径，

明渠暗道水潺潺。

　　大理古城，位于云南省西部风光秀丽的苍山脚下，始建于明洪武年间，是全国首批历史文化名城之一。大理古城在唐宋 500 多年的历史进程中一直是云南的政治、经济、文化的中心。

凤凰古城

白水

沱江碧澈映云霞，吊脚楼头遍酒家。

石径染苔穿旧巷，幺姑叫卖水灯花。

　　凤凰古城，位于湖南省湘西土家族苗族自治州的西南部，为典型的少数民族聚居区。域内自然资源丰富，山、水、洞风光无限，历史悠久，名胜古迹众多。

登荆州城望江二首·其一

（唐）张九龄

滔滔大江水，天地相终始。

经阅几世人，复叹谁家子。

荆州古城

白水

高墙沟壑绕荆州，几易黄旗古战楼。

千载风云烟尽处，晴空万里楚天秋。

　　荆州古城，又名江陵城，是历代王朝兵家必争之地。荆州古城墙始建于春秋战国时期，现存的古城墙大部分为明末清初建筑。

雪香亭杂咏

（金元）元好问

落日青山一片愁，大河东注不还流。

若为长得熙春在，时上高层望宋州。

商丘古城

白水

人文荟萃古商丘，书院星光枕碧流。

最是壮悔堂前月，千年泪水浸寒秋。

商丘古城，位于河南省商丘市睢阳区。古城外圆内方，型如一个巨大的古钱币，建筑十分独特。

兴城古城

白水

辽西扼守战清营，崇焕钟楼拒敌兵。

自古君王多聩聩，方能亲手毁长城。

兴城古城，位于辽宁省兴城市，是唯一一座方形卫城，设有东、西、南、北四个门。城中心设有钟鼓楼，城门外筑有半圆形瓮城，城墙四角筑有炮台。

襄阳古城

白水

残虹波影映桥梁，

马跃檀溪古战场。

千里汉江云尽处，

紫薇万朵艳襄阳。

　襄阳古城，位于湖北省襄阳市。其三面环水，一面靠山，易守难攻，自古就有"铁打的襄阳"之说。

中华长城

八达岭长城，位于军都山关沟古道北口，是明长城的一个隘口，号称天下九塞之一，历来是兵家必争之地。

登八达岭长城感赋（新韵）

李银清

古城关隘望苍山，联想翩翩过贺兰。
千载丝绸西域路，万方禹甸夏时天。
鞍弓汉将擒胡马，雉堞烽烟护故园。
道是阅墙成胜迹，神舟登月看龙蜓。

八达岭长城

白水

居庸关外锁清秋，迤逦城垣未尽头。
谷壑云腾摇远岫，千年风雨洗谯楼。

慕田峪长城

白水

雄姿万里古城垣，
铁马金戈戍国魂。
雨落山溪吟古韵，
残阳如血洗黄昏。

慕田峪长城，位于北京市怀柔区境内，是明朝万里长城的精华所在。长城墙体保持完整，较好地体现了长城古韵。

司马台长城

白水

雄关古道染寒霜，
峭立城楼映夕阳。
战马踏平千载路，
随心细雨润花香。

司马台长城，位于北京市密云区北部，紧邻古北水镇。司马台长城的城墙依险峻山势而筑，以奇、特、险著称于世。

古北口

（清）纳兰性德

乱山入戟拥孤城，一线人争鸟道行。
地险东西分障塞，云开南北望神京。
新图已入三关志，往事休论十路兵。
都护近来长不调，年年烽火报生平。

古北口长城

白水

两关要塞卫金瓯，卧虎蟠龙竖战楼。
山静无人残日暮，晚风霜冷月如钩。

古北口长城，位于北京市密云区，由卧虎山长城、蟠龙山长城和司马台长城组成。古北口是山海关、居庸关两关之间的长城要塞。

箭扣长城

白水

城垣陡峭入云巅，满月弯弓箭扣弦。
千载风云湮往事，战楼几度息狼烟。

箭扣长城，位于北京市怀柔区，因整段长城蜿蜒呈 W 形，形如满山弓扣箭而得名。形势非常富于变化，险峰断崖之上的长城显得更加雄奇险要，是明代万里长城最著名的险段之一。

金山岭

（宋）范成大

阪峻身频偃，崖深首屡回。
云浮平地出，路拂半天来。
但阅关山过，都忘岁月催。
湘南初上马，犹插早春梅。

金山岭长城

白水

万里城墙独秀楼，金山陡峭锁咽喉。
狼烟烽燧风尘远，松籁峦头啸晚秋。

金山岭长城，位于河北省承德市，是万里长城的精华地段，素有"万里长城，金山独秀"之美誉。

大境门长城

白水

霞光万丈彩云丹，
高耸山关显秀峦。
开敞门墙朝日暖，
融通塞外此方宽。

大境门长城，位于张家口市区北端，在高耸入云的东、西太平山之间。这里曾是繁华的内陆口岸，也是历史上兵家必争之地，以地势险峻而闻名。

苗疆长城

白水

残垣断壁古苗墙，
山野清风拂面凉。
亭子关头遗迹处，
烟云万里尽苍茫。

苗疆长城，位于湖南省湘西土家族苗族自治州，又叫"南方长城"，因其是中国南方唯一的长城而得名。该长城绕山跨水，大部分建在险峻的山脊上，是明清王朝对南方苗族镇抚的产物。

九日登长城关楼

(明)王琼

危楼百尺跨长城，雉堞秋高气肃清。
绝塞平川开堑垒，排空斥堠扬旗旌。
已闻胡出河南境，不用兵屯细柳营。
极喜御戎全上策，倚栏长啸晚烟横。

黄崖关长城

白水

黄崖关长城，位于天津市蓟州区城北，是境内唯一的一座关城，有"晚照黄崖"之称。

峭壁千寻耸战楼，黄崖关寨镇津州。
长街八卦迷魂阵，挂月飞虹可泛舟。

虎山长城

白水

长城之首又新修，虎耳登高适晚秋。

异国风情收眼底，江心碧水驶游舟。

虎山长城，位于鸭绿江畔，因其建于宽甸满族自治县虎山乡的虎山南麓而得名，是明朝万里长城东端的起点。

中华十大峡谷

雅鲁藏布大峡谷

白水

高原峡谷见嵯峨，

绝壁冰川涌碧波。

一路奔腾谁应答，

高悬瀑布向天歌。

雅鲁藏布大峡谷，北起米林县派镇大渡卡村，南到墨脱县巴昔卡村，主体在墨脱县。全长504.6千米，最深处6009米，是世界第一大峡谷。

虎跳峡

白水

千寻绝壁倚天裁，

奇石高悬虎卧台。

狂浪怒卷三万里，

誓将大地净尘埃。

虎跳峡，在云南省玉龙纳西族自治县龙蟠乡东北。虎跳峡谷坡陡峭，蔚为壮观，以"险"名扬天下。

长江三峡

白水

山崖烟锁孟良梯，

峭壁悬棺野鸟栖。

风过江心帆影动，

峡云深处隐猿啼。

长江三峡，位于中国的腹地，西起重庆市奉节县的白帝城，东至湖北宜昌市南津关，全长193千米。两岸
崇山峻岭，风光奇绝。

怒江大峡谷

白水

浪劈岩头万壑幽，青峰雄峙立寒秋。

山民往返云霞里，溜索连天越激流。

怒江大峡谷，位于云南西北部怒江州境内。怒江两岸山峰陡峭，
云雾萦绕，原始森林郁葱。沿江多急流、险滩、瀑布，翠竹绿林，
百花飘香，景色美如画。

太鲁阁大峡谷

白水

峡谷蜿蜒涌激流，

高悬飞瀑洗清秋。

云端弯道多惊险，

最怕山头落绣球。

太鲁阁大峡谷，位于台湾省东部，地跨花莲县、台中县、南投县。其以雄伟壮丽、几近垂直的大理岩峡
谷景观闻名，被誉为"宝岛的三峡"。

黄河大峡谷

白水

层峦叠嶂见嵯峨，

水击青铜巨浪多。

塞上明珠呈大坝，

平湖九曲涌清波。

　　黄河大峡谷，位于宁夏吴忠青铜峡市青铜峡镇，为石灰岩和砂页岩构成的黄河峡谷类风景区，是黄河上游的最后一道峡谷，素有"黄河上游小三峡"之称。

金口河大峡谷二首

白水

一

瓦山横亘入峰巅，千仞悬崖一线天。

瀑布高飞幽谷里，河流金口起云烟。

二

穿云巨石展金雕，绝壁千姿上九霄。

大渡洪流湍急浪，凌空高铁跃天桥。

　　金口河大峡谷，西起乌斯河，东至金口河，地跨四川省的乐山市、雅安市和凉山川甘洛县。山峦上，绿树成荫，飞瀑跌宕，山花野草争奇斗艳，连续完整的峡谷长度和险峻壮丽程度世所罕见。

太行山大峡谷

白水

八泉幽谷远尘埃，

绝壁凌峰屹险台。

直上天梯登极顶，

光周法界见如来。

　　太行山大峡谷，位于山西省东南部，由青龙峡、红豆峡、黑龙潭等组成。峡内自然风光独特秀美，气候温和宜人。古诗云："若非紫团山顶雪，错把壶关当江南。"

库车大峡谷

白水

巉岩峡谷靓红妍，

照壁峰峦屹九天。

波漾鹅湖新雨后，

牛羊涌动白云边。

库车大峡谷，位于天山南麓库车县阿艾乡，大峡谷虽地处内陆干旱地区，遍布细沙，却有汩汩清泉。泉水潺潺流淌，时隐时现，堪称一绝。

梅里大峡谷

白水

雪峰逶迤掣天寒，

峡谷惊涛急浪湍。

飞渡溜筒逾险路，

山民朝暮步云端。

梅里大峡谷，位于云南省迪庆藏族自治州德钦县，是我国最大最重要的自然保护区之一，以谷深流长闻名，且以江流湍急而著称。它是滇藏交通之咽喉，有"溜筒锁钥"之称。

中华四大瀑布

黄果树大瀑布

白水

夕照青山映翠微，

晴空犹见雨霏霏。

万千丝帛从天落，

织女银河杼柚飞。

黄果树大瀑布，位于贵州安顺镇布依族苗族自治县境内，享有"中华第一瀑"之盛誉，也是世界上最阔大壮观的瀑布之一。

黄河壶口瀑布，位于山西省吉县和陕西省宜川县之间。黄河壶口瀑布以排山倒海的壮观气势著称于世。

黄河壶口

孔召芝

缘自昆仑起，壶中九曲收。

喷云飞玉屑，绝响动高秋。

风掣苍龙舞，光涵紫气浮。

狂歌千里去，到海意方遒。

观黄河壶口瀑布（新韵）

王君敏

云崩地裂赴深渊，雷响风嚎动两间。

到底汹汹何处去，人间已自浪滔天。

吉林长白瀑布

白水

峭岩玉泻决天池，悬挂凌霄百万丝。

水净青山云霭里，千秋绝唱展雄姿。

冬咏长白瀑布

白水

峭壁双龙舞晚霞，喷金泼玉见奇葩。

天河跌落千堆雪，仙女琼楼正散花。

吉林长白瀑布，位于天池北侧，乘槎河尽头。天池水由此流泻而下，人们称之为"天河"。

黑龙江吊水楼瀑布

白水

镜泊飞瀑挂峰巅，

龙潭碧浪起云烟。

清波直泻青山外，

一片轰鸣啸九天。

黑龙江吊水楼瀑布，位于黑龙江省宁安市西南。它是镜泊湖水泻入牡丹江的出口，由同坠入一潭的两个瀑布组成。吊水楼瀑布是我国纬度最高的瀑布。

中华十大名关

剑门关，位于四川省广元市剑阁县城北。两旁断崖峭壁，直入云霄，峰峦倚天似剑，故称之"剑门"。

剑门关

（宋）陆游

剑门天设险，北乡控函秦。

客主固殊势，存亡终在人。

栈云寒欲雨，关柳暗知春。

羁客垂垂老，凭高一怆神。

剑门关

白水

雾黯秋深月色残，巉岩峭壁剑门寒。

飞梁缘阁依天险，到此方知蜀道难。

过武胜关

（清）柯崇朴

作客由燕赵，今朝入楚来。

岩城临翠壁，荒磴没苍苔。

山鸟一声寂，飞泉百道开。

潇湘云正远，征骑几时回。

武胜关

白水

鸡公山下锁咽喉，镇鄂雄关筑战楼。

乱世风云烟尽处，飞驰高铁越中州。

武胜关，地处河南、湖北两省交界，为大别山隘口之一。秦统一中国后称为武阳关，南宋时期易名武胜关。

友谊关

白水

南天镇锁一雄关，万里边陲接老山。

鏖战硝烟风雨后，旌旗伴与白云闲。

友谊关，位于广西凭祥市境内，与越南公路相接，是我国保存较完整的明清时期的南疆边关要塞。

嘉峪关，位于甘肃省河西走廊，是明长城西端的第一重要关口，也是古代"丝绸之路"的交通要冲，号称"天下第一雄关"。

出嘉峪关感赋

（清）林则徐

严关百尺界天西，万里征人驻马蹄。
飞阁遥连秦树直，缭垣斜压陇云低。
天山巉削摩肩立，瀚海苍茫入望迷。
谁道崤函千古险？回看只见一丸泥。

嘉峪关

白水

长城饮马见雄关，边塞征夫有几还？
瀚海苍茫遥望处，皑皑白雪锁阴山。

雁门关外

（金）元好问

四海于今正一家，生民何处不桑麻。
重关独居千寻岭，深夏犹飞六出花。
云暗白杨连马邑，天围青冢渺龙沙。
凭高吊古情无尽，空对西风数去鸦。

雁门关

白水

千秋关隘立嵯峨，故道荒台战事多。
雁月楼头青石板，条条垒起旧山河。

雁门关，位于山西省忻州市代县，是长城上的重要关隘，被誉为"中华第一关"。

紫荆关，位于河北省易县紫荆岭上，是由河北平原进入太行山区的要口，素称"畿南第一雄关"。

紫荆关

（明）尹耕

汉家锁钥惟玄塞，隘地旌旗见紫荆。
斥堠直通沙碛外，戍楼高并朔云平。
峰峦百转真无路，草木千盘尽作兵。
谁识庙堂柔远意，戟门烟雨试春耕。

紫荆关

白水

千峰耸立向天擎，万仞雄关锁紫荆。
雨后青山归晚翠，戍楼高处彩云平。

娘子关

（明）王世贞

夫人城北走降氏，娘子军前高义旗。
今日关头成独笑，可无巾帼赠男儿。

娘子关

白水

太行虎踞九雄关，百尺飞泉碧水潺。
公主点兵烟散尽，青山夕照彩云间。

娘子关，位于山西省平定县东北的绵山山麓，是出入山西省的咽喉之地。娘子关是长城上的著名关隘。

使青夷军入居庸

（唐）高适

匹马行将久，征途去转难。
不知边地别，只讶客衣单。
溪冷泉声苦，山空木叶干。
莫言关塞极，云雪尚漫漫。

居庸关，是京北长城沿线上的著名古关城，地形极为险要，与紫荆关、倒马关、固关并称明朝京西四大名关。

山海关

（明）闵的

幽蓟东来第一关，襟连沧海枕青山。
长城远岫分上下，明月寒潮共往还。

山海关

白水

长城万里仁龙头，襟海依山锁蓟喉。
浪涌烟波帆影远，浮云如絮枕寒流。

山海关，位于河北省秦皇岛市，因其依山邻海，故名山海关，有"京师屏翰、辽左咽喉"之称。

过天门关

（宋）李复

龙钟双袖马骎骎，

来往榆关日向深。

多病出门愁远道，

早寒平野苦层阴。

泉流危栈新冰滑，

风入长林暮叶吟。

触目凄然何所补，

高枝巢稳感归禽。

　　天门关，在玉林市东部与北流市交界处的天门山上，又称鬼门关。唐德宗时任宰相的杨炎，被贬至天门关时写诗曰："一去一万里，千之千不还，崖州在何处？生度鬼门关。"

中华草原

蝶恋花·呼伦贝尔草原

王建美

云淡天高原野上，莫日娇龙，

一曲清波漾。望断兴安添怅想，

漠河奇景千年旷。

酒美茶香飘过往，归雁行行，

鄂伦多悲壮。马踏黑山叹草莽，

胡笳吹到腮边烫。

　　呼伦贝尔大草原，位于大兴安岭以西，得名于呼伦和贝尔两大湖泊。其地势东高西低，是中国保存完好的草原，有"牧草王国"之称。

巴音布鲁克大草原

白水

长河九曲入云天，

万顷湖滩野鸟眠。

芳草凝烟知有意，

春风撩拨百花妍。

　　巴音布鲁克大草原，位于天山南麓，意为"富饶之泉"。这里地势平坦，水草丰美，是典型的禾草草甸草原。中国最大的天鹅栖息地就坐落在草原东南部。

那拉提草原，地处新疆伊犁州新源县那拉提山北坡，"那拉提"意为"最先见到太阳的地方"。这里山泉密布，溪流纵横，被称为"世界上最美的高山草原"。

夜过那拉提草原

星汉

前路繁星落，直疑河汉翻。

晓风来远树，残月下荒原。

秋草朝天去，清流贴地喧。

吟哦未成句，人报到新源。

那拉提草原

白水

峰峦最早见阳光，碧绿无垠遍野香。

清脆一声鞭响处，白云落草赶群羊。

川西高寒草原

白水

藏民飞马揽霞光，

飘曳流云赶牧羊。

善舞康巴邀远客，

奶茶入口若琼浆。

川西高寒草原，位于四川甘孜藏族自治州中部，山原和丘状高原地貌发育充分，地势平坦宽阔。

锡林郭勒草原二首

白水

一

荒原放牧信由缰，绿地无垠遍草芳。

奔马弦琴心欲醉，穹庐小坐品茶香。

二

细雨轻扬绿草坪，敖包入夜释秋声。

马蹄踏过湖光碎，静卧芳原待月明。

锡林郭勒草原，位于内蒙古自治区锡林郭勒盟境内，是我国目前最大的草原与草甸生态系统类型的自然保护区。

祁连山草原

白水

草原雨后又清秋，

峡谷涓涓细水流。

薄雾浮云亲脸颊，

山衔落日若含羞。

祁连山草原，位于祁连山脚下。这里的草原四季分明、风调雨顺，藏族史诗《格萨尔》中形容它是"黄金莲花草原"，而蒙古人称之为"夏日塔拉"，意为"黄金牧场"。

鄂尔多斯草原

白水

雪峰远影入云霄，

极目荒原见地遥。

雨后山青芳草碧，

扬鞭策马逐金雕。

鄂尔多斯草原，位于被称为"骑射之地、游牧之所"的鄂尔多斯市杭锦旗境内。草原核心区由一个蒙古大营和300多个蒙古包组成，设计独特，别具一格。

金银滩大草原

白水

原子城营草木森，

苍茫黛绿染春岑。

牛羊出没云深处，

一曲情歌动古今。

金银滩大草原，位于青海省海晏县境内，是世界名曲《在那遥远的地方》的诞生地。

那曲高寒草原

白水

雪山峻峭映寒凉，
荡漾湖波溢草香。
数点帐篷烟起处，
牦牛鞭影伫斜阳。

那曲高寒草原，地处西藏北大门，紧靠青海，那曲，藏语意为"黑河"，是当今世界上为数不多的一块未开发的处女地。

甘南玛曲草原

白水

花滩雨后晓风柔，
九曲黄河漾碧流。
牧女扬鞭牵日月，
银波不息织春秋。

甘南玛曲草原，位于甘肃玛曲县。黄河在形成九曲中的第一大弯曲。在这美丽富饶的黄河首曲，有许多引人入胜、令人流连忘返的草原景观，西梅朵合塘（意为"花滩"）便是其中之一。

中华名泉

晋祠泉

（宋）范仲淹

神哉叔虞庙，地胜出嘉泉。
一源其澄静，数步忽潺湲。
此异孰可穷，观者增恭虔。
锦鳞无敢钓，长生同水仙。
千家溉禾稻，满目江乡田。
我来动所思，致主愧前贤。
大道果能行，时雨宜不愆。
皆如恶祠下，生民无旱年。

晋祠难老泉，位于山西省太原市晋祠公园，"晋祠三绝"之一。难老泉泉水恒温，清澈见底，用这里的泉水浇灌出的晋祠大米，是太原大米中的上品，故有"晋阳第一泉"之称。

趵突泉

（宋）曾巩

一派遥从玉水分，暗来都洒历山尘。
滋荣冬茹湿常早，润泽春茶味更真。
已觉路傍行似鉴，最怜少际涌如轮。
曾成齐鲁封疆会，况托娥英诧世人。

济南趵突泉

白水

观澜亭下水常流，柳拂清池景色幽。
难得人生闲半日，茗楼小坐品春秋。

济南趵突泉，位于济南市历下区，南靠千佛山，东临泉城广场，北望大明湖，五龙潭。该泉位居济南七十二名泉之首，被誉为"天下第一泉"。

游惠山观第二泉

（宋）曹彦约

僧人颜似松杉老，斋饭味知泉石多。
我不能茶有风冷，爱山成癖欠消磨。

惠山第二泉

白水

潜流碧水若甘霖，青石苔痕历古今。
更有苍凉琴一曲，惠山久驻绕梁音。

位于无锡惠山第一峰白石坞下的惠山泉，相传为唐大历年间无锡令敬澄开凿，因僧人惠照在此居住，故名"惠山泉"。

华清池

（宋）汪元量

一夜春寒事可知，海棠无地避风吹。
温泉自向东流去，不管飞红出禁池。

华清池感赋

白水

玉环何处觅三郎，厅内空留旧澡堂。
惟见西厢那冷月，清辉一地抱寒霜。

华清池，亦名华清宫，位于陕西省西安市临潼区骊山北麓，南靠骊山，北临渭水，山水风光旖旎秀美，是以温泉汤池著称的中国古代离宫。

黑河五大连池

白水

名泉石海起波澜，
堰塞连池碧水湍。
造化自然天地景，
火山顶上北风寒。

　　黑河五大连池，位于黑龙江省五大连池市五大连池风景区内，是由莲花湖、燕山湖、白龙湖、鹤鸣湖、如意湖组成的串珠状湖群。

眼儿媚·蝴蝶泉

张绍云

千载榕枝秀峰峦，
玉境弄幽泉。斑斓五色，
穿花蛱蝶，钩足须连。
一年又是春光好，
归梦蝶魂延。轮回几世，
相思泉畔，再续前缘。

　　蝴蝶泉，坐落在大理苍山云弄峰下，泉水得苍山化雪之功，清澈如镜。每年春夏之交，成千上万的蝴蝶聚于泉边起舞，蔚为壮观。

云南腾冲药泉

白水

火山热海雾朦胧，
深入腾冲暖气中。
进沫药泉清疾病，
满天烟雨蹈飞虹。

　　腾冲药泉，位于云南省腾冲县荷花公社的一条山谷中。此地有二十多眼高温汽泉从峭岩的裂缝中喷涌而出，喷汽之声震天动地，无数股气柱凌空而起，蔚为壮观。

过酒泉忆杜陵别业

（唐）岑参

昨夜宿祁连，今朝过酒泉。
黄沙西际海，白草北连天。
愁里难消日，归期尚隔年。
阳关万里梦，知处杜陵田。

　　甘肃酒泉，地处甘肃省西北部河西走廊西端的阿尔金山、祁连山与马鬃山之间。酒泉以"城下有泉""其水若酒"而得名。

登苏门山泛舟百泉

（明）袁宏道

食罢共成饭，来观泌水泉。
废桥穿竹屿，小舫载茶烟。
方外清溪寺，人间好畤田。
那能营二项，风雨啸台眠。

　　辉县百泉，位于河南省辉县市，因湖底泉眼无数而得名。泉水自湖底喷涌而出，累累如贯珠，故又名珍珠泉。

山西娘子关泉

白水

翠岩叠嶂入云天，峭壁轰鸣泻玉泉。
娘子关头防戍处，碧波古道洗尘烟。

　　山西娘子关泉，古称泽发水，泉水以关为名。金代大诗人元好问长诗《游天悬泉》曰："诗人爱山爱彻骨，十月东来犯冰雪。"

安阳珍珠泉

白水

众泉碧水入清湖，
两柏双连拥一株。
玉粒同声成妙处，
凭栏观景数珍珠。

珍珠泉，位于安阳市区正西，主要由马蹄泉、拔剑泉、卧龙泉等八泉组成。

虎跑泉

（宋）苏轼

亭亭石塔东峰上，
此老初来百神仰。
虎移泉眼趁行脚，
龙作浪花供抚掌。
至今游人灌濯罢，
卧听空阶环玦响。
故知此老如此泉，
莫作人间去来想。

虎跑泉，位于浙江杭州市西南大慈山白鹤峰下慧禅寺内，此泉水晶莹甘冽，居西湖诸泉之首，和龙井泉一起并誉为"天下第三泉"。

武汉卓刀泉

白水

青龙偃月得源泉，
古寺千秋碧水涓。
有证关公刀石在，
桃园阁里续香烟。

卓刀泉，位于湖北省洪山区，北临东湖风景区，东倚伏虎山。相传蜀将关羽驻兵于武昌伏虎山，因缺水，羽以刀戳地，水涌成泉，故名卓刀泉。

游观音桥

（宋）王十朋

三峡桥边杖履游，此身疑已到襄州。
题诗欲比真三峡，深愧词源不倒流。

庐山招隐泉

白水

招贤寺外水声喧，雨洗秋林净远村。
问道名泉何处隐，观音桥下涌清源。

招隐泉，位于江西庐山风景区内三峡桥东。泉为裂隙泉，色清味甘，长流不竭。陆羽曾隐居煮茶于此，经他反复品评，将此泉定为"天下第六泉"。

鸣沙山抱月牙泉

张发安

蜃景云山外，嫦娥去未还。
飞天知幻影，滴泪月牙泉。

甘肃月牙泉

白水

苍茫大漠响沙山，牙月湖边翠柳环。
碧水一汪空饮酒，驼铃远影向阳关。

月牙泉，位于甘肃省敦煌市西南鸣沙山北麓，因其形酷似一弯新月而得名。古往今来，"山泉共处，沙水共生"，被誉为"塞外风光之一绝"。

中泠泉，位于江苏省镇江金山以西的石弹山下，又名中濡泉、南冷泉。

太白楼

（宋）文天祥

扬子江心第一泉，
南金来此铸文渊。
男儿斩却楼兰首，
闲品茶经拜羽仙。

镇江中泠泉

白水

中泠清洌溢晶莹，
出没涛波誉古城。
风水应随天地转，
何时再闻响泉声。

谷帘泉
（宋）洪咨夔

山椒飞派落寒立，斗水曾收第一功。

万马铁衣行夜雪，六虬银甲动秋风。

分甘晚到玉川子，知味早输桑苎翁。

手弄潺湲坐盘石，苍凉新月上孤桐。

　　庐山谷帘泉，位于主峰大汉阳峰南面康王谷中，高170余米，犹如从天而降的一匹琼布，故又称康王谷水帘水。古人称谷帘泉有八大特点，即清、冷、香、洌、柔、甘、净、不噎人。

玉泉山
（清）查慎行

销夏谁知别有湾，

孤云一角截西山。

千家旧业蛙鱼国，

十里提封虎豹关。

栏楯离离金碧上，

歌钟隐隐翠微间。

清泉自爱江湖去，

流出红墙便不还。

玉泉，位于北京西郊玉泉山上。因这里的泉水"水清而碧，澄洁似玉"，故此称为"玉泉"。

　　三叠泉，位于江西庐山风景区中的九叠谷。飞瀑流经的峭壁有三级，溪水分三叠泉飞泻直下，极为壮观。古人称"匡庐瀑布，首推三叠"，誉之为"庐山第一奇观"。

以庐山三叠泉宁张宗瑞
（宋）汤巾

九叠峰头一道泉，分明来处与云连。

几人竞赏飞流胜，今日方知至味全。

鸿渐但尝唐代水，涪翁不到绍熙年。

从兹康谷宜居二，试问真岩老咏仙。

庐山三叠泉
白水

敲珠击玉拨弦琴，淡雾烟云促雨霖。

三叠飞流千匹练，龙吟满壑洗尘心。

观音泉

（宋）徐集孙

岩石留云裹翠烟，古松知历几千年。

净瓶一滴杨枝水，涌作岩前大士泉。

苏州观音泉

白水

近溪远岫泛云烟，倒影柔姿百卉妍。

别有剑池连碧水，春泉雪雾润心田。

观音泉，位于苏州虎丘山观音殿后。据《苏州府志》记载，陆羽曾寓居在虎丘，发现此处泉水清冽甘美，于是便挖了一口泉井。故又名"陆羽井"。井口一丈余见方，四旁石壁，泉水长流不息。

中华海岛

永兴岛

白水

林岛东南耀玉珠，

烟波浩渺任通衢。

成双航母逾狂浪，

万里海疆护版图。

永兴岛，位于海南省三沙市，是一座由白色珊瑚、贝壳沙堆积在礁平台上而形成的珊瑚岛，为西沙、南沙、东沙、中沙四个群岛的中心。因岛上林木又深又密，故又称"林岛"。树种以椰树为主。

涠洲岛

白水

夕照峰峦日落衔，

鳄鱼岭上峭岩巉。

海疆万里凭栏处，

浩渺烟波数白帆。

涠洲岛，位于广西壮族自治区北海市南方北部湾海域，是中国最大、地质年龄最年轻的火山岛。岛上有着奇特的海蚀海积地貌与火山熔岩景观。

澎湖列岛，亦称渔人岛，位于台湾岛西部的台湾海峡，是台湾省最早开发的地方。澎湖列岛由台湾海峡东南部64个岛屿组成，因港外海涛澎湃、港内水静如湖而得名。

题澎湖屿

（清）施肩吾

腥臊海边多鬼市，岛夷居处无乡里。
黑皮年少学采珠，手把生犀照咸水。

澎湖列岛

白水

相衔三岛列澎湖，渔火连天景色殊。
跨海长桥通古塔，落霞西屿漾珊瑚。

南麂八咏（一）

（清）王理孚

登高远望两峰巅，仿佛齐州九点烟。
南北戈船兹一系，兵家形胜自天然。

南麂列岛

白水

青山绿水翠峰高，风引帆回涌碧涛。
万里海疆潮起落，国门守护战鹰翔。

南麂列岛，位于浙江省东南部海面，隶属平阳县，整个列岛由大小52个（面积大于500平方米）岛屿组成。它是中国唯一的国家级贝藻类海洋自然保护区。

长岛

白水

苍茫渤海展红旗，
九丈崖头百舸移。
碧水滔滔渔妇泪，
望夫礁畔莫归迟。

长岛，位于山东省烟台市，黄渤海在此交汇，又称庙岛群岛。长岛以剥蚀山岳和海岸地貌为主要特征，海水清澈，同时，这里也是中国的三大风场之一。

大崏山岛
白水

烟波万顷碧连天，
海上名湖若镜悬。
帆影鸥群相逐浪，
崏山夕照引归船。

大崏山岛，位于福建霞浦东北海域，由11个岛屿组成，古称福瑶列岛，意即"福地、美玉"。岛上风光旖旎，有"天湖泛彩""蚁舟夕照""沙滩奇纹"等胜景。

林进屿
白水

玲珑盆景碧涛中，
山火常飞气似虹。
浩渺烟波林进屿，
丹光五色染天宫。

林进屿，位于福建漳州滨海火山国家地质公园，由火山多次喷发而堆积形成。火山口以及火山口中的喷气口群和古熔岩群是岛上最著名的火山景观。

海陵岛
白水

银滩十里细金沙，
万顷烟波日映斜。
倚梦听涛鸥逐浪，
帆犁碧海向天涯。

海陵岛，位于广东省的阳江市，是广东省第四大海岛，拥有旖旎的自然风光和丰富的人文资源，被评为"中国十大最美海岛"之一。

鼓浪屿，位于福建厦门市，岛上植被丰富，环境优美，建筑风格独特，文化氛围浓厚，被列入世界遗产名录，成为中国第52项世界遗产项目。

游鼓浪屿（新韵）

王君敏

重登鼓浪屿，满耳似琴声。

榕荫林家院，歌摇窗外藤。

青石含古意，碧海孕新风。

回望成功像，寒潮共月生。

鼓浪屿

白水

日光岩外碧波平，远眺金门隔海行。

鼓浪洞天闲漫步，琴声委婉浪声轻。

鼓浪屿望金门岛

李银清

两岸同胞竟阋墙，中华史册载荒唐。

茫茫大海遥相叹，都说那边是故乡。

金门岛

白水

乘船破浪向仙洲，大海苍茫碧水流。

坑道翟山烟散尽，双门何日济同舟。

金门岛位于福建省泉州市的西南海面上，扼厦港咽喉，为闽南屏障。

东西连岛，位于江苏省连云港，分为东连岛和西连岛，是江苏省最大的海岛。

青玉案·连云港

丁建江

云山云海连云港，

涌不断，金沙浪。

碧水天边鸥鸟唱。

斜阳西下，扁舟船舫，

随着波涛漾。

长堤鸽岛遥相望，

霞彩飞红翠峦嶂。

借问诗情何所想？

夜听潮落，日观潮涨，

岁岁沙滩上。

秦山

（明）董杏

长生误听祖龙来，

驱石洪涛莘路开。

寂寂海灵残殿在，

早潮去尽暮潮来。

　　秦山岛，位于江苏省北大门赣榆县境内，因山形如琴，又名"琴山"。岛上有20余处主要景点，享有"秦山古岛，黄海仙境"的美誉。

绿岛

白水

温泉月照夜宵汤，

灯塔高天眺远洋。

千载熔岩呈海底，

湛蓝碧水透萤光。

　　绿岛，地处中国台湾台东县绿岛乡，由火山集块岩构成，俗称"火烧岛"。最高点为火烧山。

海驴岛

白水

远眺驴头卧碧涛，

万千鸥鸟向天翱。

苍茫大海无风静，

舟小除帆且用篙。

　　海驴岛，位于山东威海荣成县，因其形如一头瘦驴卧于海中，故得名"海驴岛"。因为岛上海鸥很多，当地人称海鸥为"海猫子"，故又称"海猫岛"。

普陀山

白水

普陀佛国遍山幽，

暮鼓晨钟入宇楼。

手执净瓶观自在，

海隅高耸眺潮头。

　　普陀山岛，位于浙江杭州湾以东，是舟山群岛中的一个小岛，相传为观音大士显化道场，素有"海天佛国"的美誉。普陀山岛集寺庙、海、沙、石于一身，岛上名胜古迹甚多。

游平潭岛

白水

五峰一谷云霄间，

碧海苍茫旭日衔。

老虎山头天地远，

烟波数点是风帆。

　　平潭岛，地处福建省福州市平潭县境内，因形似坛、兀峙海中，故又名"海坛岛"。平潭岛海岸蜿蜒曲折，沙质细白，海水清澈，其海蚀地貌甲天下，被誉为"海蚀地貌博物馆"。

大陈岛感赋

白水

浪打双峰雪万堆，

涛声不息响惊雷。

思归亭下千波涌，

远去乡民竟未回。

　　大陈岛，位于浙江省台州市。该岛山海一体，绿树葱茏，以奇礁兀立、高山阔海的自然风光著称。

洞头岛

忆宁

望海楼头眺碧波，
千帆往返若穿梭。
凭栏百岛云天下，
一片明珠荡漩涡。

洞头岛，位于温州瓯江口外，由一百多个岛屿组成，被称为"百岛县"。小岛犹如百颗明珠撒播在万顷碧波之中，风光旖旎迷人。

开山岛民兵

王明花

势若雄鹰胆气高，明心直节励清操。
振翅逐日役征戍，不让倭奴犯寸毫。

眺开山岛

陈淑英

曾经少小对门居，潮去潮来岛影孤。
浪击风摧千万载，灌河龙伯口中珠。

开山岛，位于江苏省连云港市灌云县灌河入海口处，被誉为"海上布达拉宫"。外形呈馒头状。

渔山列岛

忆宁

凌霄灯塔向天孤，
远眺苍茫入画图。
数点岛礁铺海面，
碧波万顷漾明珠。

渔山列岛，位于浙江省宁波市象山县东南。岛周围礁石林立、海水清澈、物种丰富，被誉为"亚洲第一钓场"。

中华五岭

越城岭

白水

峭峰耸立入云天，
深壑飞霞溢紫烟。
秦代灵渠流未尽，
千家万户种良田。

越城岭，位于湖南省西南部，早期是一个军事要塞性质的山岭，景区有广西猫儿山景区、湖南舜皇山景区等。

游月岩

（清）洪秀全

十万雄兵过道州，征诛得意月岩游。
云横石阵排车马，气壮山河贯斗牛。
烽火连天燃落霞，日月纵晖照金瓯。
天生好景观不尽，余兴他年再来游。

都庞岭为著名的"五岭"之一，处于湘桂交界处。都庞岭气势雄伟，山清水秀，景色宜人。

萌渚岭

白水

桂湘萌渚带群山，
峻峭峰峦步履艰。
天道酬勤生万物，
乡民僻壤垦荒蛮。

萌渚岭，又叫渚岭，山脉主体从湖南省永州市向南延伸至广西贺州市，海拔1787米。西南部称为姑婆山。

骑田岭上瞩中原

萧克

农奴聚义起宜章，晃晃梭镖刺大天。

莫谓湘南侧岭海，骑田岭上瞩中原。

骑田岭

白水

骑田蛮岭见嵯峨，耒水奔流激浪多。

浩荡秋风卷劲草，一行雁字向天歌。

骑田岭，位于湖南郴州市北湖区和宜章县之间，以其险峻山势和丰富的稀有金属资源而闻名。

梅岭三章

陈毅

一

断头今日意如何？创业艰难百战多。此去泉台招旧部，旌旗十万斩阎罗。

二

南国烽烟正十年，此头须向国门悬。后死诸君多努力，捷报飞来当纸钱。

三

投身革命即为家，血雨腥风应有涯。取义成仁今日事，人间遍种自由花。

大庾岭，又叫庾岭要塞，位于江西与广东两省边境。在汉武帝时期，庾胜将军曾在此筑台，其后又有唐代张九龄在梅岭建立的梅关。

中华人文景观

先秦人物

黄帝赞

（魏）曹植

少典之子，神明圣哲。

土德承火，赤帝是灭。

服牛乘马，衣裳是制。

氏云名官，功冠五列。

黄帝陵，位于延安市黄陵县城北桥山，是中华民族始祖黄帝轩辕氏的陵墓，号称"天下第一陵"。

黄帝赞

（晋）挚虞

黄帝在位，实号轩辕。

车以行陆，舟以济川。

弧矢之利，弭难消患。

垂衣而治，万国义安。

黄帝故里，位于新郑市轩辕路北，占地面积100余亩，是海内外中华儿女寻根祭祖的圣地，也是历年黄帝故里拜祖大典的场所。

述古

（宋）白玉蟾

河水一镜清，中有骊龙舞。

波心呈宝图，始脉造化祖。

燧人钻炎凉，炎帝饵甘苦。

身披猗狨衣，口服蔽棘乳。

此时至尊者，帝阶三尺士。

嬴政筑阿房，篷铿才伛偻。

炎帝陵，位于株洲市炎陵县城西鹿原镇，始建于宋太祖乾德五年（967年），这里洣水环流，古树参天，风景秀丽。

神农

（宋）王十朋

民食腥膻鸟兽同，

那知土谷利无穷。

后人只祀勾龙弃，

谁念艰难起帝功。

炎帝故里，位于湖北省随州市曾都区厉山镇，有神农牌坊、神农庙、神农碑等人文景观。

题盘古山二首

（宋）曾丰

一

太初盘古造乾坤，鬼力神筋擘混元。

妙果虽圆心不有，凡身已蜕迹独存。

二

女娲石带补天色，波利岩余飞锡痕。

想与南安白衣老，三生元是一精魂。

盘古山，位于河南省驻马店市泌阳县南陈庄。关于盘古的传说，历史上最早的记载是三国时徐整写的《三五历记》："天地混沌如鸡子，盘古生其中天地开辟，阳清为天，浑浊为地"。

娲皇宫，位于河北省涉县西北的凤凰山上，是我国历史上最大也是最早的奉祀上古天神女娲氏的古代建筑。

皇娲补天谣

（元）杨维桢

盘皇开天露天丑，夜半天星堕天狗。

璇枢缺坏奔星斗，轮鸡环兔愁飞走。

圣娲巧手炼奇石，飞廉鼓鞴虞渊赤。

红丝穿饼补天空，太虚一碧玻璃色。

辐旋毂转四极正，高盖九重县水镜。

三光不凋河不泄，天上神仙宅金阙。

当时坤母亦在旁，下拾残灰补地裂。

尧庙

（宋）范仲淹

千古如天日，巍巍与善功。
禹终平泽水，舜亦致薰风。
江海生灵外，干坤揖让中。
乡人不知此，箫鼓谢年丰。

　　尧庙，位于山西省临汾市秦蜀路。该建筑主要由山门、五凤楼、尧井亭、广运殿、寝宫等古建筑群组成。庙中有距今已1600余年的汉代奇树——柏抱槐。

题三会寺仓颉造字台

（唐）岑参

野寺荒台晚，寒天古木悲。
空阶有鸟迹，犹似造书时。

仓颉庙

白水

寺庙千年聚梵音，石碑墓冢院森森。
转枝翠柏终凋落，造字书香润古今。

　　仓颉庙，位于陕西省渭南市白水县史官乡。相传仓颉是黄帝时代的史官，汉字的创造者。

挥公陵·舜帝宫感赋

白水

认祖寻根赴濮阳，
挥公建树待弘扬。
平生庸碌非成器，
小子无才愧姓张。

　　挥公陵，位于河南省濮阳市东南部，为纪念张姓始祖挥公所建。

财神庙赵公明故里

白水

财神古寺沸人声，

百里焚香赶五更。

只是谋生多困苦，

黎民起早拜公明。

财神庙，位于陕西省周至县集贤镇赵代村。赵公明，本名朗，字公明，终南山下西安周至县赵大村人，又称赵玄坛、赵公元帅，相传为正财神。

大雅·韩奕

（先秦）尹吉甫

奕奕梁山，维禹甸之，有倬其道。韩侯受命，王亲命之，缵戎祖考，无废朕命。

夙夜匪解，虔共尔位，朕命不易。榦不庭方，以佐戎辟。四牡奕奕，孔修且张。

韩侯入觐，以其介圭，入觐于王。王锡韩侯，淑旂绥章，簟茀错衡。玄衮齿舄，

钩膺镂锡，鞹鞃浅幭，鞗革金厄。韩侯出祖，出宿于屠，显父饯之，清酒百壶。

其肴维何，炰鳖鲜鱼，其蔌维何，维笋及蒲。其赠维何，乘马路车，笾豆有且。

侯氏燕胥。韩侯取妻，汾王之甥，蹶父之子。韩侯迎止，于蹶之里。

百两彭彭，八鸾锵锵，不显其光。诸娣从之，祁祁如云，韩侯顾之，烂其盈门。

蹶父孔武，靡国不到，为韩姞相攸，莫如韩乐。韩乐韩土，川泽訏訏，鲂鱮甫甫，

麀鹿噳噳。有熊有罴，有猫有虎，庆既令居，韩姞燕誉。溥彼韩城，燕师所完，

以先祖受命，因时百蛮。王锡韩侯，其追其貊，奄受北国，因以其伯。实墉实壑，

实亩实籍，献其貔皮，赤豹黄罴。

尹公墓，位于河北省南皮县黄家洼村西南处，又叫将军坟。现为重点文物保护单位。

尹吉甫故里，位于湖北省的房县万峰山的宝堂寺，寺院墙上有一古代雕琢的"日月品字形"石窟，被列为县重点文物保护单位。尹吉甫（前852年—前775年），即兮伯吉父，尹是官名。尹吉甫曾是周宣王的大臣，官至内史，相传是《诗经》的主要采集者，军事家、诗人、哲学家，被尊称为中华诗祖。

过曲阜阙里谒孔庙

（清）李英

阙里抠衣地，中天紫气舒。

自怜草莽客，幸礼圣人居。

道在千秋日，功成六籍书。

金丝犹可听，俯仰意何如。

　　曲阜孔庙，位于山东省曲阜市，这里也是孔子的故居。西汉以来，历代帝王不断给孔子加封谥号，使得这里的孔庙成为全国规模最大的孔庙。

淮阳弦歌台

白水

先师德性耀星辰，

弟子三千诲庶人。

自古圣贤多苦难，

绝粮祠里阅艰辛。

　　弦歌台，位于河南省淮阳县，又叫厄台、绝粮祠。相传是为纪念孔子当年厄于陈蔡绝日弦歌不止而建造。以此教导后人不忘儒家先祖一生的困苦与艰辛。现存的弦歌台，为乾隆四十八年（1783年）重修。

孙子兵法城

白水

壁垒高墙立古城，

秦砖汉瓦建兵营。

千秋风雨尘埃净，

但愿人寰少杀声。

　　孙子兵法城，位于山东省滨州市惠民县。孙武（约前545年—前470年），中国春秋时期军事家，字长卿，中国春秋时期齐国乐安（今山东广饶）人，是吴国将领、著名军事家、政治家。

淄博姜太公祠

白水

崇高武圣展英姿，
兵学千秋是导师。
落絮无声庭院里，
香堂有火太公祠。

姜太公祠，位于山东省淄博市临淄（古营丘）城区。姜太公（约前1128年—约前1015年），本名姜尚，字子牙，曾被封于吕地，故又称吕尚，他是中国历史上享有盛名的政治家、军事家和谋略家。

谒晏子墓

白水

千年晏子记春秋，
体察民情替国忧。
一捧犹存天地气，
吾侪俯首拜荒丘。

晏子墓，位于山东省淄博市齐都镇。晏子，字仲谥平，原名晏婴。春秋时齐国夷维（今山东高密）人，齐国大夫。他是一位重要的政治家、思想家、外交家。

访管仲纪念馆

白水

富国强兵树义旗，
法家先导圣人师。
中华良相垂千古，
百世流芳管仲祠。

管仲纪念馆，位于淄博市临淄区。管仲（前719—前645年），姬姓，管氏，名夷吾，字仲，谥敬，是春秋时期法家代表人物。

过孟庙

孔召芝

古木阴阴处，危檐复几重。
庭闲花自落，径僻鸟相从。
苍柏千秋史，青襟一代宗。
应怜红语录，千古识遗风。

　　孟子庙，位于山东省邹城市。孟子（前372年—前289年），名轲，是中国古代著名思想家，教育家，战国时期儒家代表人物。

钓鱼台

（宋）任逢

不慕渭水滨，岂借严陵境。
巨人留神迹，持竿钓月影。

姜子牙钓鱼台

白水

太公跪石越千秋，不息幡溪涌碧流。
自喻飞熊原有意，直钩只在钓王侯。

　　姜子牙钓鱼台，位于宝鸡市陈仓区天王镇境内的伐鱼河谷（即幡溪谷）中。溪中有一台石，传说是姜子牙隐居垂钓之地，故而得此名。

周公庙

（宋）苏轼

吾今那复梦周公，尚喜秋来过故宫。
翠凤旧依山碎兀，清泉长与世穷通。
至今游客伤离黍，故国诸生咏雨濛。
牛酒不来乌鸟散，白杨无数暮号风。

岐山周公庙

白水

周公古刹彩云飘，唐柏千秋入碧霄。
凤啭岐山皆往事，回音碑里马萧萧。

　　周公庙，位于岐山县城西北的凤凰山南麓。周公，姓姬名旦，是周文王姬昌第四子。周公是西周初期杰出的政治家、军事家、思想家、教育家，被尊为"元圣"和儒学先驱。

过吕不韦墓
白水

荒原古墓越千年，
卓识商人亦永眠。
吕氏春秋存后世，
遵循大道自天然。

吕不韦墓，位于河南省偃师市南蔡庄大冢头村东。吕不韦（前292年—前235年），姜姓，吕氏，名不韦，卫国濮阳（今安阳市滑县）人。战国末年著名商人、政治家、思想家，官至秦国丞相。

望老君山
（明）蒋薰

老君山在眼，日夕起秋烟。
翠落孤云外，丹含反照边。
鸟飞知去路，鹿过想耕田。
应是岩阿里，能容勾漏仙。

老君山
白水

怪石嶙峋立挂屏，老君古寺近天庭。
云腾岭上千峰远，雨润秦川万木青。

老君山，地处陕西省洛南县巡检镇，是道教始祖太上老君修炼成仙的地方，自古就有"中华道教祖山"之称。

鹿邑老君台
白水

云烟缥缈向蓬莱，
此去仙人竟未来。
道德真源留迹处，
三清法界老君台。

老君台，位于河南省周口市鹿邑县。传说老子修道成仙，于此处飞升，故名"升仙台"。老子，姓李名耳，字聃。老子是具有世界影响力的文化名人，被列入世界百位历史名人之一。

鬼谷子祠堂

白水

故里荒村一庙祠，
纵横善辩是宗师。
先生果有通天技，
妙算应知今日奇。

　　鬼谷子祠堂，位于邯郸市临漳香菜营乡谷子村。鬼谷子，姓王名诩（或利），又名王禅，号玄微子，春秋末战国初时人，著名思想家、谋略家、纵横家。

扁鹊墓

（宋）范成大

活人绝技古今无，
名下从教世俗趋。
坟土尚堪充药饵，
莫嗔医者例多卢。

　　扁鹊墓，位于内丘县城西的神头村。扁鹊，战国时期医学家。扁鹊善于运用四诊：问闻望切，被后人尊为"医祖"。

祠洛水歌

（秦）嬴政

洛阳之水，其色苍苍。祠祭大泽，
倏忽南临。洛滨醊祷，色连三光。

幸秦始皇陵

（唐）李显

眷言君失德，骊邑想秦余。
政烦方改篆，愚俗乃焚书。
阿房久已灭，阁道遂成墟。
欲厌东南气，翻伤掩鲍车。

　　秦始皇陵，位于陕西省西安以东31千米临潼区的骊山。秦始皇（前259年—前210年），姓嬴，名政。他是中国历史上著名的政治家、战略家、改革家，第一个完成大一统的历史人物。

豫让桥

（唐）胡曾

豫让酬恩岁已深，高名不朽到如今。
年年桥上行人过，谁有当时国士心？

豫让桥怀古

（明）于谦

豫让桥边策马过，当年意气未消磨。
人臣报主宜如此，死不成功可奈何。

豫让桥，位于河北省邢台市桥东区泉南东大街附近。豫让，姓姬，出自毕氏。春秋战国时期晋国人，刺杀赵襄子未遂，后被赵襄子所捕，伏剑自杀。

咏庄子

（唐）李白

万古高风一子休，南华妙道几时修。
谁能造入公墙里，如上江边望月楼。

过庄子故里

白水

漆园傲吏志云霄，拒聘威王未奉朝。
崇尚人生忘物我，海天游旅自逍遥。

庄周圣陵，位于河南省商丘市民权县老颜集乡。庄子是东周战国中期著名的思想家、哲学家和文学家。

廉颇墓，位于安徽省六安市寿县八公乡郝圩村。廉颇，生卒年不详，姓嬴，廉氏，名颇，山西太原（一说山西运城，山东德州）人。战国末期赵国的名将，与白起、王翦、李牧并称为"战国四大名将"。

廉颇墓

白水

沙场驰骋领金戈，屡建功勋奏凯歌。
请罪负荆明大义，千秋垂范将相和。

廉颇墓

（清）翟廉

广信何年逐鹤游？凋残华表隐荒丘。
赵城英气功犹著，秦岭雄风志未休。
寂寞寒宵随鹿去，凄凉皓月对猿愁。
独怜午夜魂归后，啼鸟声声悲暮秋。

咏史诗上蔡

（唐）胡曾

上蔡东门狡兔肥，李斯何事忘南归。

功成不解谋身退，直待云阳血染衣。

题李斯传

（唐）韦庄

蜀魄湘魂万古悲，未悲秦相死秦时。

临刑莫恨仓中鼠，上蔡东门去自迟。

李斯墓，位于河南省上蔡蔡国故城的西南部。李斯（约前284年—前208年），秦朝丞相，著名的政治家、文学家和书法家，协助秦始皇统一天下。秦统一之后，他参与制定了法律，统一车轨、文字、度量衡制度。

游徐福庙有赋

封明珍

为寻仙药远家山，啼尽春鹃尚未还。

万卷清诗留海上，一腔正气动乡关。

怀思父老东瀛苦，传播文明世道艰。

心与樱红何化土？唯期和睦两相怜。

徐福祠，位于江苏省连云港市赣榆区金山镇。徐福，字君房，是秦朝著名方士，道家名人。

题彭祖楼

（唐）薛能

新晴天状湿融融，徐国滩声上下洪。

极目澄鲜无限景，入怀轻好可怜风。

身防潦倒师彭祖，妓拥登临愧谢公。

谁致此楼潜惠我，万家残照在河东。

彭祖园，位于江苏省徐州市南郊马棚山。彭祖，大彭国第一任国君。彭姓始祖，又称篯铿、彭铿。

汤阴羑里城

白水

参天古柏伴姬昌，羑里迷宫映夕阳。

砖石高台推演处，民间八卦自文王。

汤阴羑里城，位于河南省安阳市汤阴县，是世界遗存最早的国家监狱，也是风靡全球的周易文化发祥地。

田横岛感赋

白水

海岛斜阳映晚秋，荒坟远影掠沙鸥。

当年义士魂归处，不息波涛涌激流。

田横岛

贺敬之

史家是非置勿论，中华千秋浩气存。

田横五百殉此岛，海潮如诉告来人。

田横岛，位于山东省即墨市沽里乡东部。田横（？—前202年），秦末狄县（现山东高青县东南）人。秦末陈胜吴广起义，天下大乱，狄县的故田齐宗室中的田儋和田荣、田横兄弟抗秦自立，儋为齐王。

离骚（节选）

（先秦）屈原

帝高阳之苗裔兮，朕皇考曰伯庸。

摄提贞于孟陬兮，惟庚寅吾以降。

皇览揆余初度兮，肇锡余以嘉名。

名余曰正则兮，字余曰灵均。

纷吾既有此内美兮，又重之以修能。

扈江离与辟芷兮，纫秋兰以为佩。

屈子祠，位于湖南省汨罗市玉笥山麓。屈原（前340年—前278年），战国时期楚国人，是伟大的浪漫主义诗人和爱国诗人。

宋玉墓位于湖南省常德市临澧县望城乡。宋玉（约前298年—约前222年），战国后期楚国辞赋作家，鄢城人（今湖北省宜城市）。

九辩（节选）

（先秦）宋玉

悲哉，秋之为气也！
萧瑟兮草木摇落而变衰。
憭栗兮若在远行，
登山临水兮送将归。
泬寥兮天高而气清，
寂寥兮收潦而水清。
憯悽增欷兮，薄寒之中人，
怆怳懭悢兮，去故而就新。
坎廪兮贫士失职而志不平，
廓落兮羁旅而无友生，
惆怅兮而私自怜！

浣溪沙·姜女祠

（清）纳兰性德

海色残阳影断霓，寒涛日夜女郎祠。
翠钿尘网上蛛丝。澄海楼高空极目，
望夫石在且留题。六王如梦祖龙非。

姜女祠，位于陕西省铜川市印台区金山山麓，已有1000多年的历史。孟姜女是中国民间传说中的人物，最早的传说可上溯到《左传》。

西施

（唐）罗隐

家国兴亡自有时，吴人何苦怨西施。
西施若解倾吴国，越国亡来又是谁。

西施

（清）曹雪芹

一代倾城逐浪花，吴宫空自忆儿家。
效颦莫笑东村女，头白溪边尚浣纱。

西施故里，位于浙江省绍兴市，是国家级风景名胜区之一。西施本名施夷光，越国美女，与王昭君、貂蝉、杨玉环并称为中国古代四大美女。

商鞅广场，位于陕西省商洛市。商鞅（约前395年—前338年），战国时期著名政治家、改革家、思想家，法家代表人物。

商鞅

（宋）王安石

自古驱民在信诚，一言为重百金轻。
今人未可非商鞅，商鞅能令政必行。

咏史上·商鞅

（宋）陈普

此天此地此经文，学者何尝溺所闻。
尽道李斯焚典籍，不知吹火是商君。

汉魏人物

大风歌

（汉）刘邦

大风起兮云飞扬，威加海内兮归故乡，
安得猛士兮守四方。

鸿鹄歌

（汉）刘邦

鸿鹄高飞，一举千里。
羽翮已就，横绝四海。
横绝四海，当可奈何？
虽有矰缴，尚安所施？

沛县汉城景区，位于江苏省徐州市沛城中心。刘邦（前256年—前195年），沛县丰邑中阳里人，汉朝开国皇帝

项王故里，简称"项里"，位于江苏省宿迁市，在古黄河与大运河之间。项羽（前232年—前202年），名籍，字羽，秦末下相（今江苏宿迁）人，楚国名将项燕之孙。他是中国历史上最强的武将之一。

垓下歌

（秦）项羽

力拔山兮气盖世。时不利兮骓不逝。
骓不逝兮可奈何！虞兮虞兮奈若何！

夏日绝句

（宋）李清照

生当作人杰，死亦为鬼雄。
至今思项羽，不肯过江东。

七谏·怨思

（汉）东方朔

贤士穷而隐处兮，廉方正而不容。

子胥谏而靡躯兮，比干忠而剖心。

子推自割而饲君兮，德日忘而怨深。

行明白而曰黑兮，荆棘聚而成林。

江离弃于穷巷兮，蒺藜蔓乎东厢。

贤者蔽而不见兮，谗谀进而相朋。

枭鸮并进而俱鸣兮，凤皇飞而高翔。

原壹往而径逝兮，道壅绝而不通。

东方朔墓，位于山东省德州市陵县，墓前原有石碑，上题"东方朔先生之墓"。东方朔（生卒年不详），本姓张，字曼倩，西汉时期著名的文学家。

怨词

（汉）王昭君

秋木萋萋，其叶萎黄，有鸟处山，集于苞桑。

养育毛羽，形容生光，既得行云，上游曲房。

离宫绝旷，身体摧藏，志念没沉，不得颉颃。

虽得委禽，心有徊惶，我独伊何，来往变常。

翩翩之燕，远集西羌，高山峨峨，河水泱泱。

父兮母兮，进阻且长，呜呼哀哉！忧心恻伤。

昭君故里，位于湖北省兴山县城南郊香溪河畔。王昭君（约前52年—约15年），名嫱，字昭君，南郡秭归人，西汉元帝时被派去和匈奴和亲。

登严子陵钓台

（宋）吴龙翰

万乘从君脚底眠，客星便入史官占。

东都基业随流水，今日斯台尚姓严。

过严子陵钓台

白水

此地空台鸟竞鸣，富春江水诉吁声。

平生不作长安客，万水千山任我行。

严子陵钓台，位于浙江省桐庐县城南15千米的富春山麓，是富春江主要风景点之一。

博望侯墓

（宋）张俞

九译使车通，君王悦战锋。

争残四夷国，只在一枝筇。

张骞乘槎图

（宋）戴表元

数尺苦槎底易骑，海风吹浪白弥弥。

如今市上君平少，曾到天河也不知。

张骞墓，位于陕西省城固县博望镇饶家营村。张骞是西汉时出使西域的著名外交家，城固人。他于西汉武帝建元二年（前139年）、元狩四年（前119年）两次率员出使西域，以"丝绸之路"开拓者名传千古。

萧何

（宋）张耒

萧公俯仰系安危，功业君王心独知。

犹道邵平能缓颊，君臣从古固多疑。

萧何墓前话萧何

白水

风骨非凡结友多，为人机敏性随和。

相知月下追韩信，成亦萧何败也何。

萧何墓，位于陕西省汉中市城固县博望镇杜家槽村内。萧何（前257年—前193年），汉族，沛丰人，他在楚汉战争中起了很重要的作用。

司马迁祠墓，位于陕西省韩城市芝川镇的韩奕坡悬崖上。司马迁（前145年—前90年），字子长，夏阳（今陕西韩城南）人，一说龙门（今山西河津）人。中国西汉时期伟大的史学家、文学家、思想家。

司马迁

（宋）王安石

孔鸾负文章，不忍留枳棘。

嗟子刀锯间，悠然止而食。

成书与后世，愤悱聊自释。

领略非一家，高辞殆天得。

虽微樊父明，不失孟子直。

彼欺以自私，岂啻相十百。

过司马迁祠

白水

西眺梁山面向阳，山环水抱立祠堂。

著书史记传千古，八卦坟茔草木芳。

张良庙，位于秦岭南坡的紫柏山麓。张良（约前250年—前186年），字子房，被封为留侯，谥号文成，颍川城父人，汉朝的开国元勋之一，与萧何、韩信同为汉初三杰。

过张良庙

白水

运筹帷幄是良才，博浪飞椎实可哀。

盖主功高终有祸，急流勇退入仙台。

读子房传

（宋）杨万里

笑赌乾坤看两龙，淮阴目动即雌雄。

兴王大计无寻处，却在先生一蹑中。

苏武庙

（唐）温庭筠

苏武魂销汉使前，古祠高树两茫然。

云边雁断胡天月，陇上羊归塞草烟。

回日楼台非甲帐，去时冠剑是丁年。

茂陵不见封侯印，空向秋波哭逝川。

苏武庙，位于陕西省咸阳城西47千米处武功县武功镇龙门村。苏武（前140年—前60年），字子卿，杜陵（今陕西西安）人，西汉名臣。

班固墓，位于陕西省宝鸡市扶风县城东的太白乡浪店村。班固（32年—92年），字孟坚，东汉扶风安陵（今陕西咸阳）人。我国古代著名的史学家、文学家。

灵台诗

（汉）班固

乃经灵台，灵台既崇。帝勤时登，

爰考休徵。三光宣精，五行布序。

习习祥风，祁祁甘雨。百谷蓁蓁，

庶草蕃庑。屡惟丰年，于皇乐胥。

过班固墓

白水

墓冢萧疏若废墟，凋零草木遍荒疏。

两都佳赋传千载，更有华章著汉书。

汉光武帝陵

白水

陵园古墓柏千株，枕蹬河山竟特殊。
善战能征平莽乱，终成大业树雄图。

汉光武帝陵，位于河南省孟津县白鹤镇。光武帝刘秀（前6年—57年），字文叔，南阳郡蔡阳县人，东汉开国皇帝。

鹏鸟赋（节选）

（汉）贾谊

且夫天地为炉兮，造化为工；
阴阳为炭兮，万物为铜。
合散消息兮，安有常则？
千变万化兮，未始有极。
忽然为人兮，何足控抟；
化为异物兮，又何足患。
小智自私兮，贱彼贵我；
达人大观兮，物无不可。
贪夫殉财兮，烈士殉名。
夸者死权兮，品庶每生。
怵迫之徒兮，或趋西东；
大人不曲兮，意变齐同。

贾谊故居，位于湖南省长沙市解放西路与太平街口交汇处。贾谊（前200年—前168年），西汉时期洛阳（今河南省洛阳市东）人。汉朝著名的思想家、文学家。

吊医圣张仲景先生

（清）戴上遴

长沙贤太守，金匮易乌纱。
橘圃存棠阴，蒲鞭寄杏花。
济民仁政合，寿世德功嘉。
回首烧丹处，犹余落照霞。

张仲景祠，位于湖南省长沙市蔡锷中路，现湖南中医学院第二附属医院院内。张仲景，名机，字仲景，东汉末年著名医学家，被后人尊称为"医圣"。

皇藏峪，位于安徽省萧县东南的龙岗山中，原名黄桑峪。汉高祖刘邦称帝前曾避秦兵追捕而藏身于此，故改名皇藏峪。

七月之望游皇藏峪露坐林间

（清）张志勤

昔年曾过此，蹊径尚依然。
久住应忘世，重来别见天。
卧游思枕簟，洗耳爱山泉。
夜月凉如水，清光独自闲。

过皇藏峪

白水

黄桑峪里事纷庞，祈雪苏公卧北窗。
拔剑泉流天地气，幽深古洞躲刘邦。

虞姬墓

（宋）苏轼

帐下佳人拭泪痕，门前壮士气如云。
仓黄不负君王意，独有虞姬与郑君。

戊戌晚秋过虞姬庙

赵春女

落叶亭台掩旧踪，美人一去竟难逢。
可怜秋雨秋风庙，徒惹吟怀别绪浓。

虞姬墓，位于安徽省宿州市灵璧县城东，墓侧曾建有虞姬庙。

杂咏一百首·华佗

（宋）刘克庄

古来神异少，天下妄庸多。
文帝能全意，曹瞒竟杀佗。

读华佗传

（宋）陆游

六籍虽残圣道醇，中更秦火不成尘。
华佗老黠徒惊俗，吾岂无书可活人。

华祖庵，又名华佗纪念馆、华佗庙，位于安徽省亳州市永安街西端。华佗，东汉末医学家。名旉，字元化。汉末沛国谯（今安徽亳县）人。

过王莽岭
白水

王莽峦头草木芳，

天然圣境浸清凉。

千峰万壑争攒聚，

幻影流云漾太行。

王莽岭，位于山西省晋城市陵川县与河南省辉县市之间。王莽（前45年—23年），字巨君，新都哀侯王曼次子。中国历史上新朝的建立者，即新始祖，也称建兴帝或新帝。

昭君墓
（唐）常建

汉宫岂不死，异域伤独没。

万里驮黄金，蛾眉为枯骨。

回车夜出塞，立马皆不发。

共恨丹青人，坟上哭明月。

过昭君墓
白水

荒原古道树昭君，滚滚黄沙见日曛。

巾帼舍身成大业，琵琶一曲若千军。

昭君墓，位于呼和浩特南郊9千米处大黑河畔，是中国最大的汉墓之一。

韩信庙
（唐）刘禹锡

将略兵机命世雄，苍黄钟室叹良弓。

遂令后代登坛者，每一寻思怕立功。

却过淮阴吊韩信庙
（唐）李绅

功高自弃汉元臣，遗庙阴森楚水滨。

英主任贤增虎翼，假王徼福犯龙鳞。

贱能忍耻卑狂少，贵乏怀忠近佞人。

徒用千金酬一饭，不知明哲重防身。

韩信庙，位于淮安市淮阴区码头镇境内。韩信（约前231年—前196年），淮阴（原江苏省淮阴县，今淮阴区）人，西汉开国功臣，中国历史上杰出的军事家，与萧何、张良并列为汉初三杰。

郴江百咏并序·蔡伦宅

（宋）阮阅

竹简韦编写六经，不知何用捣枯藤。

自从杵臼深藏后，采楮春桑事已更。

蔡侯祠，位于湖南省耒阳市（县级）城东10千米处。蔡伦，字敬仲，东汉桂阳郡（今湖南耒阳），由他监制的纸被称为"蔡侯纸"。

四愁诗（选二）

（汉）张衡

我所思兮在太山

欲往从之梁父艰，侧身东望涕沾翰。

美人赠我金错刀，何以报之英琼瑶。

路远莫致倚逍遥，何为怀忧心烦劳。

我所思兮在桂林

欲往从之湘水深，侧身南望涕沾襟。

美人赠我琴琅玕，何以报之双玉盘。

路远莫致倚惆怅，何为怀忧心烦伤。

南阳张衡墓，位于河南省南阳市石桥镇小石桥村的西北隅。张衡（78年—139年），字平子，南阳西鄂（今河南南阳市石桥镇）人，中国东汉时期伟大的天文学家，为中国天文学、机械技术、地震学的发展做出了不可磨灭的贡献。

虞城木兰祠

白水

沙场驰骋展英姿，替父从军举战旗。

巾帼英雄忠孝义，千秋咏唱木兰诗。

木兰祠

（清）乾隆

克敌垂成不受勋，凛然巾帼是将军。

一般过客留吟句，绝胜钱塘苏小坟。

木兰祠，位于河南省虞城县营廓镇。花木兰是古代传说中的巾帼英雄，其替父从军的故事流传千古。

张飞庙

（明）江源

荣辱存亡共豫州，欲将借窃问诸侯。

山河百战公无敌，事业三分死不休。

汉室未忘忠贯日，严颜竟释义横秋。

孙曹未灭身先殒，其奈皇天不祚刘。

张飞庙，又叫张桓侯庙，位于长江南岸飞凤山麓，始建于蜀汉末期，后经历代修葺扩建，距今已有一千七百余年的历史。

隆中

（宋）苏轼

诸葛来西国，千年爱未衰。

今朝游故里，蜀客不胜悲。

谁言襄阳野，生此万乘师。

山中有遗貌，矫矫龙之姿。

龙蟠山水秀，龙去渊潭移。

空余蜿蜒迹，使我寒涕垂。

隆中诸葛亮故居，位于湖北省襄樊市13千米处，这里是诸葛亮青年时期的隐居之处。因为他居住的地方是卧龙岗，所以自号"卧龙"。

感惜

（宋）陆游

五丈原头秋色新，当时许国欲忘身。

长安之西过万里，北斗以南惟一人。

往事以如辽海鹤，余年空羡葛天民。

腰间白羽凋零尽，却照清溪整角巾。

过定军山

白水

十万屯兵古战区，连山惟有一明珠。

仰天洼下田阡陌，却是当年八阵图。

五丈塬诸葛亮庙，位于山西省宝鸡市岐山县城南20千米的五丈塬镇。诸葛亮曾屯兵于此与司马懿对阵，后因积劳成疾病死在五丈塬。

蜀相

（唐）杜甫

丞相祠堂何处寻，锦官城外柏森森。

映阶碧草自春色，隔叶黄鹂空好音。

三顾频烦天下计，两朝开济老臣心。

出师未捷身先死，长使英雄泪满襟。

武侯祠，位于四川省成都市南门武侯祠大街，是全国影响最大的三国遗迹博物馆。诸葛亮（181年—234年），字孔明，号卧龙（也作伏龙），三国时期蜀汉丞相。

室思（节选）

（汉）徐干

沉阴结愁忧，愁忧为谁兴？

念与君相别，各在天一方。

良会未有期，中心摧且伤。

不聊忧餐食，慊慊常饥空。

端坐而无为，仿佛君容光。

峨峨高山首，悠悠万里道。

君去日已远，郁结令人老。

人生一世间，忽若暮春草。

徐干墓，位于山东省潍坊市寒亭区朱里镇会泉庄东南，又称"博士冢"。徐干（170年—217年），字伟长，东汉北海剧（今潍坊市寒亭区）人，是东汉时期著名的文学家、哲学家，"建安七子"之一。

登楼赋（节选）

（汉）王粲

登兹楼以四望兮，聊暇日以销忧。

览斯宇之所处兮，实显敞而寡仇。

挟清漳之通浦兮，倚曲沮之长洲。

背坟衍之广陆兮，临皋隰之沃流。

北弥陶牧，西接昭邱。华实蔽野，

黍稷盈畴。虽信美而非吾土兮，

曾何足以少留。

仲宣楼，位于湖北省襄阳城东南角城墙之上。仲宣楼、黄鹤楼、晴川阁和岳阳楼一起并称"楚天四大名楼"。王粲（177年—217年），字仲宣，山阳郡高平县（今山东省济宁市微山县两城镇）人，东汉末年文学家，"建安七子"之一。

曹植墓，位于山东省东阿县城南的鱼山西麓。曹植（公元192年—232年），三国时期魏国著名诗人，曹操次子，字子建，"建安七子"之一。他所作的《七步诗》被世人广为传诵。

七步诗

（曹魏）曹植

煮豆燃豆萁，豆在釜中泣。

本是同根生，相煎何太急？

泰山梁甫行

（曹魏）曹植

八方各异气。千里殊风雨。

剧哉边海民。寄身于草墅。

妻子象禽兽。行止依林阻。

柴门何萧条。狐兔翔我宇。

过赵云庙

白水

百年寺院又新修，

松柏经霜已晚秋。

庙里香烟终未断，

庶民凭吊顺平侯。

赵云庙，位于河北省石家庄市正定县。赵云（？—229年），字子龙，常山真定（今河北省正定）人。蜀汉名将之一。

短歌行

（汉）曹操

对酒当歌，人生几何！譬如朝露，去日苦多。

慨当以慷，忧思难忘。何以解忧？唯有杜康。

青青子衿，悠悠我心。但为君故，沉吟至今。

呦呦鹿鸣，食野之苹。我有嘉宾，鼓瑟吹笙。

明明如月，何时可掇？忧从中来，不可断绝。

越陌度阡，枉用相存。契阔谈讌，心念旧恩。

月明星稀，乌鹊南飞。绕树三匝，何枝可依？

山不厌高，海不厌深。周公吐哺，天下归心。

曹操公园，位于安徽省亳州市，该公园以曹操家族墓群而闻名。曹操（155年—220年），沛国谯县（今安徽亳州）人，字孟德，东汉末年杰出的政治家、军事家、文学家、书法家，三国中曹魏政权的奠基人。

嵇康墓，位于安徽省涡阳县石弓镇嵇山南麓（原属濉溪之临涣）。嵇康（224年—263年，一作223年—262年），字叔夜。今安徽濉溪县临涣镇人。三国时期著名思想家、音乐家、文学家。

述志诗之一

（曹魏）嵇康

潜龙育神躯，跃鳞戏兰池。延颈慕大庭，
寝足俟皇羲。庆云未垂景，盘桓朝阳陂。
悠悠非吾匹，畴肯应俗宜。殊类难徧周，
鄙议纷流离。轗轲丁悔吝，雅志不得施。
耕耨感宁越，马席激张仪。逝将离群侣，
杖策追洪崖。焦股振六翮，罗者安所羁。
浮游太清中，更求新相知。比翼翔云汉，
饮露餐琼枝。多念世间人，凤驾咸驱驰。

　　冲静得自然，荣华安足为。

咏怀八十二首·其一

（曹魏）阮籍

夜中不能寐，起坐弹鸣琴。
薄帷鉴明月，清风吹我襟。
孤鸿号外野，翔鸟鸣北林。
徘徊将何见？忧思独伤心。

尉氏阮籍啸台，位于河南省开封市尉氏县县城东南的小陈乡阮庄村。阮籍（210年—263年），字嗣宗，三国时期诗人。陈留（今属河南）尉氏人。竹林七贤之一，是"建安七子"之一阮瑀的儿子。

周瑜墓二选一

（清）袁枚

旌旗指日控巴襄，底事泉台遽束装？
一战已经烧汉贼，九原应去告孙郎。
管萧事业江山在，终贾年华玉树伤。
我有醇醪半尊酒，为公惆怅奠斜阳。

周瑜墓，位于安徽省合肥市庐江县城军二东路横街朝墓巷。周瑜（175年—210年），字公瑾，东汉末年名将，庐江舒县人。

文君井，位于四川省邛崃市临邛镇里仁街，相传为司马相如与卓文君当垆卖酒之处。卓文君（前175年—前121年），原名文后，西汉临邛（今四川邛崃）人，中国古代四大才女之一。

白头吟

（汉）卓文君

皑如山上雪，皎若云间月。
闻君有两意，故来相决绝。
今日斗酒会，明旦沟水头。
躞蹀御沟上，沟水东西流。
凄凄复凄凄，嫁娶不须啼。
愿得一心人，白头不相离。
竹竿何袅袅，鱼尾何簁簁！
男儿重意气，何用钱刀为。

出塞

（唐）王昌龄

秦时明月汉时关，万里长征人未还。
但使龙城飞将在，不教胡马度阴山。

军城早秋

（唐）严武

昨夜秋风入汉关，朔云边月满西山。
更催飞将追骄虏，莫遣沙场匹马还。

李广墓，位于甘肃省天水市城南石马坪的文山山麓。李广（？—前119年），陇西成纪（今甘肃天水秦安县）人，中国西汉时期的名将。

曹娥景区，位于浙江省上虞市曹娥江风景名胜区。曹娥（130年—143年），会稽上虞（今浙江省绍兴市上虞区）人。东汉时期著名孝女。

曹娥碑

（唐）贯休

高碑说尔孝应难，
弹指端思白浪间。
堪叹行人不回首，
前山应是苎萝山。

曹娥庙

（宋）陈造

阅世谁无父，渠宁厌久生。
惊波轻一死，森木竟双茔。

陶渊明祠，位于江西省九江县沙河街东北隅一处的山麓。陶渊明（352年或365年—427年），字元亮，又名潜，号五柳先生，魏晋时期伟大诗人、辞赋家，"田园诗派之鼻祖"。

兰亭诗选一
（东晋）王羲之

代谢鳞次，忽焉以周。
欣此暮春，和气载柔。
咏彼舞雩，异世同流。
迢携齐契，散怀一丘。

王羲之故居，位于山东省临沂市兰山区洗砚池街20号。王羲之（321年—379年），字逸少，东晋书法家，有"书圣"之称。

谢灵运墓，位于江西省宜春市万载县康乐街道里泉村境内的莲花形山上。谢灵运（385年—433年），浙江会稽（今属绍兴市）人，著名山水诗人，中国文学史上山水诗派的开创者。

归园田居·其一
（魏晋）陶渊明

少无适俗韵，性本爱丘山。
误落尘网中，一去三十年。
羁鸟恋旧林，池鱼思故渊。
开荒南野际，守拙归园田。
方宅十余亩，草屋八九间。
榆柳荫后檐，桃李罗堂前。
暖暖远人村，依依墟里烟。
狗吠深巷中，鸡鸣桑树颠。
户庭无尘杂，虚室有余闲。
久在樊笼里，复得返自然。

登池上楼
（东晋）谢灵运

潜虬媚幽姿，飞鸿响远音。
薄霄愧云浮，栖川怍渊沉。
进德智所拙，退耕力不任。
徇禄反穷海，卧疴对空林。
衾枕昧节候，褰开暂窥临。
倾耳聆波澜，举目眺岖嵚。
初景革绪风，新阳改故阴。
池塘生春草，园柳变鸣禽。
祁祁伤豳歌，萋萋感楚吟。
索居易永久，离群难处心。
持操岂独古，无闷征在今。

汉东海孝妇祠

（民国）张百川

百年怀古独登台，慷慨声情泪眼开。

酷吏枉诛枯旱久，冤魂时逐怒潮来。

心伤狱海沉三字，血溅荒城起百哀。

薪胆回甘终有日，迄今庙貌镇云隈。

汉东海孝妇祠，位于江苏省连云港市朝阳镇。《太平寰宇记》："在东海县北三十三里，巨平村北。"

苏小小墓

（唐）李贺

幽兰露，如啼眼。无物结同心，

　烟花不堪剪。草如茵，松如盖。

风为裳，水为佩。油壁车，夕相待。

冷翠烛，劳光彩。西陵下，风吹雨。

苏小小墓，位于浙江省杭州西湖西泠桥畔。苏小小，六朝南齐时才女。

减字木兰花

（南北朝）苏小小

别离情绪，万里关山如底数。

遣妾伤悲，未心郎家知不知。

自从君去，数尽残冬春又暮。

音信全乖，等到花开不见来。

述行赋（节选）

（汉）蔡邕

余有行于京洛兮，遭淫雨之经时。

　塗遘其塞连兮，潦汙滞而为灾。

乘马蹢而不进兮，心郁悒而愤思。

聊弘虑以存古兮，宣幽情而属词。

夕宿余于大梁兮，消无忌之称神。

哀晋鄙之无辜兮，忿朱亥之篡军。

历中牟之旧城兮，憎佛肸之不臣。

问甯越之裔胄兮，貌黡黠而无闻。

蔡邕墓址主要有两个说法，一个是位于河南省禹州市箕山，另外一个传说位于江苏省常州市。蔡邕（133年—192年），东汉文学家、书法家，字伯喈，陈留圉（今河南省开封市陈留镇）人。

拟行路难·其一

（南北朝）鲍照

奉君金厄之美酒，玳瑁玉匣之雕琴。

七彩芙蓉之羽帐，九华蒲萄之锦衾。

红颜零落岁将暮，寒光宛转时欲沉。

愿君裁悲且减思，听我抵节行路吟。

不见柏梁铜雀上，宁闻古时清吹音？

　　鲍照读书台，位于湖北省武穴市余川镇太平乡向宕村尖山明月峰上。鲍照（约415年—466年），字明远，今山东省兰陵县人。南朝宋文学家，与颜延之、谢灵运合称"元嘉三大家"。

江上曲

（南北朝）谢朓

易阳春草出，踟蹰日已暮。

莲叶尚田田，淇水不可渡。

愿子淹桂舟，时同千里路。

千里既相许，桂舟复容与。

江上可采菱，清歌共南楚。

　　谢朓楼，位于安徽省宣城市宣州区，系南齐著名诗人谢朓任宣城太守时所建。谢朓（464年—499年），南齐诗人，字玄晖，斋号高斋，善辞赋和散文。

隋唐人物

　　孟浩然墓，位于湖北省襄樊市襄阳城东风林南麓。孟浩然（689年—约740年），字浩然，号孟山人，山水田园派诗人，与王维并称为"王孟"。

过故人庄

（唐）孟浩然

故人具鸡黍，邀我至田家。

绿树村边合，青山郭外斜。

开轩面场圃，把酒话桑麻。

待到重阳日，还来就菊花。

春晓

（唐）孟浩然

春眠不觉晓，处处闻啼鸟。

夜来风雨声，花落知多少。

游药王山（二首选一）

田汉

崖上宫墙下戏场，山南山北柏枝香。

千金方使万人活，箫鼓年年拜药王。

过药王山

白水

五指山峦万木稠，药王古刹立千秋。

千金名著传天下，石鼓文碑誉九州。

药王山，位于陕西省铜川市耀州区。孙思邈（541年—682年），唐代医药学家、道士，京兆华原（今陕西省铜川市耀州区）人，被后人尊称为"药王"。

贺知章归四明

（唐）李隆基

遗荣期入道，辞老竟抽簪。

岂不惜贤达，其如高尚心。

寰中得秘要，方外散幽襟。

独有青门饯，群僚怅别深。

李隆基墓，位于陕西省渭南市蒲城县东北十五千米处。唐玄宗李隆基（685年—762年），唐睿宗李旦第三子，是唐朝在位最久的帝王。庙号"玄宗"。

咏柳

（唐）贺知章

碧玉妆成一树高，万条垂下绿丝绦。

不知细叶谁裁出，二月春风似剪刀。

回乡偶书

（唐）贺知章

少小离家老大回，乡音无改鬓毛衰。

儿童相见不相识，笑问客从何处来。

贺知章秘监祠，位于浙江省绍兴市的月湖，俗称湖亭庙。贺知章（约659年—约744年），字季真，号四明狂客，今浙江萧山人。贺知章诗文以绝句最具特色，风格独特，清新洒脱。

李靖故居

白水

读书堂外看花妍，

望月楼前水漾天。

阁榭亭台通曲径，

半耕园里少耕田。

李靖故居，位于陕西省咸阳市三原县城北大概4千米处。景武公李靖（571年—649年），雍州三原（今陕西三原县东北）人，字药师。隋末唐初著名将领，著名军事家。

郊庙歌辞·享太庙乐章·广运舞

（唐）郭子仪

於赫皇祖，昭明有融。

惟文之德，惟武之功。

河海静谧，车书混同。

虔恭孝飨，穆穆玄风。

郭子仪墓，位于陕西省咸阳市礼泉县建陵。郭子仪（697年—781年），唐代政治家、军事家，华州郑县（今陕西华县）人，祖籍山西太原。官至中书令，赐号尚父，封汾阳王。谥号"忠武"。

早春呈水部张十八员外

（唐）韩愈

天街小雨润如酥，草色遥看近却无。

最是一年春好处，绝胜烟柳满皇都。

春雪

（唐）韩愈

新年都未有芳华，二月初惊见草芽。

白雪却嫌春色晚，故穿庭树作飞花。

韩愈陵园

白水

荒原墓地草萋萋，翠柏双株鸟竞啼。

师说终成千古训，文宗百代树昌黎。

韩文公祠，位于广东省潮州城区，另有韩愈陵园位于河南孟州城西韩庄村北半岭坡上。韩愈（768年—824年），字退之，唐代杰出的文学家、思想家、哲学家、政治家，河南河阳（今河南省孟州市）人。

春望

（唐）杜甫

国破山河在，城春草木深。

感时花溅泪，恨别鸟惊心。

烽火连三月，家书抵万金。

白头搔更短，浑欲不胜簪。

杜甫故居，位于河南省郑州市巩义市城区西北的康店镇康店村西部邙岭上。杜甫（712年—770年），唐代著名的现实主义诗人，字子美，河南府巩县（今河南省巩义市）人。杜甫被世人尊为"诗圣"，其诗被称为"诗史"。

春夜喜雨

（唐）杜甫

好雨知时节，当春乃发生。

随风潜入夜，润物细无声。

野径云俱黑，江船火独明。

晓看红湿处，花重锦官城。

绝句

（唐）杜甫

两个黄鹂鸣翠柳，一行白鹭上青天。

窗含西岭千秋雪，门泊东吴万里船。

少陵草堂，位于四川省成都市西门外的浣花溪畔，相传为当年杜甫为躲避战乱时的临时居所。

杜甫墓，位于湖南省平江县小田村（存争议）。

月夜忆舍弟

（唐）杜甫

戍鼓断人行，边秋一雁声。

露从今夜白，月是故乡明。

有弟皆分散，无家问死生。

寄书长不达，况乃未休兵。

闻官军收河南河北

（唐）杜甫

剑外忽传收蓟北，初闻涕泪满衣裳。

却看妻子愁何在，漫卷诗书喜欲狂。

白日放歌须纵酒，青春作伴好还乡。

即从巴峡穿巫峡，便下襄阳向洛阳。

薛涛井，在四川省成都市东部。因位于唐代女诗人薛涛遗址而闻名。薛涛（约768年—832年），字洪度，长安（今陕西西安）人。

又上望江楼

白水

十年又上望江楼，翠竹千竿曳晚秋。
才浸诗笺情尚在，薛涛古井水长流。

送友人

（唐）薛涛

水国蒹葭夜有霜，月寒山色共苍苍。
谁言千里自今夕，离梦杳如关塞长。

溪居

（唐）柳宗元

久为簪组累，幸此南夷谪。
闲依农圃邻，偶似山林客。
晓耕翻露草，夜榜响溪石。
来往不逢人，长歌楚天碧。

渔翁

（唐）柳宗元

渔翁夜傍西岩宿，晓汲清湘燃楚竹。
烟销日出不见人，欸乃一声山水绿。
回看天际下中流，岩上无心云相逐。

柳子庙，位于湖南省永州市潇水之西的柳子街，面对愚溪，背靠青山。据传是当地百姓为纪念唐宋八大家之一的柳宗元而建。

江雪

（唐）柳宗元

千山鸟飞绝，万径人踪灭。
孤舟蓑笠翁，独钓寒江雪。

重别梦得

（唐）柳宗元

二十年来万事同，今朝岐路忽西东。
皇恩若许归田去，晚岁当为邻舍翁。

柳宗元公园，位于广西柳州市。柳宗元（773年—819年），唐代文学家、哲学家、散文家和思想家，字子厚，河东（现在山西芮城、运城一带）人，唐宋八大家之一。

楊玉環故里，位于广西壮族自治区容县的杨外村。杨贵妃（719年—756年），是唐玄宗宠妃，名玉环，号太真，蒲州永乐（山西永济）人，是中国古代四大美人之一。

赠张云容舞

（唐）杨玉环

罗袖动香香不已，红蕖袅袅秋烟里。
轻云岭上乍摇风，嫩柳池边初拂水。

唐书十六首·其十·杨贵妃传

（明）郑学醇

露湿烟生芳草萋，翠华遥拂蜀山低。
可怜山下花如锦，空有春魂逐燕西。

锦瑟

（唐）李商隐

锦瑟无端五十弦，一弦一柱思华年。
庄生晓梦迷蝴蝶，望帝春心托杜鹃。
沧海月明珠有泪，蓝田日暖玉生烟。
此情可待成追忆？只是当时已惘然。

李商隐墓，位于河南省焦作市博爱县许良镇江陵堡村西北部。李商隐，字义山，晚唐著名诗人。他和杜牧合称"小李杜"，与温庭筠合称为"温李"。

赠汪伦

（唐）李白

李白乘舟将欲行，忽闻岸上踏歌声。
桃花潭水深千尺，不及汪伦送我情。

泾县望桃花潭

（明）宗臣

桃花潭水近陵阳，潭上春风满石梁。
流水不随仙客去，秦人何必渡三湘。

泾县桃花潭，位于安徽省泾县桃花潭镇境内，景区内自然景观和人文景观融为一体。

李白故里，位于四川省绵阳江油市区南青莲镇。

月下独酌四首·其一
（唐）李白

花间一壶酒，独酌无相亲。
举杯邀明月，对影成三人。
月既不解饮，影徒随我身。
暂伴月将影，行乐须及春。
我歌月徘徊，我舞影零乱。
醒时同交欢，醉后各分散。
永结无情游，相期邈云汉。

钓台
（唐）李白

磨尽石岭墨，寻阳钓赤鱼。
霭峰尖似笔，堪画不堪书。

送友人
（唐）李白

青山横北郭，白水绕东城。
此地一为别，孤蓬万里征。
浮云游子意，落日故人情。
挥手自兹去，萧萧班马鸣。

黟县李白钓台，又叫寻阳台，在安徽黟县城南。李白（701年—762年），唐代伟大的浪漫主义诗人，字太白，号青莲居士。他被后人誉为"诗仙"，与杜甫并称为"李杜"。

李白墓园，位于安徽当涂县太白镇青山西麓。李白墓园青山绿水环绕，风景宜人。

过当涂县
（唐）韦庄

客过当涂县，停车访旧游。
谢公山有墅，李白酒无楼。
采石花空发，乌江水自流。
夕阳谁共感，寒鹭立汀洲。

李白墓园
白水

谁能豪饮五千杯，万里仙游竟未回。
采石江天凄冷月，年年无语独徘徊。

渡荆门送别

（唐）李白

渡远荆门外，来从楚国游。

山随平野尽，江入大荒流。

月下飞天镜，云生结海楼。

仍怜故乡水，万里送行舟。

江油太白祠，位于四川省江油市的青莲镇。该祠为后人为纪念唐代著名诗人李白而建。

草 / 赋得古原草送别

（唐）白居易

离离原上草，一岁一枯荣。

野火烧不尽，春风吹又生。

远芳侵古道，晴翠接荒城。

又送王孙去，萋萋满别情。

长相思·汴水流

（唐）白居易

汴水流，泗水流，

流到瓜州古渡头。　吴山点点愁。

思悠悠，恨悠悠，

恨到归时方始休。　月明人倚楼。

白居易墓园，位于河南省洛阳市洛龙区，坐落于洛阳香山的琵琶峰上。白居易（772年—846年），字乐天，祖籍山西省太原市。他是唐代伟大的现实主义诗人。

魏征公园

白水

犯颜直谏进言多，不遇明君亦奈何。

且见魏征垂钓处，载舟湖水漾清波。

暮秋言怀

（唐）魏征

首夏别京辅，杪秋滞三河。

沉沉蓬莱阁，日夕乡思多。

霜剪凉阶蕙，风捎幽渚荷。

岁芳坐沦歇，感此式微歌。

魏徵公园，位于河北省晋州市市区西南部。魏徵（580年—643年）字玄成，钜鹿郡人，唐朝著名政治家。

泰安黄巢陵，位于山东省泰安市岱岳区下港乡八亩地村东南。黄巢（820年—884年），曹州冤句（今山东菏泽西南）人，唐末农民起义领袖。

自题像

（唐）黄巢

记得当年草上飞，铁衣著尽著僧衣。
天津桥上无人识，独倚栏干看落晖。

不第后赋菊

（唐）黄巢

待到秋来九月八，我花开后百花杀。
冲天香阵透长安，满城尽带黄金甲。

鸟鸣涧

（唐）王维

人闲桂花落，夜静春山空。
月出惊山鸟，时鸣春涧中。

山居秋暝

（唐）王维

空山新雨后，天气晚来秋。
明月松间照，清泉石上流。
竹喧归浣女，莲动下渔舟。
随意春芳歇，王孙自可留。

王维故居，位于陕西省蓝田县附近的辋川。王维（701年—761年，一说699年—761年），今山西省运城人，祖籍山西省祁县。唐朝著名诗人、画家，字摩诘，被后人称为"诗佛"。

张九龄墓，位于广东省韶关市北郊。张九龄（678年—740年），唐代诗人，唐玄宗开元年间宰相，字子寿，一字博物，韶州曲江（今广东韶关市）人，世称"张曲江"。

照镜见白发

（唐）张九龄

宿昔青云志，蹉跎白发年。
谁知明镜里，形影自相怜。

望月怀古

（唐）张九龄

海上生明月，天涯共此时。
情人怨遥夜，竟夕起相思。
灭烛怜光满，披衣觉露滋。
不堪盈手赠，还寝梦佳期。

寄吴道子

（元）王冕

三月不见吴道子，十日两渡钱塘江。
诗书压架自足乐，风月满坛谁敢降？
菖蒲青青绕石壁，薜荔密密缘山窗。
归来不道簿书急，漫对阿戎言老庞。

吴道子故里，位于河南省禹州市城西南鸿畅镇山底吴村。吴道子，又名道玄，唐代著名画家，被后人尊称"画圣"。

送梓州高参军还京

（唐）卢照邻

京洛风尘远，褒斜烟露深。
北游君似智，南飞我异禽。
别路琴声断，秋山猿鸟吟。
一乖青岩酌，空仁白云心。

卢照邻墓，位于河南省禹州市无梁镇龙门村。卢照邻，幽州范阳（今河北省定兴县）人，字升之，自号幽忧子，初唐诗人。

离思五首（选二）

（唐）元稹

一

山泉散漫绕街流，万树桃花映小楼。
闲读道书慵未起，水晶帘下看梳头。

二

曾经沧海难为水，除却巫山不是云。
取次花丛懒回顾，半缘修道半缘君。

菊花

（唐）元稹

元稹纪念馆，位于四川省达州城北。元稹（779年—831年），字微之，别字威明，唐代诗人，早年和白居易共同提倡"新乐府"。世人常把他和白居易并称"元白"。

秋丛绕舍似陶家，遍绕篱边日渐斜。
不是花中偏爱菊，此花开尽更无花。

登幽州台歌
（唐）陈子昂

前不见古人，后不见来者。
念天地之悠悠，独怆然而涕下。

送魏大从军
（唐）陈子昂

匈奴犹未灭，魏绛复从戎。
怅别三河道，言追六郡雄。
雁山横代北，狐塞接云中。
勿使燕然上，惟留汉将功。

陈子昂读书台，位于四川省遂宁市射洪县城北。陈子昂（661年—702年），唐代文学家、诗人，初唐诗文革新人物之一。字伯玉，梓州射洪（今四川省射洪市）人。

过玄奘故里
白水

玉门关外竟西征，遍访名师著梵行。
万水千山留印迹，晾经台上晒平生。

唐玄奘故里，位于河南省洛阳市东南40千米处偃师市缑氏镇的凤凰山下。唐玄奘（602年—664年），俗名陈祎，洛川缑氏（今河南偃师）人，唐朝著名的三藏法师，中国佛教唯识宗创始人。

李煜墓，根据马令《南唐书》历史记载，李煜"以王礼葬洛京之北邙山"，即今河南省洛阳市北。李煜（937年—978年），又称李后主，为南唐的最后一位君主，祖籍江苏省徐州市。南唐诗人，被后人称之为"词帝"。

虞美人
（南唐）李煜

春花秋月何时了？往事知多少。
小楼昨夜又春风，故国不堪回首月明中。
雕栏玉砌应犹在，只是朱颜改。
问君能有几多愁，恰似一江春水向东流。

浪淘沙令·帘外雨潺潺
（南唐）李煜

帘外雨潺潺，春意阑珊。
罗衾不耐五更寒。
梦里不知身是客，一晌贪欢。
独自莫凭栏，无限江山，
别时容易见时难。
流水落花春去也，天上人间。

刘禹锡纪念馆，位于安徽省马鞍山市和县城区历阳镇。刘禹锡，唐朝著名诗人。刘禹锡纪念馆为刘禹锡任和州（今和县）刺史时的住所。

陋室铭

（唐）刘禹锡

山不在高，有仙则名。水不在深，有龙则灵。斯是陋室，惟吾德馨。苔痕上阶绿，草色入帘青。谈笑有鸿儒，往来无白丁。可以调素琴，阅金经。无丝竹之乱耳，无案牍之劳形。南阳诸葛庐，西蜀子云亭。孔子云：何陋之有？

秋词·其一

（唐）刘禹锡

自古逢秋悲寂寥，我言秋日胜春朝。
晴空一鹤排云上，便引诗情到碧霄。

刘禹锡墓

白水

檀山墓穴享安宁，寂寞荒原陋室铭。
千载乌衣鸣古巷，秋词震落数寒星。

刘禹锡墓，位于河南省荥阳市郑上路与博文路交叉口东南方向的狼窝刘村高地上，古称檀山。刘禹锡（772年—842年），唐代文学家、哲学家，字梦得，洛阳人，有"诗豪"之称。

乾陵，位于陕西省咸阳市的乾县，是中国历史上唯一的一座埋葬着一对夫妻皇帝的合葬陵。武则天（624年—705年），并州文水（今山西文水县东）人，是中国历史上唯一一个女皇帝。

游九龙潭

（唐）武则天

山窗游玉女，洞户对琼峰。
岩顶翔双凤，潭心倒九龙。
酒中浮竹叶，杯上写芙蓉。
故验家山赏，惟有风入松。

登乾陵作

（明）殷奎

观阙倾颓石兽残，凉风侧帽话长安。
函香不觉天能雨，移檄空怜土未干。
月过三原秋淡淡，云来九嵏夜漫漫。
谁能唤起裴宫监，为说当初创业难。

又溪馆听蝉联句

（唐）颜真卿

高树多凉吹，疏蝉足断声。——杨凭

已催居客感，更使别人惊。——杨凝

晚夏犹知急，新秋别有情。——权器

危湍和不似，细管学难成。——陆羽

当狊附金重，无贪曜火明。——颜真卿

颜真卿公园，位于山东省临沂市费县南外环路。颜真卿（709年—785年），唐代名臣、书法家，字清臣，生于京兆（今西安）。颜真卿是继王羲之后成就最高，影响最大的书法家之一。

忆江上吴处士

（唐）贾岛

闽国扬帆去，蟾蜍亏复圆。

秋风生渭水，落叶满长安。

此地聚会夕，当时雷雨寒。

兰桡殊未返，消息海云端。

北京贾公祠

白水

郊寒岛瘦自成双，枯寂禅房对冷窗。

若问写诗多刻苦，凭君细读贾长江。

贾公祠，位于北京市房山城南石楼镇二站村。贾岛（779年—843年），字浪（阆）仙，人称"诗奴"，又名瘦岛，唐代诗人。

贾岛墓，位于四川省安岳县城南郊安泉山。该墓长12米，宽和高各3米，砌石为垣。

寻隐者不遇

（唐）贾岛

松下问童子，言师采药去。

只在此山中，云深不知处。

题李凝幽居

（唐）贾岛

闲居少邻并，草径入荒园。

鸟宿池边树，僧敲月下门。

过桥分野色，移石动云根。

暂去还来此，幽期不负言。

孟郊故里，位于浙江省德清县城武康清河坊故里。孟郊（751年—815年），唐代著名诗人，字东野，湖州武康（今浙江德清县）人。

关山月

（唐）沈佺期

汉月生辽海，曈胧出半晖。
合昏玄菟郡，中夜白登围。
晕落关山迥，光含霜霰微。
将军听晓角，战马欲南归。

游少林寺

（唐）沈佺期

长歌游宝地，徙倚对珠林。
雁塔风霜古，龙池岁月深。
绀园澄夕霁，碧殿下秋阴。
归路烟霞晚，山蝉处处吟。

游子吟

（唐）孟郊

慈母手中线，游子身上衣。
临行密密缝，意恐迟迟归。
谁言寸草心，报得三春晖。

结爱

（唐）孟郊

心心复心心，结爱务在深。
一度欲离别，千回结衣襟。
结妾独守志，结君早归意。
始知结衣裳，不如结心肠。
坐结行亦结，结尽百年月。

沈佺期墓，位于湖北省英山县金家铺镇黄林冲村5组两河交界处的山咀上。沈佺期（656年—约714年），初唐诗人，字云卿，相州内黄（今属河南）人。

宋元人物

林逋墓，位于浙江省杭州市西湖区孤山北路3号孤山公园内放鹤亭边。林逋（967年—1028年），北宋著名隐逸诗人，字君复，浙江奉化大里黄贤村人（一说杭州钱塘）。

山园小梅·两首

（宋）林逋

一

众芳摇落独暄妍，占尽风情向小园。
疏影横斜水清浅，暗香浮动月黄昏。

二

霜禽欲下先偷眼，粉蝶如知合断魂。
幸有微吟可相狎，不须檀板共金樽。

晏氏家庙，位于江西省南昌市文港镇晏殊村（原沙河晏家村）。晏殊和晏几道是北宋时期著名的父子词人，合称"二晏"。二人均为婉约派重要词人。

浣溪沙·一曲新词酒一杯

（宋）晏殊

一曲新词酒一杯，去年天气旧亭台。
夕阳西下几时回？无可奈何花落去，
似曾相识燕归来。小园香径独徘徊。

临江仙·梦后楼台高锁

（宋）晏几道

梦后楼台高锁，酒醒帘幕低垂。
去年春恨却来时。落花人独立，
微雨燕双飞。记得小苹初见，
两重心字罗衣。琵琶弦上说相思。
当时明月在，曾照彩云归。

鹧鸪天·独倚阑干昼日长

（宋）朱淑真

独倚阑干昼日长。纷纷蜂蝶斗轻狂。
一天飞絮东风恶，满路桃花春水香。
当此际，意偏长。萋萋芳草傍池塘。
千钟尚欲偕春醉，幸有荼蘼与海棠。

朱淑真故里，位于浙江海宁路仲镇古镇。朱淑真（约1135年—约1180年），号幽栖居士，南宋女诗人，是唐宋以来留存作品最丰盛的女作家之一。

陆九渊之墓，位于江西省金溪县陆坊乡青田村东山上。陆九渊，字子静，号象山，陆坊乡青田人，是南宋时与朱熹双峰对峙的理学大师、哲学家、教育家，在历史上有深远影响。

疏山道中

（宋）陆九渊

村静蛙声幽，林芳鸟语警。
山樊纷皓葩，陇麦摇青颖。
离怀付西江，归心薄东岭。
忽念饥歉忧，翻令发深省。

题慧照寺

（宋）陆九渊

春日重来慧照山，经年诗债不曾还。
请君细数题名客，更有何人似我顽。

清照园，位于山东省济南市章丘区明水湖西岸龙泉寺院内。这座园林将苏州园林的精华和宋代建筑风格完美地融合在一起。

武陵春 · 春晚

（宋）李清照

风住尘香花已尽，日晚倦梳头。

物是人非事事休，欲语泪先流。

闻说双溪春尚好，也拟泛轻舟。

只恐双溪舴艋舟，载不动、许多愁。

李清照纪念祠

白水

当年避祸晏青州，月满溪亭泛小舟。

一代词宗真命舛，黄昏疏雨湿千秋。

李清照纪念祠，位于山东省潍坊市青州古城西门外洋溪湖畔的范公亭公园内。李清照（1084年—1155年），宋代女词人，婉约词派代表人物，号易安居士，齐州章丘（今山东章丘）人。有"第一才女"之称。

一剪梅 · 红藕香残玉簟秋

（宋）李清照

红藕香残玉簟秋。轻解罗裳，独上兰舟。

云中谁寄锦书来，雁字回时，月满西楼。

花自飘零水自流。一种相思，两处闲愁。

此情无计可消除，才下眉头，却上心头。

过清照园

白水

残月深秋照院庭，清池洁净落寒星。

千杯难解忧愁绪，涌入名泉竟未停。

过零丁洋

（宋）文天祥

辛苦遭逢起一经，干戈寥落四周星。

山河破碎风飘絮，身世浮沉雨打萍。

惶恐滩头说惶恐，零丁洋里叹零丁。

人生自古谁无死？留取丹心照汗青。

文天祥祠，位于北京市东城区，是文天祥当年遭囚禁的地方。文天祥（1236年—1283年），南宋末政治家、文学家，爱国诗人，初名云孙，字宋瑞，又字履善，今江西省吉安市青原区富田镇人。

辛弃疾纪念祠，又叫稼轩祠，位于山东省济南市大明湖南岸遐园西侧。辛弃疾（1140 年—1207 年），南宋豪放派词人，被称为"词中之龙"，字幼安，号稼轩，今山东济南市历城区遥墙镇四凤闸村人。

清平乐·村居
（宋）辛弃疾

茅檐低小，溪上青青草。

醉里吴音相媚好，白发谁家翁媪？

大儿锄豆溪东，中儿正织鸡笼。

最喜小儿亡赖，溪头卧剥莲蓬。

西江月·夜行黄沙道中
（宋）辛弃疾

明月别枝惊鹊，清风半夜鸣蝉。

稻花香里说丰年。听取蛙声一片。

七八个星天外，两三点雨山前。

旧时茅店社林边。路转溪头忽见。

寇准墓，位于陕西省渭南市临渭区官底乡左家村南。墓前立有一块石碑，上刻"宋寇莱公墓"5 个字。寇准（961 年—1023 年），北宋政治家、诗人，字平仲，华州下邽（今陕西渭南）人。

丑奴儿·书博山道中壁
（宋）辛弃疾

少年不识愁滋味，爱上层楼。

爱上层楼，为赋新词强说愁。

而今识尽愁滋味，欲说还休。

欲说还休，却道"天凉好个秋"！

青玉案·元夕
（宋）辛弃疾

东风夜放花千树，更吹落，星如雨。

宝马雕车香满路。凤箫声动，

玉壶光转，一夜鱼龙舞。

蛾儿雪柳黄金缕，笑语盈盈暗香去。

众里寻他千百度，蓦然回首，

那人却在，灯火阑珊处。

辛弃疾墓，位于江西省铅山县瓜山虎头门阳原山。

踏莎行·春暮
（宋）寇准

春色将阑，莺声渐老。

红英落尽春梅小。画堂人静雨蒙蒙，

屏山半掩余香袅。

密约沉沉，离情杳杳。

菱花尘满慵将照。倚楼无语欲销魂，

长空黯淡连芳草。

咏柳
（宋）寇准

晓带轻烟间杏花，晚凝深翠拂平沙。

长条别有风流处，密映钱塘苏小家。

岳飞点将台，位于江西省吉安市新干县荷浦乡与界埠乡交界的田畔中。

满江红·怒发冲冠

（宋）岳飞

怒发冲冠，凭栏处，潇潇雨歇。

抬望眼，仰天长啸，壮怀激烈。

三十功名尘与土，八千里路云和月。

莫等闲白了少年头，空悲切。

靖康耻，犹未雪，臣子恨，何时灭！

驾长车踏破贺兰山缺。

壮志饥餐胡虏肉，笑谈渴饮匈奴血。

待从头收拾旧山河，朝天阙。

汤阴岳庙，位于河南安阳汤阴县。汤阴县有许多与岳飞有关的遗址，岳飞庙就在该县城内。岳飞（1103年—1142年），中国历史上著名军事家、战略家，字鹏举，宋相州汤阴县（今河南安阳汤阴县）人，南宋抗金名将，位列南宋中兴四将之一。

题青泥市寺壁

（宋）岳飞

雄气堂堂贯斗牛，誓将直节报君仇。

斩除顽恶还车驾，不问登坛万户侯。

小重山·昨夜寒蛩不住鸣

（宋）岳飞

昨夜寒蛩不住鸣。惊回千里梦，

已三更。起来独自绕阶行。

人悄悄，帘外月胧明。

白首为功名。旧山松竹老，

阻归程。欲将心事付瑶琴。

知音少，弦断有谁听。

岳飞墓，位于浙江省杭州栖霞岭南麓。该墓始建于南宋时期，历经百年仍然保存良好。

池州翠微亭

（宋）岳飞

经年尘土满征衣，特特寻芳上翠微。

好水好山看不足，马蹄催趁月明归。

送紫岩张先生北伐

（宋）岳飞

号令风霆迅，天声动北陬。

长驱渡河洛，直捣向燕幽。

马蹀阏氏血，旗枭可汗头。

归来报明主，恢复旧神州。

欧阳修纪念馆，位于江西省永丰县城的恩江北岸。欧阳修（1007年—1072年），北宋政治家、文学家，字永叔，号醉翁、六一居士，吉州永丰（今江西省吉安市永丰县）人。

画眉鸟

（宋）欧阳修

百啭千声随意移，山花红紫树高低。

始知锁向金笼听，不及林间自在啼。

秋怀

（宋）欧阳修

节物岂不好，秋怀何黯然。

西风酒旗市，细雨菊花天。

感事悲双鬓，包羞食万钱。

鹿车何日驾，归去颍东田。

丰乐亭游春·其三

（宋）欧阳修

红树青山日欲斜，长郊草色绿无涯。

游人不管春将老，来往亭前踏落花。

蝶恋花·庭院深深深几许

（宋）欧阳修

庭院深深深几许，杨柳堆烟，帘幕无重数。

玉勒雕鞍游冶处，楼高不见章台路。

雨横风狂三月暮，门掩黄昏，无计留春住。

泪眼问花花不语，乱红飞过秋千去。

欧阳修陵园，位于河南省新郑市区西13千米辛店镇欧阳寺村。

曾巩纪念馆，位于江西省抚州市南丰县城郊。曾巩（1019年—1083年），北宋政治家、散文家，字子固，南宋理宗时追谥为"文定"，世称"南丰先生"。

咏柳

（宋）曾巩

乱条犹未变初黄，倚得东风势便狂。

解把飞花蒙日月，不知天地有清霜。

甘露寺多景楼

（宋）曾巩

欲收嘉景此楼中，徙倚阑干四望通。

云乱水光浮紫翠，天含山气入青红。

一川钟呗淮南月，万里帆樯海餐风。

老去衣襟尘土在，只将心目羡冥鸿。

107

张元干纪念馆，位于福建省永泰城关塔山公园内。张元干（1091年—1170年），著名爱国词人，字仲宗，号芦川居士，永福（今福建永泰）人。

忆秦娥

（宋）张元干

桃花萼。雨肥红绽东风恶。
东风恶。长亭无寐，短书难托。

征衫辜负深闺约。
禁烟时候春罗薄。
春罗薄。多应消瘦，可堪梳掠。

书湖阴先生壁

（宋）王安石

茅檐长扫净无苔，花木成畦手自栽。
一水护田将绿绕，两山排闼送青来。

元日

（宋）王安石

爆竹声中一岁除，春风送暖入屠苏。
千门万户曈曈日，总把新桃换旧符。

王安石纪念馆，位于江西省抚州市赣东大道的南端。王安石（1021年—1086年），中国历史上杰出的政治家、文学家、思想家和改革家，字介甫，唐宋八大家之一。

沈园，位于浙江省绍兴古城内。陆游（1125年—1210年），南宋著名诗人，字务观，号放翁，越州山阴（今浙江绍兴）人。

钗头凤·世情薄

（宋）唐婉

世情薄，人情恶，雨送黄昏花易落。晓风干，泪痕残。欲笺心事，独语斜阑。难，难，难！
人成各，今非昨，病魂常似秋千索。角声寒，夜阑珊。怕人寻问，咽泪装欢。瞒，瞒，瞒！

钗头凤·红酥手

（宋）陆游

红酥手，黄縢酒，满城春色宫墙柳。东风恶，欢情薄，一怀愁绪，几年离索。错，错，错！
春如旧，人空瘦，泪痕红浥鲛绡透。桃花落，闲池阁，山盟虽在，锦书难托。莫，莫，莫！

黄州遗爱湖，位于湖北省黄冈市。苏轼（1037年—1101年），字子瞻，号东坡居士，今四川省眉山市人，北宋著名文学家、书法家、美食家、画家。

题白帝庙

（宋）苏洵

谁开三峡才容练，长使群雄苦力争。
熊氏凋零馀旧族，成家寂寞闭空城。
永安就死悲玄德，八阵劳神叹孔明。
白帝有灵应自笑，诸公皆败岂由兵。

怀渑池寄子瞻兄

（宋）苏辙

相携话别郑原上，共道长途怕雪泥。
归骑还寻大梁陌，行人已度古崤西。
曾为县吏民知否？旧宿僧房壁共题。
遥想独游佳味少，无方骓马但鸣嘶。

三苏坟，位于河南省郏县城西27千米处的小峨眉山东麓茨芭镇苏坟村东南隅。

定风波·莫听穿林打叶声

（宋）苏轼

莫听穿林打叶声，何妨吟啸且徐行。
竹杖芒鞋轻胜马，谁怕？
一蓑烟雨任平生。
料峭春风吹酒醒，微冷，
山头斜照却相迎。
回首向来萧瑟处，归去，
也无风雨也无晴。

三苏祠，位于四川省眉山市西南隅纱縠行内。苏洵（1009年—1066年），字明允，今四川眉山人。北宋文学家，唐宋八大家之一。苏辙（1039年—1112年），字子由，今四川人。嘉祐二年（1057年）与其兄苏轼同登进士科，唐宋八大家之一。与其父洵、兄轼齐名，合称三苏。

水调歌头·明月几时有

（宋）苏轼

丙辰中秋，欢饮达旦，大醉，
作此篇，兼怀子由。
明月几时有？把酒问青天。
不知天上宫阙，今夕是何年。
我欲乘风归去，又恐琼楼玉宇，
高处不胜寒。起舞弄清影，何似在人间。
转朱阁，低绮户，照无眠。
不应有恨，何事长向别时圆？
人有悲欢离合，月有阴晴圆缺，
此事古难全。但愿人长久，千里共婵娟。

赵孟頫故居，位于浙江省湖州甘棠桥南孙衙河头。赵孟頫（1254年—1322年），字子昂，号松雪道人、水晶宫道人，湖州人，宋末元初著名书法家、画家、诗人。

绝句

（元）赵孟頫

溪头月色白如沙，近水楼台一万家。
谁向夜深吹玉笛，伤心莫听后庭花。

虞美人·浙江舟中作

（元）赵孟頫

潮生潮落何时了？断送行人老。
消沉万古意无穷，尽在长空澹澹鸟飞中。
海门几点青山小，望极烟波渺。
何当驾我以长风？便欲乘桴浮到日华东。

陈文龙纪念馆

白水

拜谒榕城镇海王，宋皇昏聩害忠良。
英雄大义垂千古，血染河山草木芳。

元兵俘至合沙，诗寄仲子

（宋）陈文龙

斗垒孤危力不支，书生守志誓难移。
自经沟渎非吾事，臣死封疆是此时。
须信累囚堪衅鼓，未闻烈士竖降旗。
一门百指沦胥尽，惟有丹衷天地知。

陈文龙纪念馆，位于福州市台江区三通街2号。陈文龙（1232年—1276年），初名子龙，抗元名将，今福建莆田人。

永昌陵，宋太祖赵匡胤的陵墓，位于河南省巩义市坞罗河附近，东边与其父赵宏殷的永安陵相邻，西靠其弟赵光义的永熙陵。赵匡胤（927年—976年），字元朗，宋朝开国皇帝。

咏日诗

（宋）赵匡胤

太阳初出光赫赫，千山万山如火发。
一轮顷刻上天衢，逐退群星与残月。

永昌陵

白水

寝陵寂寞远硝烟，铁打江山亦变迁。
叛逆陈桥心有忌，功成杯酒释兵权。

朱熹纪念馆，位于福建省武夷山市武夷宫古街。朱熹（1130年—1200年），宋朝著名的理学家、思想家、哲学家、教育家、诗人，字元晦，又字仲晦，号晦庵，世称朱文公，尊称为朱子。

观书有感二首

（宋）朱熹

一

半亩方塘一鉴开，天光云影共徘徊。
问渠那得清如许？为有源头活水来。

二

昨夜江边春水生，艨艟巨舰一毛轻。
向来枉费推移力，此日中流自在行。

苏幕遮·怀旧

（宋）范仲淹

碧云天，黄叶地，秋色连波，波上寒烟翠。
山映斜阳天接水，芳草无情，更在斜阳外。
黯乡魂，追旅思，夜夜除非，好梦留人睡。
明月楼高休独倚，酒入愁肠，化作相思泪。

范仲淹墓

白水

楼记雄文万古名，先忧天下惜苍生。
范公一曲渔家傲，道尽边关壮烈声。

范仲淹墓，位于河南省洛阳伊川县彭婆乡许营村万安山南侧。范仲淹（989年—1052年），字希文，谥"文正"，亦称范履霜，北宋著名政治家、文学家、军事家、教育家。

小池

（宋）杨万里

泉眼无声惜细流，树荫照水爱晴柔。
小荷才露尖尖角，早有蜻蜓立上头。

新柳

（宋）杨万里

柳条百尺拂银塘，且莫深青只浅黄。
未必柳条能蘸水，水中柳影引他长。

杨万里墓，位于江西省吉安市吉水县黄桥乡。杨万里（1127年—1206年），南宋诗人，字廷秀，号诚斋，吉州吉水（今属江西）人。与陆游、范成大、尤袤并称"南宋四大家""中兴四大诗人"。

蝶恋花·伫倚危楼风细细

（宋）柳永

伫倚危楼风细细。望极春愁，黯黯生天际。
草色烟光残照里。无言谁会凭阑意？
拟把疏狂图一醉。对酒当歌，强乐还无味。
衣带渐宽终不悔，为伊消得人憔悴。

柳永纪念馆，位于福建省武夷山风景名胜区武夷宫古街中段。柳永（约984年—约1053年），原名三变，字景庄，后改名柳永，字耆卿，福建崇安人，北宋著名词人，婉约派代表人物。

秋思

（宋）蔡襄

幽兰受新霜，孤雁叫落月。
沈忧何由平，永夕不可彻。
将琴鼓忆邻，声急弦屡绝。
芳华日益远，香泽物已歇。
秋风吹石门，思君还复诀。
谁云无生忍，识此悠悠别。

春日

（宋）蔡襄

东风吹雨湿秋千，红点棠梨烂欲然。
拟买芳华赠年少，紫榆春浅未成钱。

蔡襄墓，位于福建省仙游枫亭锦岭将军山下。蔡襄（1012年—1067年），北宋著名书法家、政治家、茶学专家，字君谟，兴化仙游县（今枫亭镇青泽亭）人。

临江仙·雪

（宋）济公

凛冽彤云生远浦，长空碎玉珊珊，
梨花满目泛波澜。水深鳌背冷，
方丈老僧寒。渡口行人嗟此境，
金山变作银山。琼楼玉殿水晶盘，
王维饶善画，下笔也应难。

济公故里，位于浙江省天台城北古永宁村，劳动路与赤城路交汇处。济公（约1130年—约1209年），原名李修缘，南宋高僧，台山永宁村人。他是一位学问渊博、行善积德的得道高僧，被列为禅宗第五十祖。

客中初夏

(宋)司马光

四月清和雨乍晴，南山当户转分明。
更无柳絮因风起，惟有葵花向日倾。

司马光墓

白水

通鉴华章惊后世，雄才文略可安邦。
并非天赋人皆有，七岁神童竟砸缸。

司马光墓，位于山西省夏县城北15千米的鸣条冈。司马光（1019年—1086年），山西夏县人，宋代著名史学家、政治家，著有编年体通史巨著《资治通鉴》。

望江南·江上雪

(宋)李纲

江上雪，独立钓渔翁。
箬笠但闻冰散响，
蓑衣时振玉花空。图画若为工。
云水暮，归去远烟中。
茅舍竹篱依小屿，
缩鳊圆鲫入轻笼。欢笑有儿童。

李纲纪念馆，位于福建省邵武市李纲西路。李纲（1083年—1140年），字伯纪，号梁溪居士，宋代诗人。

病牛

(宋)李纲

耕犁千亩实千箱，力尽筋疲谁复伤？
但得众生皆得饱，不辞羸病卧残阳。

书端州郡斋壁

(宋)包拯

清心为治本，直道是身谋。
秀干终成栋，精钢不作钩。
仓充鼠雀喜，草尽兔狐愁。
史册有遗训，毋贻来者羞。

赞颂题名碑

(宋)王恽

拂拭残碑览德辉，千年包范见留题。
惊乌绕匝中庭柏，犹畏霜威不敢栖。

包公公园，位于安徽省合肥市芜湖路，由包公祠、包公墓、清风阁、浮庄等景点组成。包拯（999年—1062年），北宋名臣，字希仁，庐州合肥（今安徽合肥肥东）人。

113

鹧鸪天·座中有眉山隐客

（宋）黄庭坚

黄菊枝头生晓寒，人生莫放酒杯干。
风前横笛斜吹雨，醉里簪花倒着冠。
身健在，且加餐。舞裙歌板尽清欢。
黄花白发相牵挽，付与时人冷眼看。

黄庭坚墓，位于江西省修水县杭口乡双井村。黄庭坚（1045年—1105年），北宋著名文学家、书法家，字鲁直，号山谷道人，晚号涪翁，洪州分宁（今江西修水县）人。

大德歌·秋

（元）关汉卿

风飘飘，雨潇潇，便做陈抟睡不着。
懊恼伤怀抱，扑簌簌泪点抛。
秋蝉儿噪罢寒蛩儿叫，
淅零零细雨打芭蕉。

大德歌·春

（元）关汉卿

子规啼，不如归，道是春归人未归。
几日添憔悴，虚飘飘柳絮飞。
一春鱼雁无消息，则见双燕斗衔泥。

关汉卿纪念馆，位于河北省安国市伍仁村，与药王庙一墙之隔。关汉卿（约1220年—1300年），金末元初杂剧作家，与白朴、马致远、郑光祖并称为"元曲四大家"。

黄道婆墓

白水

千秋纺织革新家，松柏陵前日映斜。
巧妙金梭穿四海，轻灵两手绣云霞。

黄道婆墓，位于华泾镇东湾村处于徐浦大桥外环线便道北侧，墓院内设两层台梯。黄道婆（1245年—1330年），宋末元初著名的棉纺织家、改革家。又名黄婆或黄母，在清代的时候被尊为布业的始祖。

辽太祖陵

白水

太祖生来善远征，金戈铁马树英名。

残垣断壁千秋事，一箭皇都定上京。

辽太祖陵，位于内蒙古自治区巴林左旗林东镇，是辽国开国皇帝耶律阿保机的陵墓。耶律阿保机（872年—926年），辽朝开国君主，姓耶律，名亿，乳名啜里只。

自集庆路入正大统途中偶吟

（元）孝皇帝

穿了毡衫便著鞭，

一钩残月柳梢边。

二三点露滴如雨，

六七个星犹在天。

犬吠竹篱人过语，

鸡鸣茅店客惊眠。

须臾捧出扶桑日，

七十二峰都在前。

成吉思汗庙，位于乌兰浩特市罕山之巅。元孝皇帝，孛儿只斤·图帖睦尔（1304年—1332年），即元文宗，蒙古帝国大汗。

马致远故居，位于北京市门头沟区王平镇韭园村。马致远（1250年—1324年），字千里，号东篱，大都（今北京）人。马致远是"元贞书会"的重要人物，"元曲四大家"之一。

天净沙·秋思

（元）马致远

枯藤老树昏鸦，小桥流水人家，

古道西风瘦马。夕阳西下，

断肠人在天涯。

马致远故居

白水

梨园才艺树奇葩，戏曲神仙一大家。

岁月尘封公去也，西风瘦马旅天涯。

明清人物

无题

（明）朱元璋

鸡叫一声撅一撅，鸡叫二声撅二撅。

三声四声天下白，褪尽残星与晓月。

过明孝陵

白水

江山兴废话精英，草莽雄才建大明。

岁月如烟多变故，秋风落叶送吁声。

明孝陵，位于南京市玄武区紫金山南麓独龙阜玩珠峰下。朱元璋（1328年—1398年），濠州钟离（今安徽凤阳东北）人，明朝开国皇帝。

明皇陵感赋

白水

残柱蟠龙觅殿堂，

皇陵石刻诉沧桑。

皆言此地萦风水，

背井离乡说凤阳。

明皇陵，位于安徽省凤阳县城南七千米处，陵前神道上的三十一对（原为三十二对）石象生和皇陵碑、无字碑及坟丘等至今仍保存完整。

明祖陵，位于江苏省淮安市盱眙县洪泽湖的西岸，是明太祖朱元璋的祖父、高祖、曾祖的衣冠冢及其祖父的实际葬地。

无题

（明）朱元璋

天为帐幕地为毡，日月星辰伴我眠。

夜间不敢长伸脚，恐踏山河社稷穿。

示僧

（明）朱元璋

杀尽江南百万兵，腰间宝剑血犹腥！

老僧不识英雄汉，只管哓哓问姓名。

袁崇焕祠，位于北京东城区花市斜街52号，原是广东义园。袁崇焕（1584年—1630年），明末名将，字元素，号自如。

临刑口占
（明）袁崇焕

一生事业总成空，半世功名在梦中。
死后不愁无勇将，忠魂依旧保辽东！

边中送别
（明）袁崇焕

五载离家别路悠，送君寒浸宝刀头。
欲知肺腑同生死，何用安危问去留？
策杖只因图雪耻，横戈原不为封侯。
故园亲侣如相问，愧我边尘尚未收。

塞下曲
（明）张居正

九月西风塞草残，胡沙黯黯点征鞍。
一声羌笛吹关柳，万卒雕戈拥贺兰。
都护长缨勤庙略，单于远道伏长安。
漠南坐觉烽烟靖，天汉嫖姚可易看。

张居正故居，位于湖北省荆州市古城东大门内。张居正（1525年—1582年），明朝中后期政治家、改革家。幼名张白圭，字叔大，号太岳。明代湖广江陵（今属湖北省荆州市）人，时人称张江陵。

郑成功墓，位于福建省南安市水头镇复船山麓。郑成功（1624年—1662年），又名福松，本名郑森，字明俨，以收复台湾名垂后世。

复台
（明）郑成功

开辟荆榛逐荷夷，十年始克复先基。
田横尚有三千客，茹苦间关不忍离。

七律
（明）郑成功

破屋荒畦趁水湾，行人渐少鸟声闲。
偶迷沙路曾来处，始踏苔岩常望山。
樵户秋深知露冷，僧扉昼静任云关。
霜林犹爱新红好，更入风泉乱壑间。

过徐霞客故居

白水

功名利禄竟无求，
涉水翻山历九州。
庭院萧然人远去，
鸿篇游记录千秋。

徐霞客故居，位于江苏省江阴市马镇南岐村。徐霞客（1586年—1641年），明朝地理学家、旅行家和文学家。名弘祖，字振之，号霞客，明朝南直隶江阴（今江苏江阴市）人。

秋日西池望二仙桥

（明）汤显祖

池上映秋光，登临爱夕阳。
镜中蒲柳色，衣上芰荷香。
听雨初留屐，当风一据床。
猗兰延客语，高菊以邻芳。
紫翠连山暝，晴阴隔水浜。
坐看人世小，仙驭白云乡。

汤显祖故居，位于浙江省丽水市遂昌县城北街四弄。汤显祖（1550年—1616年），明代戏曲家、文学家，因《牡丹亭》一举成名。字义仍，号海若、若士、清远道人，江西临川人。

冬雪吟

（明）罗贯中

一夜北风寒，万里彤云厚。
长空雪乱飘，改尽江山旧。
仰面观太虚，疑是玉龙斗。
纷纷麟甲飞，顷刻遍宇宙。
骑驴过小桥，独叹梅花瘦。

罗贯中故居，位于山东省泰安市东平县白佛山前、大清河北岸的东平罗庄村。罗贯中（约1330年—约1400年）元末明初著名小说家、戏曲家，名本，字贯中，山西并州太原人，号湖海散人。他是中国章回小说的鼻祖，代表作《三国演义》。

刘基故里，位于浙江省温州市文成县南田山。刘基，明朝人，字伯温，封诚意伯，谥号"文成"，是中国历史上卓越的政治家、军事家、文学家。

桃源图

（明）吴承恩

千载知经几暴秦，山中惟说避秦人。
仙源错引渔舟入，恼乱桃花自在春。

一轮明月满乾坤

（明）吴承恩

十里长亭无客走，九重天上现星辰。
八河船只皆收港，七千州县尽关门。
六宫五府回官宰，四海三江罢钓纶。
两座楼头钟鼓响，一轮明月满乾坤。

夜闻蛙鸣

（明）刘基

轻轻细雪点枯池，袅袅东风拂树枝。
春到草根人未觉，夜来先有蛰蛙知。

浣溪沙

（明）刘基

半亩荒园自看锄，雨中时复撷新蔬，
　　　不须弹铗叹无鱼。
早息机心劳役少，懒闻世事往来疏，
　　　清风明月总赢余。

吴承恩故居，位于江苏省淮安市淮安区河下古镇的打铜巷巷尾。吴承恩（1501年—1582年），明代杰出的小说家，字汝忠，号射阳山人。今江苏省淮安市淮安区人，代表作《西游记》。

赠竹园隐者

（明）海瑞

寂寂江村路，何烦命驾过。
羊求忘地远，松竹到门多。
野外常无酒，田间别有歌。
洗杯深酌处，落日在沧波。

苏州府学生凌霄汉

（明）海瑞

生平正气肃朝端，胸次忠清世所难。
忠似赤葵倾烈日，清如秋水挽狂澜。
时多俊乂无尸谏，人有姜菲幸骨寒。
千古芳名光史笔，应留精爽照长安。

海瑞祠，位于浙江省千岛湖龙山岛南坡湖边。海瑞（1514年—1587年），明朝著名清官，字汝贤，号刚峰，广东琼山（今属海南）人。

施耐庵纪念馆，位于江苏省大丰市白驹镇（曾隶属兴化）西郊花家垛上。施耐庵（约1296年—约1370年），原名彦端，别号耐庵。泰州兴化人，代表作《水浒传》。

施耐庵纪念馆

白水

官家执政失民心，天下苍生遍恨声，
前鉴之车常警示，莫将水泊再屯兵。

无题

（明）施耐庵

大抵人生土一丘，百年落个得齐头。
扶犁安稳尊于辇，负暴奇温胜似裘。
子建高才空号虎，庄生放达以为牛。
夜寒薄醉摇柔翰，语不惊人也便休。

望阙台

（明）戚继光

十年驱驰海色寒，孤臣于此望宸銮。
繁霜尽是心头血，洒向千峰秋叶丹。

登舍身台

（明）戚继光

向来曾作舍身歌，今日登台意若何？
指点封疆余独感，萧疏鬓发为谁皤？
剑分胡饼从人后，手探清泉已自多。
回首朱门歌舞地，尊前列鼎问调和。

戚继光祠堂，位于山东省蓬莱市。戚继光（1528年—1588年），明朝抗倭名将，字元敬，号南塘，晚号孟诸，卒谥"武毅"。他是杰出的军事家、书法家、诗人、民族英雄。

过胡雪岩故居

白水

红顶商人富一方，门庭院落遍寒霜。
从来富未承三代，风雨飘零载福堂。

胡雪岩故居，位于浙江省杭州市河坊街、大井巷历史文化保护区东部，建于清同治十一年（1872年）。胡光墉（1823年—1885年），字雪岩，安徽绩溪人，中国近代著名红顶商人，富可敌国的晚清著名徽商，政治家。

于谦故居，位于浙江省杭州市上城区清河坊祠堂巷42号。于谦（1398年—1457年），明朝名臣，字廷益，浙江钱塘人。

石灰吟

（明）于谦

千锤万凿出深山，烈火焚烧若等闲。

粉身碎骨全不怕，要留清白在人间。

观书

（明）于谦

书卷多情似故人，晨昏忧乐每相亲。

眼前直下三千字，胸次全无一点尘。

活水源流随处满，东风花柳逐时新。

金鞍玉勒寻芳客，未信我庐别有春。

定乾坤

（清）洪秀全

龙潜海角恐惊天，暂且偷闲跃在渊；

等待风云齐聚会，飞腾六合定乾坤。

述志诗

（清）洪秀全

手握乾坤杀伐权，斩邪留正解民悬。

眼通西北江山外，声振东南日月边。

展爪似嫌云路小，腾身何怕汉程偏。

风雷鼓舞三千浪，易象飞龙定在天。

太平天国烈士墓，位于上海浦东新区高桥镇屯粮巷村。洪秀全（1814年—1864年），今广州市花都区人，太平天国运动的领袖。

甘熙故居

白水

望族甘家好派场，豪门九十九间房。

从来富贵如流水，院落空空对夕阳。

甘熙宅第，位于江苏省南京市秦淮区，俗称"九十九间半"，是中国最大的私人民宅。甘熙（1798年—1853年），是晚清南京著名文人、金石家、藏书家，字实庵。

乌鲁木齐杂诗

（清）纪晓岚

到处歌楼到处花，塞垣此处擅繁华。

军邮岁岁飞官牒，只为游人不忆家。

富春至严陵山水甚佳

（清）纪昀

浓似春云淡似烟，参差绿到大江边。

斜阳流水推篷坐，翠色随人欲上船。

纪晓岚故居，位于北京市珠市口西大街 241 号。纪昀（1724 年—1805 年），字晓岚，今河北献县人。纪晓岚知识渊博，以撰写《四库全书总目提要》《阅微草堂笔记》等闻名于世。另为纪念纪晓岚，在乌鲁木齐市鉴湖南岸建有阅微草堂。

李香君小像·其一

（清）陆学钦

一腔恨血喷桃花，点染生绡妙笔夸。

为问元规尘十丈，携将此扇可能遮。

好事近·李香君小影，
为南雅赋

（清）戴延介

风月媚香楼，流水板桥春远。

金粉南朝销尽，认桃花人面。

艳情悽断白牙箫，旧曲更谁按。

记取扇头香坠，把芳名偷唤。

李香君故居，又称媚香楼，位于江苏省南京秦淮河畔。李香君（1624 年—1653 年），又名李香，原姓吴，苏州人。她与董小宛、陈圆圆、柳如是等被称为"秦淮八艳"。

浣溪沙

（清）蒲松龄

旧向长堤缆画桡，秋来秋色倍萧萧。

空垂烟雨拂横桥。斜倚西风无限恨，

懒将憔悴舞纤腰。离思别绪一条条。

蒲松龄故居，位于山东省淄博市淄川区洪山镇蒲家庄。蒲松龄（1640 年—1715 年），字留仙，现山东省淄博市淄川区洪山镇蒲家庄人。

赴戍登程口占示家人

（清）林则徐

力微任重久神疲，再竭衰庸定不支。
苟利国家生死以，岂因祸福避趋之。
谪居正是君恩厚，养拙刚于戍卒宜。
戏与山妻谈故事，试吟断送老头皮。

林则徐纪念馆，位于福建省福州市澳门路。林则徐（1785年—1850年），清晚期政治家、思想家和诗人，福建省侯官人，字元抚。因其主张严禁鸦片，在中国有"民族英雄"之誉。

折桂令·问秦淮

（清）孔尚任

秦淮旧日窗寮，破纸迎风，坏槛当潮，
目断魂消。当年粉黛，何处笙箫？
罢灯船端阳不闹，收酒旗重九无聊。
白鸟飘飘，绿水滔滔，嫩黄花有些蝶飞，
新红叶无个人瞧。

过孔尚任故居

白水

栖身宦海顶风波，官罢回乡只著歌。
湖海诗存书疾苦，桃花扇里泪痕多。

孔尚任故居，位于北京市的宣武门外海柏胡同。孔尚任（1648年—1718年），清初诗人、戏曲作家，字聘之，自称云亭山人。山东曲阜人，孔子六十四代孙。

谭嗣同故居，位于北京市西城区北半截胡同41号。谭嗣同（1865年—1898年），中国近代著名资产阶级政治家、思想家，著名维新派人物。字复生，号壮飞，湖南浏阳人。

狱中题壁

（清）谭嗣同

望门投止思张俭，忍死须臾待杜根。
我自横刀向天笑，去留肝胆两昆仑。

除夕感怀

（清）谭嗣同

年华世事两迷离，敢道中原鹿死谁。
自向冰天炼奇骨，暂教佳句属通眉。
无端歌哭因长夜，婪尾阴阳胜此时。
有约闻鸡同起舞，灯前转恨漏声迟。

曹雪芹故居，位于北京市海淀区四季青乡正白旗村，是曹雪芹晚年居住的地方。曹雪芹（约1715年—约1763年），清代著名小说家，名霑，字芹圃，号芹溪，梦阮。

咏菊

（清）曹雪芹

无赖诗魔昏晓侵，绕篱欹石自沉音。
毫端蕴秀临霜写，口齿噙香对月吟。
满纸自怜题素怨，片言谁解诉秋心？
一从陶令评章后，千古高风说到今。

曹雪芹纪念馆

白水

一部红楼梦太沉，西山黄叶见秋深。
可怜黛玉伤心泪，洒满时空泣到今。

己亥杂诗（选二）

（清）龚自珍

其五

浩荡离愁白日斜，吟鞭东指即天涯。
落红不是无情物，化作春泥更护花。

其二百二十

九州生气恃风雷，万马齐喑究可哀。
我劝天公重抖擞，不拘一格降人才。

龚自珍纪念馆，位于浙江省杭州市城东马坡巷6号小米园内。龚自珍（1792年—1841年），清朝后期著名思想家、文学家、哲学家，字璱人，号定盦，浙江仁和（今杭州）人。

入都·其一

（清）李鸿章

丈夫只手把吴钩，意气高于百尺楼。
一万年来谁著史，三千里外欲封侯。
定将捷足随途骥，那有闲情逐水鸥。
笑指卢沟桥畔月，几人从此到瀛洲？

舟夜苦雨（临终诗）

（清）李鸿章

劳劳车马未离鞍，临事方知一死难。
三百年来伤国步，八千里外吊民残。
秋风宝剑孤臣泪，落日旌旗大将坛。
海外尘氛犹未息，诸君莫作等闲看。

李鸿章故居，位于安徽省合肥市淮河路中段。李鸿章（1823年—1901年），洋务运动的主要领导人之一，与曾国藩、张之洞、左宗棠并称为"中兴四大名臣"。

送金竺虔之官闽中
（清）曾国藩

朋好翩翩去，君今伤此行。
春风一杯酒，旧雨十年情。
循吏平生志，神仙薄幸名。
海隅氛正恶，看法斫长鲸。

曾国藩墓，位于湖南省望城县坪塘镇桐溪村伏龙山。曾国藩（1811年—1872年），晚清政治家、战略家、理学家、文学家，湘军的创立者和统帅。初名子城，字伯涵，号涤生，谥号"文正"。

雪望
（清）洪升

寒色孤村幕，悲风四野闻。
溪深难受雪，山冻不流云。
鸥鹭飞难辨，沙汀望莫分。
野桥梅几树，并是白纷纷。

答友人
（清）洪升

君问西泠陆讲山，飘然一钵竟忘还。
乘云或化孤飞鹤，来往天台雁宕间。

洪升纪念馆，位于浙江省杭州市西溪国家湿地公园西区。洪升（1645年—1704年），清代戏曲作家、诗人。

解缙墓，初葬江西省吉水县仁寿乡一都霸溪，后迁于吉水东门外东山亭。解缙（1369年—1415年），明朝吉水（今江西吉水）人，官至内阁首辅、右春坊大学士。字大绅，一字绅绅，号春雨、喜易。

锯子
（明）解缙

曲邪除尽不疑猜，昔日公输巧制来。
正是得人轻借力，定然分别栋梁材。

菖蒲
（明）解缙

三尺青青古太阿，舞风斩碎一川波。
长桥有影蛟龙惧，流水无声昼夜磨。
两岸带烟生杀气，五更弹雨和渔歌。
秋来只恐西风起，销尽锋棱怎奈何。

李时珍纪念馆,位于湖北省蕲州镇风景秀丽的雨湖畔。李时珍(1518年—1593年),明代著名医药学家。字东璧,晚年自号濒湖山人,湖北蕲春县蕲州镇东长街之瓦屑坝(今博士街)人。

题雪湖画梅

(明)李时珍

雪湖点缀自神通,题品金坛动巨公。
欲写花笺寄姚浙,换梅诗句冠江东。

吴明卿自河南大参归里

(明)李时珍

青锁名藩三十年,虫沙猿鹤总堪怜。
久孤兰杜山中待,谁遣文章海内传。
白雪诗歌千古调,清敬日醉五湖船。
鲈鱼味美秋风起,好约同游访洞天。

观海

(清)吴敬梓

浩荡天无极,潮声动地来。
鹏溟流陇域,蜃市作楼台。
齐鲁金泥没,乾坤玉阙开。
少年多意气,高阁坐衔杯。

吴敬梓故居,位于安徽省全椒县城北郊走马岗。吴敬梓(1701年—1754年),清代小说家,字敏轩,一字文木,号粒民,安徽全椒人。

纳兰性德故居,位于北京市海淀区最北端,隔沙阳公路邻昌平区白水洼的皂甲屯村(亦名造甲屯)。纳兰性德(1655年—1685年),是清代最为著名的词人之一,与朱彝尊、陈维崧并称"清词三大家"。

长相思

(清)纳兰性德

山一程,水一程,
身向榆关那畔行,夜深千帐灯。
风一更,雪一更,
聒碎乡心梦不成,故园无此声。

容若故居咏叹

白水

落拓无羁性太真,英年早逝暗星辰。
明珠府内音沉寂,三大词家少一人。

晓窗

（清）魏源

少闻鸡声眠，老听鸡声起。

千古万代人，消磨数声里。

黄山绝顶题文殊院

（清）魏源

峰奇石奇松更奇，云飞水飞山亦飞。

华山忽向江南峙，十丈花开一万围。

魏源故居，位于湖南省邵阳市隆回县司门前镇学堂弯村之沙洲上。魏源（1794年—1857年），著名学者，中国近代启蒙思想家。名远达，字良图，号默深。

吊冯子材

田汉

泥桥岭畔古城东，且驻征车吊萃翁。

松啸如闻嘶战马，花香端合献英雄。

扶妖江左成遗憾，抗法南关有大功。

近百年来多痛史，论人应不失刘冯。

冯子材故居，又叫宫保第，位于广西壮族自治区钦州镇白水塘村，是冯子材退居时的住所。冯子材（1818年—1903年），钦州人，字南干，清末将领。

大赞诗（节选）

（明）徐光启

维皇大哉，万汇原本；巍巍尊高，

造厥胚浑。抟捖众有，以资人灵；

无然方命，悉尔所生。蠢蠢黔首，

云何不淑？曾是群瞢，上堥下黩。

帝曰悯斯，降于人间；津梁耳目，

卅有三年。普拯横流，诞彰神奇，

舍尔灵躯，请命作仪。粤有圣宗，

十又二子；述宣宏化，以迪亿祀。

如日之升，逾远而光。千六百载，

达于兹方。兹方云何？膺受多祐。

正教西来，大眷东顾。凡我人斯，

仰瞻辽廓。敢曰无主，敢曰不若？

大文无雕，经涂无诡。

徐光启纪念馆，位于徐汇区南丹路17号（光启公园内）。徐光启（1562年—1633年），明代著名科学家、政治家。字子先，号玄扈，天主教圣名保禄，汉族，闵行区法华汇（今上海市）人。

王昶纪念馆，位于上海市朱家角西湖街上的一座清代庭院内。王昶（1725年—1806年），字德甫，号述庵，又号兰泉，青浦人，清代著名文学家、金石学家。

批叶翘谏书纸尾

（清）王昶

春色曾看紫陌头，乱红飞尽不禁愁。
人情自厌芳华歇，一叶随风落御沟。

早春

（清）王昶

朔风初定雪初晴，遥见春晖上槛明。
三尺游鱼冰下见，一行归雁柳梢横。
香炉茶铫随宜置，茸帽筇枝称意行。
已是上元镫节过，市楼犹听夜吹笙。

松石馆藏

白水

庭院多年旧馆藏，镜天水月话沧桑。
镜花缘里了心愿，且把他乡作故乡。

李汝珍故居

汤兆成

小街窄巷旧砖房，落泊穷途隐异乡。
世态炎凉谁与诉？镜花缘里寄衷肠。

李汝珍纪念馆，位于江苏省连云港市海州区板浦镇。李汝珍（1763年—1830年），字松石，号松石道人，直隶大兴（今属北京市）人，清代小说家，文学家。代表作为《镜花缘》。

左宗棠故居，位于湖南省岳阳市湘阴县文星镇八甲。左宗棠（1812年—1885年），清朝大臣，著名湘军将领，字季高，一字朴存，湖南湘阴人，与曾国藩、李鸿章、张之洞并称"晚清四大名臣"。

题顾超秋山无尽图

（清）左宗棠

行尽秋山路几重，故山回首白云封。
阿超知我归心急，为画江南千万峰。

陶氏园听彭山人琴

（清）左宗棠

山边亭子花之阴，癯仙开囊调素琴。
洞庭秋老叶初脱，夜壑春深龙一吟。
中有羲皇不尽意，世无夔旷谁知音。
我家湘上水云窟，岁晚鼓棹来相寻。

黄宗羲墓，位于浙江省余姚城东南的陆埠镇十五岙村。黄宗羲（1610年—1695年），明末清初杰出的思想家、史学家。字太冲，号南雷，学者尊称其为"梨洲先生"，浙江余姚人。

五月二十八日书诗人壁

（清）黄宗羲

倦钩帘幕昼沉沉，难向庸医话病深。
不信诗人容易瘦，一春花鸟总关心。

山居杂咏

（清）黄宗羲

锋镝牢囚取决过，依然不废我弦歌。
死犹未肯输心去，贫亦岂能奈我何！
廿两棉花装破被，三根松木煮空锅。
一冬也是堂堂地，岂信人间胜著多。

赠梁任父同年

（清）黄遵宪

寸寸山河寸寸金，侉离分裂力谁任。
杜鹃再拜忧天泪，精卫无穷填海心。

夜起

（清）黄遵宪

千声檐铁百淋铃，雨横风狂暂一停。
正望鸡鸣天下白，又惊鹅击海东青。
沉阴噎噎何多日，残月晖晖尚几星。
斗室苍茫吾独立，万家酣睡几人醒？

黄遵宪故居，位于广东省梅州市东部的周溪畔。黄遵宪（1848年—1905年），清朝诗人，外交家、政治家、教育家。字公度，别号人境庐主人。

秋登越王台

（清）康有为

秋风立马越王台，混混蛇龙最可哀。
十七史从何说起，三千劫几历轮回。
腐儒心事呼天问，大地山河跨海来。
临眺飞云横八表，岂无倚剑叹雄才！

康有为故居，位于广东省佛山市南海区丹灶镇银河村委苏村。康有为（1858年—1927年），晚清时期重要的政治家、思想家、教育家，原名祖诒，字广厦，号长素，广东省南海区丹灶苏村人。

严复故居，位于福建省福州市鼓楼区三坊七巷郎官巷西段。严复（1854年—1921年），中国近代启蒙思想家、新法家、翻译家。原名宗光，字又陵，后改名复，字几道，晚号野老人，福州市人。

戊戌八月感事

（清）严复

求治翻为罪，明时误爱才。
伏尸名士贱，称疾诏书哀。
燕市天如晦，宣南雨又来。
临河鸣犊叹，莫遣才心灰。

过吕太微

（清）严复

凉月低高树，翛然怀吕安。
移镫过别馆，留客共盘餐。
雷雨涤新暑，庭阶生暮寒。
遥知草玄者，独有子云难。

后彩云曲（节选）

（清）樊增祥

纳兰昔御仪鸾殿，曾以宰官三召见。
画栋珠帘霭御香，金床玉几开宫扇。
明年西幸万人哀，桂观蜚廉委劫灰。
虏骑乱穿驿道走，汉宫重见柏梁灾。
白头宫监逢人说，庚子灾年秋七月。
六龙一去万马来，柏灵旧帅称魁桀。
红巾蚁附端郡王，擅杀德使董福祥。
愤兵入城恣淫掠，董逃不获池鱼殃。

赛金花故居，位于安徽省黄山市黟县龙江乡西递、宏村之间。赛金花（1870年或1864年—1936年），是民国时期一位具有传奇色彩的女子。初名为赵彩云，原籍安徽黟县。

民国人物

中山陵，位于南京市东郊紫金山南麓。孙中山（1866年—1925年），中国民主革命伟大先行者，中华民国和国民党的缔造者，三民主义的倡导者。名文，字载之，号日新，又号逸仙，幼名帝象，化名中山樵。

咏志
（民国）孙中山

万象阴霾扫不开，红羊劫运日相催。
顶天立地奇男子，要把乾坤扭转来。

挽刘道一
（民国）孙中山

半壁东南三楚雄，刘郎死去霸图空。
尚余遗孽艰难甚，谁与斯人慷慨同。
塞上秋风悲战马，神州落日泣哀鸿。
几时痛饮黄龙酒，横揽江流一奠公。

孙中山故居
白水

三民主义旅途艰，
革命先行克难关。
五岳孙公添一岳，
华人仰望是中山。

孙中山故居，位于广东省中山市翠亨村，是一幢两层楼的中西合璧式小楼房，为孙中山于26岁时所亲自设计和改建。

闻一多纪念馆，位于山东省青岛市南区鱼山路5号中国海洋大学校园东北角。闻一多（1899年—1946年），中国现代伟大的爱国主义者，中国民主同盟早期领导人。本名闻家骅，字友三，生于湖北省黄冈市浠水县。

口供
（民国）闻一多

我不骗你，我不是什么诗人，
纵然我爱的是白石的坚贞，
青松和大海，鸦背驮著夕阳，
黄昏里织满了蝙蝠的翅膀。
你知道我爱英雄，还爱高山，
我爱一幅国旗在风中招展，
自从鹅黄到古铜色的菊花。
记著我的粮食是一壶苦茶！
可是还有一个我，你怕不怕？——
苍蝇似的思想，垃圾桶里爬。

挽孙中山

（民国）黎元洪

江汉启元戎，仗公同定共和局。

乾坤试回顾，旷世谁为建设才。

黎元洪墓，位于湖北省武汉市洪山区土公山南坡，在今华中师范大学院内。黎元洪（1864年—1928年），曾任中华民国第一任副总统、第二任大总统。原名秉经，字宋卿，是湖北黄陂人，故称"黎黄陂"。

过萧红故居

白水

英年早逝喟秋风，

女子才情竟未穷。

半部《红楼》谁与续，

一庭冷月忆萧红。

萧红故居，位于黑龙江省哈尔滨市呼兰区。萧红（1911年—1942年），中国近现代女作家，"民国四大才女"之一，被誉为"20世纪30年代的文学洛神"。

雨巷（节选）

（民国）戴望舒

撑着油纸伞，独自彷徨在悠长、

悠长又寂寥的雨巷

我希望逢着 一个丁香一样地

结着愁怨的姑娘

她是有 丁香一样的颜色

丁香一样的芬芳

丁香一样的忧愁

在雨中哀怨 哀怨又彷徨

她彷徨在这寂寥的雨巷

撑着油纸伞 像我一样

像我一样地 默默彳亍着

寒漠、凄清、又惆怅

戴望舒故居位于浙江省杭州大塔儿巷。戴望舒（1905年—1950年），曾用笔名戴梦鸥、江恩、艾昂甫等，浙江省杭州甫人。中国现代著名的诗人，为中国现代象征派诗歌的代表。因《雨巷》成为传诵一时的名作，被称为"雨巷诗人"。

李金发故居，位于广东省梅州市梅南镇罗田上村。李金发（1900年—1976年），原名李淑良，广东梅州市梅县区人，中国早期象征派诗人。代表作《微雨》《为幸福而歌》《食客与凶年》。

题自写像

（民国）李金发

即月眠江底，
还能与紫色之林微笑。
耶稣教徒之灵，吁，
太多情了。

感谢这手与足，虽然尚少
但既觉够了。
昔日武士被着甲，
力能搏虎！我么！害点羞。

热如皎日，
灰白如新月在云里。
我有草履，
仅能走世界之一角，
生羽么，太多事了呵！

詹天佑纪念馆

白水

稚子留洋万里行，铺桥筑路献终生。
神州百载多风雨，高铁飞奔举世惊。

詹天佑纪念馆，位于延庆县八达岭长城北侧。詹天佑（1861年—1919年），中国近代铁路工程专家，被誉为"中国铁路之父"。字眷诚，号达朝，祖籍徽州婺源（今江西上饶市婺源）。

国殇

（民国）于右任

远葬我于高山之上兮，望我大陆。
大陆不可见兮，只有痛哭！
葬我于高山之上兮，望我故乡。
故乡不可见兮，永不能（望）忘。
天苍苍，野茫茫，山之上，国有殇。

过于右任故居

白水

当代书王墨宝香，清风两袖著华章。
乡关望断烟云路，无奈髯翁咏国殇。

于右任故居，位于陕西省三原县城西关斗口巷5号。于右任（1879年—1964年），中国近现代政治家、教育家、书法家。陕西三原人，祖籍泾阳。

秋瑾墓，位于浙江省杭州市白堤尽头西泠桥畔。秋瑾（1875年—1907年），近代民主革命志士。

胡汉民（1879年—1936年），资产阶级革命家，国民党早期主要领导人之一。

对酒

（清）秋瑾

不惜千金买宝刀，貂裘换酒也堪豪。
一腔热血勤珍重，洒去犹能化碧涛。

西湖秋女侠墓

（民国）胡汉民

见说椎秦愿已酬，那知沧海尚横流。
我来风雨亭边过，不是秋时也欲愁。

淀江道中口占

（民国）苏曼殊

孤村隐隐起微烟，处处秧歌竞插田。
赢马未须愁远道，桃花红欲上吟鞭。

春日

（民国）苏曼殊

好花零落雨绵绵，辜负韶光二月天。
知否玉楼春梦醒，有人愁煞柳如烟。

苏曼殊故居，位于珠海南溪社区苏家巷内。苏曼殊（1884年—1918年），作家、诗人、翻译家，广东香山县人。

鲁迅故里，位于浙江省绍兴市市区鲁迅中路。鲁迅（1881年—1936年），文学家、思想家、革命家，中国现代文学奠基人。原名周樟寿，后改名周树人。浙江省绍兴会稽县人。

自题小像

（民国）鲁迅

灵台无计逃神矢，风雨如磐暗故园。
寄意寒星荃不察，我以我血荐轩辕。

自嘲

（民国）鲁迅

运交华盖欲何求，未敢翻身已碰头。
破帽遮颜过闹市，漏船载酒泛中流。
横眉冷对千夫指，俯首甘为孺子牛。
躲进小楼成一统，管它冬夏与春秋。

王国维故居，位于浙江省海宁市盐官镇西门周家兜。王国维（1877年—1927年），中国近代著名学者，初名国桢，字静安，一字伯隅，号礼堂、观堂、永观，谥"忠悫"。浙江省嘉兴市海宁人。

采桑子

（民国）王国维

高城鼓动兰釭灺，睡也还醒。
醉也还醒。忽听孤鸿三两声。
人生只似风前絮，欢也零星。
悲也零星。都作连江点点萍。

浣溪沙

（民国）王国维

路转峰回出画塘，一山枫叶背残阳。
看来浑不似秋光。
隔座听歌人似玉。六街归骑月如霜。
客中行乐只寻常。

偶然

（民国）徐志摩

我是天空里的一片云，
偶尔投影在你的波心——
你不必讶异，
更无须欢喜——
在转瞬间消灭了踪影。

你我相逢在黑夜的海上，
你有你的，我有我的，
方向；你记得也好，
最好你忘掉，
在这交会时互放的光亮！

徐志摩故居，位于浙江省海宁市硖石镇干河街40号。故居建于1926年，是一幢中西合璧式的小洋楼。徐志摩（1897年—1931年），新月派代表诗人，现代散文家。

读陆放翁集

（民国）梁启超

诗界千年靡靡风，
兵魂销尽国魂空。
集中什九从军乐，
亘古男儿一放翁。

梁启超故居，位于北京市东直门南小街西。梁启超（1873年—1929年），中国近代思想家、政治家、教育家、史学家、文学家，字卓如，号饮冰室主人。

135

夏木垂阴

（民国）张静江

石头路有亦何辞，曳杖来时瘦阿师。

有约白云迎客惯，贪看红叶到门迟。

住山要乞安心法，呈佛何妨本色诗。

踏遍松阴欲归去，泉声十里晚风时。

张静江故居，位于浙江省湖州市南浔镇东大街108号。张静江（1877年—1950年），本名张增澄、字静江，晚年号卧禅。浙江省湖州南浔镇人，中国近代政治家。

过枫桥

（民国）吴昌硕

十月霜未降，枫桥枫叶青。

人家隔秋水，镫火隐回汀。

远浦雁声落，寥天风色冥。

鸟啼钟正晚，清绝掩篷听。

吴昌硕故居，在浙江省湖州安吉县鄣吴村中心。吴昌硕（1844年—1927年），民国时期著名国画家、书法家、篆刻家，原名俊，字昌硕，别号缶庐、苦铁等，浙江湖州人。中国近、现代"诗、书、画、印"四绝的一代宗师。

送别

（民国）李叔同

长亭外，古道边，

　芳草碧连天。

晚风拂柳笛声残，

　夕阳山外山。

天之涯，地之角，

　知交半零落。

一壶浊酒尽余欢，

　今宵别梦寒。

李叔同故居，位于天津市河北区海河东路与滨海道交口处。李叔同（1880年—1942年），又叫李息霜，号弘一，后被人尊称为弘一法师。他是我国近代史上著名音乐家、美术教育家、书法家、戏剧活动家。

细雨

（民国）朱自清

东风里，掠过我脸边，

星呀星的细雨，是春天的绒毛呢。

朱自清故居

白水

月色荷塘景最幽，秦淮灯影逐波流。

先生故地知何处，有幸扬州并海州。

朱自清故居，位于江苏省扬州市安乐巷 27 号。朱自清（1898 年—1948 年），杰出的散文家、诗人、学者。原名自华，后改名自清，号秋实，字佩弦。原籍浙江省绍兴市，出生于江苏省东海县（今连云港市东海县平明镇）。

为民请命诗

（民国）段祺瑞

瑞雪觉年兆，哀鸿转弗安。

众生悲业积，我佛结缘难。

冬至阳生渐，春回气不寒。

闭门恩寡过，善恶待天予。

过段祺瑞旧居

白水

北洋之虎少官腔，谋国公忠践定邦。

两袖清风身影正，百年官吏叹无双。

段祺瑞旧居，位于天津市鞍山道 38 号。段祺瑞（1865 年—1936 年），原名启瑞，字芝泉，晚号正道老人，安徽合肥人。北洋军阀之一，北洋政府国务总理。

写于离梅窠前一日的诗

（民国）石评梅

依稀是风飘落花，依稀是柳絮天涯；

问燕子离开旧巢，含泪飞向谁家？

过石评梅故居

白水

秋深草木染寒霜，旧日厢房映夕阳。

早逝英年魂魄在，晚风满院送梅香。

石评梅故居，位于山西省阳泉市郊区小河村。石评梅是民国时期著名女作家，"民国四大才女"之一。乳名心珠，学名汝璧。因爱慕梅花之俏丽坚贞，自取笔名石评梅。

霍元甲故居

白水

一代拳师去未归，小村故地映斜晖。

先人远影云霄外，尚武精神壮国威。

霍元甲故居位于天津西青区小南河村。霍元甲（1868年—1910年），清末著名爱国武术家，字俊卿，生于天津静海县。

御制喜雪诗

（清）溥仪

朕心思雪，祈之昊天，

昊天乃降，下民悦焉。

天津静园

白水

叠石鸣泉蓄水池，风光如旧引深思。

静园宿者心何静，破碎山河遍疮痍。

天津静园，位于天津市和平区鞍山道。是清朝末代皇帝溥仪寓居。爱新觉罗·溥仪（1906年—1967年），清朝最后一位皇帝，也是中国封建帝制历史上的最后一位皇帝。乳名"午格"，字耀之，号浩然。

蔡元培故居，位于上海市静安区华山路303弄16号（希尔顿饭店斜对面）。蔡元培（1868年—1940年），中国近代著名革命家、教育家、政治家，字鹤卿，浙江绍兴山阴县人。

游溪口雪窦和俞寰澄韵

（民国）蔡元培

诸公谋富国，野获在兹游。

世变看车辙，人生感瀑流。

崇楼兴幼学，比户服先畴。

洪水怀襄日，山乡尚有秋。

七绝

（民国）蔡元培

故乡尽有好湖山，八载常萦魂梦间。

最羡卧游若有术，十篇妙绘若循环。

韬奋纪念馆

白水

毕生反日著文章，

激励人民唤救亡。

一代雄才悲远去，

半轮冷月映秋霜。

邹韬奋纪念馆故馆，位于上海市重庆南路 205 弄 53、54 号。邹韬奋（1895 年—1944 年），原名恩润，余江县潢溪乡渡口沙塘村人。中国近代出版家、记者。

戴安澜诗二首

（民国）戴安澜

策马扬鞭走八荒，远征大业迈秦皇。

誓澄宇宙安黎庶，手挽长弓射夕阳。

万里旌旗耀眼开，王师出境夷岛摧。

扬鞭遥指花如许，诸葛前身今又来！

戴安澜烈士墓，位于安徽省芜湖市镜湖区赭山公园。戴安澜（1904 年—1942 年），国民革命军第五军第200 师师长，著名抗日将领。原名戴炳阳，字衍功，自号海鸥，安徽省无为县人。

京都见初月

老舍

仰首青山俯首城，参差灯火万珠明。

东风不吝春消息，小月偷看桥外樱。

老舍故居感赋

白水

龙须沟里水澄清，茶馆平民叙旧情。

博学奇才多命舛，太平湖波不太平。

老舍故居，位于东城区灯市口西街丰富胡同 19 号。舒庆春（1899 年—1966 年），中国现代小说家，杰出的语言大师、人民艺术家，字舍予，笔名老舍。

过茅盾故居

白水

志在鲲鹏恰后生，
春蚕子夜诉民声。
文坛茅奖高荣耀，
举世书生继笔耕。

　　茅盾故居，位于北京市东城区交道口南大街后圆恩寺胡同。茅盾（1896 年—1981 年），现代著名作家、文学评论家、文化活动家以及社会活动家。原名沈德鸿，笔名茅盾、字雁冰，浙江省嘉兴市桐乡市人。

邓颖超纪念馆

白水

襟怀坦荡性贞娴，
奉献终身鬓发斑。
莫道清贫无所有，
惟留大爱给人间。

　　邓颖超纪念馆，位于天津市区南侧，著名的水上公园旁，是专门为纪念周总理及夫人邓颖超女士而修建的。邓颖超（1904 年—1992 年），周恩来夫人，伟大的无产阶级革命家、政治家，著名的社会活动家。

宋庆龄故居

白水

爱民爱国爱和平，
情系山河总至贞。
何日中华成一统，
恩波亭外告先生。

　　宋庆龄故居，位于北京市西城区后海北沿 46 号。宋庆龄（1893 年—1981 年），是中国革命家及中华民国创建者孙中山的第二任妻子。宋庆龄女士被尊称为"国母"。

　　齐白石纪念馆，位于湖南省湘潭市雨湖区大湖路2号白石公园内。齐白石（1864年—1957年），绘画大师，世界文化名人。祖籍安徽省宿州砀山，生于湖南长沙府湘潭（今湖南湘潭）人。原名纯芝，字渭青，号白石。

咏志
齐白石

青藤雪个远凡胎，缶老衰年别有才。
我欲九原为走狗，三家门下转轮来。

不倒翁
齐白石

乌纱白扇俨然官，不倒原来泥半团。
将汝忽然来打碎，通身何处有心肝？

赠人
田汉

爷有新诗不济贫，贵阳珠米桂如薪。
杀人无力求人懒，千古伤心文化人。

过田汉故居
白水

战斗平生苦难多，坚强意志未消磨。
狱中不幸含冤去，悼念斯人唱国歌。

　　田汉故居，位于北京市东城区细管胡同9号院。田汉（1898年—1968年），剧作家、戏曲作家、电影编剧、小说家、词作家、诗人、文艺批评家、文艺活动家，中国现代戏三大奠基人之一。乳名和儿，湖南省长沙县人。

　　梅兰芳纪念馆，位于北京西城区护国寺街9号。梅兰芳（1894年—1961年），中国京剧表演艺术大师，近代杰出的京昆旦行演员，"四大名旦"之首。名澜，又名鹤鸣，艺名兰芳。北京人，祖籍江苏泰州。

浣溪沙
梅兰芳

日射油窗雾乍开。黛螺山色压阑来。
阑前万一见江梅。揽镜年华思锦瑟。
巡檐欢意托金杯。他乡休负好楼台。

梅兰芳纪念馆
白水

十岁登台未怯场，毕生国粹矢弘扬。
贵妃醉酒人皆醉，三日门庭音绕梁。

锦绣中华

下卷

北京风光

故宫
白水

深宫宝殿靓光华，
金碧流辉映晚霞。
风雨千秋惊旧梦，
平民漫步帝王家。

故宫，旧称紫禁城，位于北京中轴线的中心，是明清两朝代二十四位皇帝的皇宫。

北海公园
白水

柳拂春堤绿鸟音，
湖光塔影浸桃林。
轻摇双桨归何处，
浩渺烟波动客心。

北海公园，位于北京市城区的北部。始建于辽代，是世界上现存建园时间最早的皇家园林。

天坛三首（选一）
（明）袁宏道

空坛深净驳琉璃，秃发簪冠老导师。
铜杏金涂秋草里，如今不似世宗时。

北京天坛
白水

圜丘坛上祷丰年，历代君王祭昊天。
莫道康乾为盛世，回音壁里有呜咽。

天坛，位于北京市东城区天坛路，是清代皇家祭祀场所。

天安门，是明清两代皇城的正门。最初建于明朝永乐十五年（1417年），名为"承天门"，寓"承天启运、受命于天"之意。清朝顺治八年（1651年）更名为天安门。

承天门谢恩值雨

（明）谢晋

随例趋朝拜赐金，俄逢晚雨到琼林。
布衣不觉重重透，恩泽沾来分外深。

天安门城墙感赋

白水

承天启运古城墙，金水桥头伫夕阳。
多少英雄成旧梦，山河冷暖话兴亡。

登香山

陈凤桐

我读仲弘红叶诗，梦中每恨结缘迟。
而今有幸山头看，十万英雄展艳旗。

香山远眺

白水

香炉峰顶紫烟亭，远眺燕京入画屏。
古寺晨钟幽谷里，风飘红叶拂寒星。

香山公园，位于北京市海淀区西郊，顶峰香炉峰海拔575米，北京著名的森林公园。

明十三陵，位于昌平区天寿山南麓，是明朝迁都北京后13位皇帝陵墓的总称。

明十三陵

武明星

江山何故落胡沙，几世辉煌却败家。
翁仲碑亭陈旧事，十三陵寝没残霞。

明十三陵

白水

天寿峰峦冷月横，十三陵域巩华城。
山河不尽兴亡事，凄雨秋风扫蓟京。

京东大溶洞

白水

龙潭瀑水起云烟，
造化千般蕴自然。
栈道依崖凝紫气，
蜿蜒峡谷竟通天。

京东大溶洞，位于北京市平谷区黑豆峪村东侧，距今大约十五亿年，号称"天下第一古洞"。

龙庆峡

白水

峰峦峭立水晶宫，
塞外漓江夕照虹。
远别尘嚣无限路，
闲云随意走西东。

龙庆峡，位于北京市延庆县古城村西北的古城河口。它是北京十六景之一，被誉为"小漓江"。

妙峰山，位于京西门头沟区境内，以"古刹""奇松""怪石"异卉而闻名。

游妙峰山

（清）杨允谦

当价芍药独争妍，姹紫嫣红供佛前。
花有时节含苞放，而我逢君少法缘。

妙峰山

白水

出岫岚光映古松，奇花异卉染葱茏。
玉皇顶上焚香客，妙入禅房第几峰。

房山十渡

白水

碧水青山入画廊，
岚光出岫赶云翔。
穆柯寨外尘烟里，
十渡清流送晚凉。

　　房山十渡，位于北京市房山区十渡镇。历史上，该河谷中一共有十个渡过拒马河的摆渡渡口，因此得名为"十渡"，并沿用至今。

游八大处

白水

三山环抱入苍穹，
八处风光未尽同。
惟有晨钟尘世外，
梵音缭绕出蟾宫。

　　八大处公园，位于北京市西山风景区南麓，以有八处佛教古刹而闻名全国。

景山

（清）纳兰性德

雪里瑶华岛，云端白玉京。
削成千仞势，高出九重城。
绣陌回环绕，红楼宛转迎。
近天多雨露，草木每先荣。

登景山公园

白水

亭阁楼台映晚霞，景山顶上瞰京华。
宫墙几度秋风尽，日落明槐宿暮鸦。

　　景山公园，位于北京城中轴线最高点、故宫博物院的北侧，是一座风景怡人的皇家园林。

北京雍和宫

白水

红墙黄瓦立摩宫，
大殿巍峨气势雄。
流水行云皆禅意，
空门有佛自心中。

雍和宫，位于北京市东城区东北角，是北京最大的藏传佛教寺院。

紫竹院公园

白水

醉月箫声送晚凉，
绿云轩外遍新篁。
风牵竹影摇诗韵，
雨润芙蕖满院香。

紫竹院公园，位于北京市西直门外白石桥以西。因园内有明清时期庙宇"福荫紫竹院"而名。

京东大峡谷

白水

烟霞缥缈隐峰峦，
绝壑悬崖涧水寒。
石上拨云寻古径，
蜿蜒栈道越丛山。

京东大峡谷，位于北京平谷区东北部，由大峡谷与井台山两大游览区组成。

月坛公园，又名夕月坛，位于北京市西城区阜成门外，是明清两朝皇帝祭祀月神的地方。

北京月坛公园
白水

红砖绿瓦筑围墙，夕月坛园赏月光。
邀月园庭常待月，天香院落桂花香。

驾幸月坛群望西街
（明）徐渭

玉露清秋湛碧空，金舆夕月引群工。
红云自结龙文上，彩仗如移桂影中。
壁畔常仪端捧瓟，郊西新魄正垂弓。
布衣久分华山侣，笑向归驴堕晚风。

白云观
白水

白云古观远红尘，瑞气千条聚太真。
宏大乾坤容我静，无言妙化入心神。

白云观，位于北京西城区西便门外。最早修建于唐代，为唐玄宗奉祀老子的圣地。

银锭观山
（明）李东阳

鼓楼西接后湖湾，银锭桥横夕照间。
不尽沧波连太液，依然晴翠送遥山。

北京什刹海
白水

湖光水色洗金秋，刹海苍茫可泛舟。
最是中元佳节至，河灯万点逐清流。

什刹海，位于北京市西城区，清代起就成为皇家贵族们游乐消夏的场所。

祭先农坛

（清）弘历

岁岁躬耕耤，勤农皇考贻。

松坛先肃祷，谷宝冀丰绥。

珸玉调韶濩，山龙式礼仪。

春云频聚散，时需切翘思。

北京先农坛

白水

庆成宫外鸟争鸣，俱服阶前草色萌。

天下苍生粮是本，千年定国靠农耕。

先农坛，位于北京市西城区东经路21号。该坛主要是明清两代皇家祭祀先农诸神的场所。

蟒山公园

白水

如蟒蜿蜒上顶坡，

塔高远眺见嵯峨。

山头笑佛常呵笑，

但笑人寰利欲多。

蟒山国家森林公园，因其山势起伏像一条大蟒，故名蟒山。这里是北京市面积最大的国家森林公园。

朝日坛

（清）吴伟业

晓日瞳眬万象铺，六龙衔烛下平芜。

石坛爣火燔玄牡，露掌华浆饮渴乌。

不夜城传宣夜漏，玉宫朝奉竹宫符。

即今东汜西昆处，尽入铜壶倒景殊。

北京日坛公园

白水

历代皇家敬日坛，最忧不测失金銮。

江山易改苍生在，善待黎民国尚安。

日坛公园，位于北京市朝阳门外东南部，是明清两代帝王祭祀大明之神——太阳的处所。

151

北京圣莲山

白水

圣莲峭壁入云霄，石板青阶步履遥。

两院一峰清静地，佛光普照远尘嚣。

圣莲山，位于北京市房山区西北百花山下的圣莲山风景区，被称为"京西小五岳"。

大观园感赋

武明星

亭台楼榭水清流，幻海情天枉自愁。

千古盛衰皆是梦，悲金悼玉话红楼。

北京大观园

白水

观园曲径可通幽，溪绕潇湘水静流。

近利浮名皆是梦，炎凉世态阅红楼。

北京大观园，位于西城区南菜园。原址曾经是明清两代皇家菜园，明代曾在此设"嘉疏署"。该园是拍摄1987版《红楼梦》时，聚集各界学术专家依照《红楼梦》书稿设计而成。

国家博物馆

武明星

中华丰彩亮明眸，百代兴亡入海流。

大浪淘沙天下事，盛衰荣辱每沉钩。

国家博物馆，位于北京天安门广场东南侧，是一座以历史与艺术为主，系统展示中华民族悠久文化历史的综合性博物馆。

北京恭王府

白水

前海西街是旧衙，
龙蟠绕宅夕阳斜。
亲王鬼六终成鬼，
庭院阴森落老鸦。

恭王府，位于前海西街，前身为清代乾隆时期权臣和珅的宅邸和嘉庆皇帝弟弟永璘的府邸。

大钟寺感赋

白水

长林佳茂旧时容，
不注民心铸大钟。
短命皇权终远去，
秋风月朗映霜浓。

大钟寺，原名觉生寺。位于北京市海淀区北三环路联想桥北侧。大钟寺里面的钟楼放着一口大钟，据说此钟四十三吨半（八万七千斤），号称北京钟王。

圆明园遗址

白水

千古名园见断肠，百年遗址遍痍伤。
秋风几度催芳草，如血残阳泣国殇。

三月初八日幸圆明园

（清）弘历

秉时御气暮春初，灵沼灵台艳裔舒。
似毯绿茵承步辇，含胎红杏倚玫除。
下空回雁无忧弋，画水文鳞底用渔。
满眼韶光如有待，东风着意为吹嘘。

圆明园，位于北京市海淀区，是一处清代的大型皇家园林。其在第二次鸦片战争中被英法联军焚毁，现仅存遗址。

153

天津风光

蓟县盘山
王君敏

萝月松风一望收，五峰千像足勾留。
谁知动石真顽劣，任尔推敲俱点头。

题盘山摇动石
李银清

历雨经风百世秋，钟灵秀刻引云游。
山中有佛无原则，不避人求乱点头。

盘山，位于天津蓟县城区西北，清乾隆皇帝先后巡幸盘山多次，并有"早知有盘山，何必下江南"的感叹。

大沽口炮台
白水

当年铁血浸津门，风雨难消旧弹痕。
大海波喧陈往事，炮台无语示儿孙。

大沽口炮台感赋
武明星

炮台古塞历沧桑，百孔千疮记国殇。
力弱从来多磨难，而今航母正巡洋。

大沽口炮台，位于天津市滨海新区，原位于海河南北两岸，被称为"津门之屏"，同时也是重要的海防屏障。

过八仙山
白水

耸立津门第一山，层峦叠嶂碧霄间。
八仙涧里泉声响，疑似仙人踏浪还。

八仙山
武明星

八仙过海聚仙乡，千载峰峦草木香。
翡翠崖头如幻境，金猴寂寞眺斜阳。

八仙山，位于天津市蓟县境内，是国家级自然保护区。

天津摩天轮
白水

永乐桥头泊小舟，子牙河水竞奔流。
天津之眼凌霄上，望断燕云十六州。

天塔远眺
赵春女

三番改道古黄河，唤出津沽且一哦。
梦绕京杭舟发早，城邻山海月明多。
龙潭浮翠将鱼戏，天塔旋云听雁过。
更见外环风卷帆，雄关隐约耐消磨。

"天津之眼"，又称为天津永乐桥摩天轮，位于天津市三岔河口，是世界上唯一一座具有观光和通行"双功能"的桥。

石家大院感赋
白水

谁见芙蓉百日芳，
华堂深院旧辉煌。
平生富贵如春梦，
人去楼空一地霜。

石家大院，位于天津市区南运河岸边，古镇杨柳青火车站附近，是曾经显赫的天津八大家之一——石家的府邸，体现了清朝汉族民居建筑的独特风格，被称为"华北第一宅"。

杨柳青
（明）吴承恩

村旗夸酒莲花白，津鼓开帆杨柳青。
壮岁惊心频客路，故乡回首几长亭。
春深水暖嘉鱼味，海近风多健鹤翎。
谁向高楼横玉笛，落梅愁绝醉中听。

杨柳青明清街，位于天津市千年古镇杨柳青镇南、光明路以西，是处于杨柳青民俗旅游区中心的一条商贸旅游街。

上海风光

上海朱家角

白水

山湖芦叶曳清秋，石拱桥前棹小舟。

老树横斜依水岸，波光碎影入闲流。

朱家角镇，位于上海市青浦区，是典型的江南水乡，有"上海第一大镇"之称。

十载又访上海滩

白水

万丈明珠耀外滩，凌云广厦碧霄间。

浦江依旧东流去，十载回眸鬓已斑。

外滩，位于上海市中心黄浦江畔，西侧是旧上海时期的金融中心、外贸机构的集中带，被誉为"万国建筑博览群"。

东方明珠塔

白水

繁荣市井瞵眈遥，直上瑶池未用邀。

身外祥云窗下起，眼前宫阙入凌霄。

东方明珠塔，位于浦东新区陆家嘴，塔高约 468 米，1995 年被列入上海十大新景观之一。

过召稼楼古镇
白水

青砖黛瓦古墙头，深宅门庭召稼楼。
叶馆先贤功百世，廉勤敬德品千秋。

　　召稼楼古镇，位于闵行区浦江镇（浦江镇革新村内）。古镇内有许多清代建筑，规模较大、保存较完整的有"礼耕堂""梅园"等。

七宝古镇
白水

七级浮屠仁碧霄，千秋教寺客如潮。
乌篷戏水依溪进，吴女撑舟橹慢摇。

　　七宝古镇，位于上海市西南部，是一座自然风光与人文内涵兼具的历史古镇。

　　豫园，位于上海市老城厢的东北部，园内有被称为江南三大名石的玉玲珑，小刀会起义的指挥所——点春堂，园侧有城隍庙等景点。

豫园
赵春女

石自玲珑竹自青，楼台花月似曾经。
堪怜九曲不谙事，犹待主人归旧庭。

豫园
（清）闵世清

路转名园百步宽，登高远胜倚危栏。
一声杜宇催春暮，满树梨花带雨寒。
池水似含今昔恨，山岚犹作画图看。
玉华堂外三峰立，依旧玲珑夕照残。

157

上海龙华寺

白水

龙华寺院远凡尘，极乐西方列众神。

三圣堂前悬日月，浮屠七级揽星辰。

龙华寺，位于上海市徐汇区，是上海市所有寺庙中，历史最悠久、规模最大、建筑最雄伟的佛教寺院。

真如寺

（清）姚燮

古鼎旃檀袅殿薰，客从松底踏斜曛。

灵泓冰雪千年井，画塔湖天一发云。

疏磬荒烟裴相宅，啼乌落叶赵官坟。

布金此是华严地，旧劫何须感蕙焚？

真如寺，位于上海普陀区真如镇北首，建筑面积 1370 平方米，占地近 15 亩，是上海著名的佛寺。

晚晴泊枫泾

（清）夏曾佑

晚霁孤帆落，江天成薄凉。

残红莲远树，归鸟艳斜阳。

潮长芦根短，云开客路长。

平芜何处尽，应是接钱塘。

枫泾古镇，位于上海市西南，为新沪上八景之一。它因地处吴越交汇之处，被称为吴越名镇。

重庆风光

白帝城，位于重庆省奉节瞿塘峡口，自古以来，无数文人墨客如李白、杜甫、白居易等都曾寓居于此，有"诗城"之美誉。

早发白帝城
（唐）李白

朝辞白帝彩云间，千里江陵一日还。
两岸猿声啼不住，轻舟已过万重山。

白帝城最高楼
（唐）杜甫

城尖径仄旌旆愁，独立缥缈之飞楼。
峡坼云霾龙虎卧，江清日抱鼋鼍游。
扶桑西枝对断石，弱水东影随长流。
杖藜叹世者谁子，泣血迸空回白头。

使东川·江上行
（唐）元稹

闷见汉江流不息，悠悠漫漫竟何成。
江流不语意相问，何事远来江上行。

重庆照母山植物公园，位于重庆北部的高新园区，是主城第三大植物园。

巫山之阳香溪之阴明妃神女旧迹存焉
（明）陈子升

碧峰连枕席，青冢隔烟萝。
汉道寖微矣，荆王如梦何。
遥知云色寡，夕想雨容多。
欢怨皆芜没，回肠发浩歌。

神女溪，位于长江南岸，河段因受其险峻的地理因素制约，至今仍保存着较为原始的自然风貌。

159

渣滓洞，位于重庆市歌乐山麓，1939年，国民党军统在此设立了监狱。

囚歌

叶挺

为人进出的门紧锁着，
为狗爬走的洞敞开着，
一个声音高叫着：
爬出来吧，给尔自由！

我渴望自由，但也深深知道
人的躯体那能从狗的洞子里爬出！
我只能期待着那一天
地下的火冲腾，
把这活棺材和我一齐烧掉，
我应该在烈火与热血中
得到永生。

重庆古城朝天门

李银清

朝天门外多形胜，滚滚双流状雁征。
我立"人"间听细雨，万家灯火正柔情。

重庆朝天门

白水

水入嘉陵几险湾，两江襟带古雄关。
朝天屹立经风雨，看惯千舟竞往还。

朝天门，位于重庆城东北长江和嘉陵江交汇处。明初戴鼎扩建重庆旧城，按九宫八卦之数造城门17座，其中规模最大的城门即是朝天门。

神女峰

白水

娉婷玉立眺襄王，风雨千秋可断肠。
但得情真皆本色，巫山神女未梳妆。

神女峰，位于巫山县城东约15千米处的巫峡大江北岸，也叫望霞峰、美人峰，巫山十二峰之一。

巫山小三峡，由龙门峡、巴雾峡和滴翠峡组成。两岸山峰层峦叠嶂，江中水流湍急，峡内山高谷深。

宿巫山下

（唐）李白

昨夜巫山下，猿声梦里长。

桃花飞绿水，三月下瞿塘。

雨色风吹去，南行拂楚王。

高丘怀宋玉，访古一沾裳。

巫山小三峡

白水

银窝两岸数峰青，滴翠滩头入画屏。

足下轻舟烟霭里，仰天赤壁落寒星。

画堂春·过风箱峡

李银清

青山碧树暗生情，千娇百媚相迎。

行船无复听猿声，霞蔚云蒸。

仰望断崖绝壁，风箱故事玄冥。

巴人魂魄也峥嵘，夹缝营生！

风箱峡，位于白帝城下游，因在江北岸黄褐色石壁上，有物酷似风箱，所以人们便称该段峡谷为风箱峡。

鹧鸪天·大足宝顶圣寿寺

李银清

云客烧香宝顶山，叩头情侣示诚虔。

佛光照暖浮舟渡，佛气吹苏病树颜。

僧打坐，石谈禅，崖雕牧子笛悠然。

一湾造像砭邪恶，唤醒迷徒破雾还。

宝顶圣寿寺，位于重庆市大足区城东北宝顶山大佛湾右后侧。名僧赵智凤于此建石窟寺，历时70余年建成。

送丰都李尉

（唐）李商隐

万古商於地，凭君泣路岐。

固难寻绮季，可得信张仪。

雨气燕先觉，叶阴蝉遽知。

望乡尤忌晚，山晚更参差。

丰都鬼城，位于重庆市丰都县，旧称酆都鬼城，其历史悠久，曾作过国都。

重庆石宝寨

白水

孤峰峭壁上云霄，铁索凌空亦是桥。

峡谷朝阳衔楚韵，风帆远影逐江潮。

石宝寨，位于重庆忠县境内长江北岸边，是一座拔地而起、四壁如削的孤峰。清乾隆初年，山顶修建了一座寺庙，被列为世界八大奇异建筑之一。

武隆天生三桥

张发安

青龙欲上九重霄，喜见天公手一招。

借得东风春草绿，神工鬼斧出三桥。

武隆天生三桥

白水

龙桥腾跃接天坑，三迭清泉涧水鸣。

四面峭峰犹壁垒，猿梯千尺鸟心惊。

武隆天生三桥，位于重庆市武隆县仙女山镇，属于重庆武隆岩溶国家地质公园的一部分，被列入联合国世界自然遗产名录。

听嘉陵江水声寄深上人

（唐）韦应物

凿崖泄奔湍，古称神禹迹。

夜喧山门店，独宿不安席。

水性自云静，石中本无声。

如何两相激，雷转空山惊。

贻之道门归，了此物我情。

重庆北温泉公园，位于北碚区，北濒嘉陵江，南倚缙云山。重庆北温泉公园前身是温泉寺，始建于南朝刘宋景平元年(423年)。

春日登楼怀旧

（宋）寇准

高楼聊引望，杳杳一川平。

远水无人渡，孤舟尽日横。

荒村生断霭，深树语流莺。

旧业遥清渭，沉思忽自惊。

磁器口古镇，位于重庆市沙坪坝区嘉陵江畔，有"一江两溪三山四街"之说。诗人寇准作此诗时年十九，初任巴东知县。

华岩寺

（元）陈阳纯

千层金碧翠云翻，树满招提竹满山。

十里清溪无觅路，水流花片到人间。

华岩寺

白水

天池夜月逗新晴，帕岭松涛近梵声。

曲水流霞芳径软，莲花饮露入闲情。

华岩寺，位于重庆市九龙坡区华岩乡大老山。华岩寺又名华岩祖师庙，因寺南侧有一华岩洞而闻名。

瞿塘峡，位于重庆市奉节县白帝镇，西起奉节县白帝山，东至巫山县大溪乡，虽然是三峡中最短的一段，但却最为雄伟险峻。

送夔州班使君

（唐）卢纶

晓日照楼船，三军拜峡前。
白云随浪散，青壁与城连。
万岭岷峨雪，千家橘柚川。
还知楚河内，天子许经年。

竹枝词

（唐）刘禹锡

瞿塘峡口水烟低，白帝城头月向西。
唱到竹枝声咽处，寒猿闲鸟一时啼。

竹枝词二首

（唐）刘禹锡

一

杨柳青青江水平，闻郎江上唱歌声。
东边日出西边雨，道是无晴却有晴。

二

楚水巴山江雨多，巴人能唱本乡歌。
今朝北客思归去，回入纥那披绿罗。

巴渝民俗村，位于重庆渝北区两路镇，巴渝民俗村内主要景点可以概括为：一馆、四院、一庙、一牌坊。

三峡歌

（宋）陆游

十二巫山见九峰，船头彩翠满秋空。
朝云暮雨浑虚语，一夜猿啼明月中。

续巴东三峡歌

（宋）曹勋

巴东三峡巫峡长，猿鸣三声泪沾裳。
月明夜寒寒雨霜，相望各在天一方。
安得身有羽翼如鸳鸯，千里同相将。

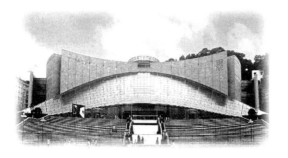

重庆中国三峡博物馆，是保护、研究、展示三峡地区历史文化遗产与人类环境变化的公益性文化教育机构。

咏万州大瀑布

白水

莫道当初出处高，
奔波一路亦辛劳。
面临绝境无前景，
峭壁纵身竞跳槽。

万州大瀑布群景区，山清水秀、瀑宽洞奇、潭幽湖大，景色美不胜收。

临江仙·三峡梯城

李银清

三峡风光常入梦，幽溪泉水叮咚。
尤逢春闹景无穷。云生冥幻里，
山在有无中。
船过峡江抬望眼，蜿蜒龙岭争雄。
一梯峻倚向苍穹。不提阿斗事，
直去挽长弓。

云阳三峡梯城，位于重庆市云阳新县城内，包括登云梯、三峡文物园、磐石城、龙脊岭公园四大景点。

过云阳龙缸

白水

高耸廊桥雾气生，
峻岩峭壁竖天坑。
蜿蜒栈道云霄上，
望月亭前月放明。

云阳龙缸风景区，位于重庆市云阳县境内东南方。龙缸口呈椭圆形，可在此俯瞰坑内奇特景观。

过阿依河

白水

独自阿依信步游，
巴山亭外已寒秋。
洞溪未识青峰老，
逐梦涛声水竞流。

阿依河，位于重庆市彭水苗族土家族自治县，是一处很有地域特色的原生态景区，山上可游览自然风光，山下可欣赏民俗风情。

龚滩古镇

（清）陈忠平

四围岩壁立，吊脚木楼危。
波影荡檐角，峰腰斜酒旗。
开轩青鸟过，鼓枻白猿随。
任涨乌江水，人烟弟可移。

龚滩古镇，位于重庆市酉阳县西部，是中国历史文化名镇，乌江画廊的主要景区。

腾龙洞

（清）陈忠平

一径冤延下杳微，嵓泉无赖溅行衣。
小忘洞外蒸炎世，信有清风太古遗。

金银山溶洞群，位于重庆彭水县走马乡金银山村滴水岩。洞内的钟乳石形状千奇百怪，让人眼花缭乱。

过黑山谷

白水

一路休闲竟自游，
清风浩荡壮云流。
黑山四处多飞瀑，
微雨如丝净晚秋。

　　黑山谷景区，位于重庆市万盛经济技术开发区黑山镇境内。黑山谷风景区随春、夏、秋、冬四季更迭而景色各异，各显奇妙佳景。

望九递山

（清）周澍章

竭来九递驻花骢，招得烟峦到眼中。
峭壁云封千仞碧，斜阳枫冷半林红。
雁行历乱迷晴嶂，鸦点零星坠晚峰。
踏遍齐州烟九点，此行应不负双瞳。

　　金佛山，位于重庆市南川区。金佛山雄奇险峻，错综复杂，以金佛晓钟、云海苍松、绝壁玩猴为"三绝"。

度荆门望楚

（唐）陈子昂

遥遥去巫峡，望望下章台。
巴国山川尽，荆门烟雾开。
城分苍野外，树断白云隈。
今日狂歌客，谁知入楚来

　　巫峡，自巫山县城东大宁河起，到巴东县官渡口止，全长40多千米，有大峡之称。巫峡峡谷绮丽幽深，以俊秀著称。

黑龙江风光

哈尔滨文庙

白水

金碧辉煌耀日丹，

大成殿内独凭栏。

先儒彦范名天下，

万古尊师仰杏坛。

哈尔滨文庙，坐落在哈尔滨市南岗区东端文庙街北侧，是东北地区相对保存较完好的一座孔庙。

太阳岛

白水

太阳岛上最阳光，

荡漾清风草自芳。

飞瀑弄琴传古调，

诗心涌动两三行。

太阳岛，坐落在哈尔滨市松花江北岸，是一处由冰雪文化、民俗文化等资源构成的多功能风景区。

北极村感赋

白水

莫道神州最北方，

隔江万户本吾乡。

黑龙有泪常呜咽，

白桦无言尽染霜。

北极村，位于黑龙江省漠河县，地处大兴安岭北麓、黑龙江上游南岸，与俄罗斯阿穆尔隔江相望，是中国最北的旅游景区，素有"神州北极"之美誉。

黑龙江镜泊湖

白水

霞落烟波泊镜湖，

天光云影数珍珠。

山幽谷静唯松响，

百色疏秋着画图。

镜泊湖，位于牡丹江市西南部的宁安市境内。镜泊湖以吊水楼瀑布、地下森林、渤海古国遗址为主要景区。

东北虎园咏叹

白水

高墙铁网独哀鸣，

仰卧云天鸟啭轻。

何日回归山谷里，

一声长啸万峰惊。

东北虎园，位于松花江北岸，与太阳岛风景区毗邻，是旅游、休闲的理想之地。

金龙山公园

白水

怪石奇峰扑面迎，

千年古木向天擎。

晓风红叶吟诗语，

暮雨溪流韵自清。

金龙山国家森林公园，位于哈尔滨市的阿城区境内，其主峰是哈尔滨市第一高峰，公园以森林景观为其独特风景。

宾县香炉山

白水

夕阳岭上映花妍,

篝火营前忆抗联。

不息溪流情未了,

千枝霜叶亮诗笺。

香炉山,位于哈尔滨市宾县的南端,以山川、森林、冰雪等自然景观为主。

铧子山公园

白水

三铧峻峭入云霄,

风拨松声竞涌潮。

叶落林森原始态,

清溪碧水慢吹箫。

铧子山森林公园,距离哈尔滨200多千米,园内林木茂盛,溪水清澈见底,空气清新。

金上京会宁府遗址

白水

金戈铁马记前朝,

断壁残垣映寂寥。

万事到头都是梦,

烟尘滚滚雨潇潇。

金上京会宁府遗址,位于哈尔滨市阿城区城南。这里曾是金朝的都城,也是迄今为止保存较为完好的唯一一处金代都城遗址,现有城门遗址28处。

黑龙江三江口

白水

两江汇合水流长,
泾渭分明见墨黄。
万顷烟波摇月碎,
晚风湖影送清凉。

黑龙江三江口,位于同江市区北4千米,为松花江、黑龙江汇合处,汇合后俗称"混同江",故名为"三江口"。

过明月岛

白水

江鸥翠鸟噪斜阳,
隔岸清风送晚凉。
岛上林森呈黛色,
河边流水漾花香。

明月岛,位于齐齐哈尔市区的嫩江中游,是一座四面环水的江心岛,因其形状像一弯明月倒映在水面上而得名。

扎龙自然保护区

白水

夕照湖光荡晚辉,
野花水草曳芳菲。
扎龙万顷芦深处,
暮色朦胧鹤竞飞。

扎龙国家级自然保护区,位于齐齐哈尔市东南约3千米,是我国大型水禽分布区,总面积21万公顷,为亚洲第一、世界第四,也是世界最大的芦苇湿地。

八里城遗址

白水

疏星冷月晓风清，
荒野寻踪八里城。
昔日硝烟烽燧尽，
残垣断壁数鸦鸣。

　　八里城遗址，位于肇东市四站镇东八里村西北，是松花江北最大的金代古城址，也是中国境内金代城池中保存最完好的一座。

咏雪乡

白水

双峰银海涌天台，
一片琼花白玉哉。
但得人寰皆瑞雪，
河山洁净少尘埃。

　　雪乡又名双峰雪乡或双峰林场，位于黑龙江省牡丹江市海林市，这里以冰雪旅游和森林旅游最为出名。

威虎山城

白水

威虎山城半日游，
孤身亦上夹皮沟。
雪原林海硝烟远，
但愿人寰少匪头。

　　威虎山城，位于牡丹江海林市郊横道河子镇，是按照小说《林海雪原》和海林市旧城的模型兴建而成的影视城。

八女投江群雕

白水

当年抗战众成城，

八女芳魂曜日明。

大义长存千百代，

龙江不息寄哀声。

八女投江纪念群雕，位于牡丹江畔的江滨公园。该群雕于1988年落成，高13米，长8.8米，采用花岗岩石材雕琢而成。

兴凯湖景区

白水

烟波万顷接乌苏，

百鸟齐鸣聚凯湖。

镜面晚霞铺锦缎，

闲云戏月水浮珠。

兴凯湖景区，位于鸡西市东南部，兴凯湖以"水域开阔、气势宏伟"著称，素有"北国绿宝石""东方夏威夷"之称。

莲花泡风景区

白水

绿树阴浓日影长，

鸣禽野鸟戏池塘。

新莲绽放清风里，

并与瓜花一处香。

莲花泡风景区，位于鸡西密山市境内兴凯湖畔。整个景区花草树木繁盛，水禽种类丰富，是当地的游览胜地。

五营森林公园

白水

关东一路自由行，
林海苍茫见五营。
岭上松涛频入耳，
溪流深处鸟争鸣。

五营森林公园，位于小兴安岭南麓五营区境内，公园内有森林浴场、虎啸山、观涛塔、鸟语林等旅游景点。

大庆净土寺

白水

肃穆经堂伫静闲，云霞西涌碧霄间。
寺前净土无须扫，庭院空门总未关。

大庆净土寺

武明星

殿宇森森沐佛光，如来净土渡慈航。
迷津苦海惊痴梦，暮鼓晨钟梵韵长。

大庆净土寺，位于杜尔伯特蒙古族自治县泰康镇西部，占地面积 14000 多平方米，是黑龙江省西部规模较大的佛家寺院。

衍福寺双塔

白水

满洲衍福渡慈航，
寺静尘清伫佛光。
放下千般心更阔，
莲花拈过指添香。

衍福寺双塔，位于肇源县茂兴大庙村。因为该塔在衍福寺山门前，所以命名为衍福寺双塔。该塔充分体现了藏族、蒙古族、汉族文化融为一体的艺术风格。

吉林风光

吉林净月潭
白水

峰峦叠翠映深潭，

雾霭烟波起夕岚。

净水长留千载月，

湖光掠影抱天涵。

净月潭，位于长春市境内，因形似弯月而得名，与台湾省日月潭互为姊妹潭，是"吉林八景"之一，被誉为"净月神秀"，为国家级重点风景名胜区。

吉林松花湖
白水

雾涌层峦隐秀颜，

风帆远棹有无间。

平湖潋滟千峰绿，

万顷波光踱虎山。

松花湖风景名胜区，位于吉林市的东南部，形态呈狭长多弯状，貌似松花。松花湖地理位置得天独厚，四季分明。

黄龙府壁留诗
（宋）赵佶

彻夜西风撼破扉，萧条孤馆一灯微。

家山回首三千里，目断天南无雁飞。

黄龙府咏叹
白水

名城千载话风云，古镇农安锁二君。

不是康王心眼小，黄龙遍野岳家军。

黄龙府遗址，位于农安县城内。黄龙府是辽、金两代军事要地和政治经济中心，中国历史名城。城址周长3.5千米，尚存门址残迹7处，地域广阔。

和龙仙景台

白水

奇松翠柏曳金秋，

独秀峰前泊小舟。

仙景台头摇路转，

一江碧水抱云流。

　　和龙仙景台自然风景区，位于吉林省东南部，延边朝鲜族自治州和龙市境内。仙景台风景区有奇峰、奇松、奇岩、奇花等奇观。

罗通山城

白水

罗通峻峭入云天，

断壁残垣野鸟眠。

回马岭头峰险处，

千年烽火熄硝烟。

　　罗通山城，位于柳河、梅河、辉南三县交界处。该城是东北最大的古山城，地势险要，易守难攻，为千百年来军事家必争之地。

吉林拉法山

白水

松花湖碧泽山青，

幽谷泉流润地灵。

老爷岭头奇石秀，

层峦叠翠驻芳馨。

　　吉林拉法山国家森林公园，位于吉林省东部蛟河市境内，是一个以自然、生态为特色的森林公园。

吉林雾凇岛
白水

冰羽晶莹景色新，
寒江掠影若迷津。
琼枝玉树千条白，
晓雾晨霜万点银。

雾凇岛，位于吉林省吉林市龙潭区乌拉街满族镇。该岛是观赏和拍摄雾凇的最佳地点，因雾凇非常多且形状漂亮而闻名。

吉林般若寺
白水

庙宇居身闹市间，
红墙高耸未能攀。
平生只在空门外，
未识空门亦是关。

般若寺，位于长春市长春大街。1923年，佛教天台宗大德释倓虚法师（湛山大师）来长春市讲授"般若心经"，随后在此地创建寺庙，取名为般若寺。

长春牧情谷
白水

青山雨润草先萌，
鸟语园林近鸟鸣。
心愿谷幽谁许愿，
闲情垂钓钓闲情。

牧情谷，位于长春以南伊通满族自治县境内。景区以其具有传奇色彩的萨满文化为主，另外设计有九情园和七彩谷。

杨靖宇殉国地

白水

丰碑高耸入云天，

万木常青草色妍。

风雨百年山更秀，

将军此地已长眠。

杨靖宇将军殉国地，位于靖宇县城西南6千米处。杨靖宇（1905年—1940年），著名抗日英雄、军事家。原名马尚德，字骥生，河南省确山县人。

防川景区

白水

碧水芳洲绕小城，

韩民习俗展风情。

一声鸡叫鸣三国，

呼唤边疆永太平。

防川风景区，位于日本海入海口，中、朝、俄的交界地带。登高远眺，三个国家的景色尽收眼底。在这里，可以体验到"鸡鸣闻三国"的感受。

江源干饭盆景区

白水

天澹云闲峡谷幽，

野花深处鸟鸣秋。

松林红白原生态，

山静无人水自流。

干饭盆景区，位于吉林省白山市江源区境内。相传里面有九九八十一盆，大盆套小盆，盆盆相连。

辽宁风光

白玉山远眺

白水

碧海临风涌巨澜，

塔高孤立雨中寒。

千帆远影烟波里，

航母巡洋保国安。

白玉山，原名"西官山"。相传是因早年山石洁白似玉而得名。

沈阳故宫

白水

皇家高耸凤凰楼。

凤去楼空众客游。

政殿衙门孤影里，

斜阳似水浸寒秋。

沈阳故宫，位于沈阳市沈河区，是清朝初期所建的皇宫。清朝迁都北京后，沈阳故宫被当作"陪都宫殿""留都宫殿"，后来被称为沈阳故宫。

丹东凤凰山

白水

金蟾望月向天宫，

涧水飞涛映彩虹。

莫道山头多战事，

神弓一箭定辽东。

凤凰山，位于辽宁省凤城市。凤凰山历史悠久，自然景观丰富，集"雄""险""幽""奇""秀"于一身。

"九一八"博物馆

白水

八年风雨卫长城，
战火烟硝北大营。
前事之师终不忘，
钟声警世必常鸣。

　　"九一八"历史博物馆，位于沈阳市大东区望花南街46号，是唯一一座全面记录"九一八"事变历史的博物馆。

沈阳清昭陵

白水

岁月沧桑话废兴，
奉天秋末早寒冰。
碑楼月影君王梦，
暮宿昏鸦噪北陵。

　　清昭陵，位于沈阳市旧城之北，又称北陵。清昭陵位于沈阳（盛京）古城北部，因此也称"北陵"，是清代皇家陵寝和现代园林合一的游览胜地。园内古树参天，草木茂盛，一片辉煌，充分显示出皇家陵园的壮观、宏伟和现代园林的清雅、秀美。

大连棒棰岛

白水

金沙细浪碧连天，
怪石嶙峋任鸟眠。
远望诗存须望远，
烟波不息泊云边。

　　棒棰岛，位于大连市滨海路东段，距离海岸500米远，远远望去，就像古代捣衣服用的棒槌，故称棒槌岛。

大连东鸡冠山

白水

滔滔黄海涌苍穹，

万顷波涛夕照红。

回首日俄争战地，

鸡冠山下杀声隆。

　　东鸡冠山日俄战争遗址，位于大连市旅顺口区城区东北部。这里是日俄战争旅顺陆战东部防线的重要战场。该地不仅保存了较完整的战争遗址，而且还有全国唯一的日俄战争陈列馆。

锦州崇兴寺双塔

白水

古寺荒凉尽草窝，

浮屠双亻宁向天歌。

千秋风雨终昂首，

远眺山河苦难多。

　　崇兴寺双塔，位于辽宁省北镇县城东北隅座崇兴寺前，两座塔造型风格一致，都是青砖建造而成。

黄海大鹿岛

忆宁

驼峰高耸立嵯峨，

礁石千姿聚鸟多。

碧浪轻弹秋月曲，

风帆点点漾清波。

　　大鹿岛，位于鸭绿江入海口，被称为"黄海明珠"，是中国海岸线北端最大的一个海岛。

九门口水上长城

白水

九门高耸锁云溪，

不息涛声战马嘶。

一片石关千古事，

雄姿险隘镇辽西。

　　九门口长城，位于葫芦岛市绥中县李家乡新台子村境内。九门口长城遇山中断，遇水不绝，关隘就建造在九江河之上。河上修筑九孔城门，河水从城门中流过，河床铺砌过水条石，水从其上漫过，因此被称为"城在水上走，水在城中流。"

抚顺赫图阿拉城

白水

背靠青山木万株，

神龙二目碧双湖。

帝王景象多光彩，

难得清朝第一都。

　　赫图阿拉古城，位于辽宁省新宾满族目治县永陵镇，这是一座拥有上百年历史的古城，被称为"清王朝第一都城"。

鞍山千山

白水

千山灵秀草萋萋，

翠影群峰野鸟啼。

岭上松涛喧万籁，

声飞百壑响清溪。

　　鞍山千山，位于辽宁省中部，由近千座外形像莲花的山峰组成。千山虽然没有五岳那样雄伟，却有着数千座山峰的壮美，它以其独特的风景，绘就了一幅天然的画卷。

岫岩药山
白水

药王古洞隐仙坛，
缥缈霞云揽秀峦。
一点禅灯孤壁影，
满天冷月宇庭寒。

药山风景区，位于岫岩满族自治县北60千米处，历史上是辽宁四大名山之一，以盛产药材而得名。

盘锦红海滩
白水

烟波浩渺水苍茫，
苇海秋风荡夕阳。
鹤舞渚边滩若炬，
霜天雁字竞成行。

红海滩国家风景廊道，位于盘锦市大洼县赵圈河乡境内，红色海滩是其最大的看点，湿地资源丰富，被誉为拥有红色春天的自然景观。

辽阳燕州城
白水

古城高耸护燕州，
千载烟云见土丘。
日暮辽东秋色暗，
疏星几点月如钩。

燕州城，位于辽阳灯塔市铧子镇西。该城为当初高句丽占领辽东城（今辽阳）后所建的军事城堡，原名叫"白岩城"，是省级保护文物。

内蒙古风光

巴丹吉林大漠

白水

苍茫大漠遍黄沙，
水漾平湖日映斜。
最是胡杨经逆境，
千年不息绽奇葩。

　　巴丹吉林大漠，位于内蒙古自治区的西部，是中国四大沙漠之一，其中的巴彦淖尔、吉诃德沙山是世界上最高的沙丘。

敕勒歌（北朝民歌）

佚名

敕勒川，阴山下，天似穹庐，笼盖四野。天
苍苍，野茫茫，风吹草低见牛羊。

内蒙古大青山

白水

云越青山逐秀峦，风鞭草起马蹄欢。
敖包尚有情人会，醉客胡笳月色丹。

　　内蒙古大青山，位于阴山山地中段，为阴山山脉的主要段落，是阴山山地中山地森林、灌丛—草原镶嵌景观最为完好的一部分，也是阴山山地生物多样性最集中的区域。

出塞

（唐）王昌龄

秦时明月汉时关，万里长征人未还。
但使龙城飞将在，不教胡马度阴山。

阴山咏叹

白水

边塞纷争战不休，星移物换数千秋，
龙城飞将烟云里，望断阴山尽白头。

　　阴山山脉，位于内蒙古自治区中部，东西走向，包括狼山、乌拉山、色尔腾山、大青山等。山地南北两坡不对称，北坡和缓倾向内蒙古高原，属内陆水系。

内蒙古响沙湾

白水

大漠金风击响沙，

荒原日落噪昏鸦。

驼铃远影烟尘里，

蒙古长歌亮晚霞。

　　响沙湾，位于鄂尔多斯市达拉特旗境内的库布其沙漠东段，绵延800多里，是中国三大响沙之一。响沙，蒙古语为布热芒哈，意为带喇叭的沙丘。

唐古拉山

白水

格拉丹东觑九州，

冰川雪岭数寒秋。

昊天决水奔腾急，

牵动长江万古流。

　　唐古拉山，位于中国西藏自治区东北部与青海省边境处，是长江的源头。山口处建有纪念碑及标志碑，是沿青藏公路进入西藏的必经之地。

内蒙古大召寺

白水

暮鼓晨钟入梵音，

弘慈寺内净尘心。

从来拜佛无分别，

悟性陶溶有浅深。

　　大召寺，位于呼和浩特市玉泉区大召前街，始建于明朝。大召寺的"召"为寺庙之意。因为寺内供奉一座银佛，又称"银佛寺"。大召寺是呼和浩特最早建成的黄教寺院，具有很大的观赏价值。

塞外竹枝词

（清）姚元之

男女咸钦是喇嘛，恪恭五体拜袈裟。
顶心一掌殊骄贵，佛在何方莫认差。

内蒙古普会寺

白水

塞外荒原路径遥，召河寺宇闪明昭。
陈年老井泉常涌，晓日钟声透碧霄。

　　普会寺，位于达尔罕茂明安联合旗乌兰图格苏木（乡），始建于清乾隆年间，曾经过多次修缮，现存山门、正殿、东西配房等建筑。

清真大寺

白水

白墙尖塔映天青，
圣殿清辉照院庭。
一殿信徒长礼拜，
绵绵齐诵古兰经。

　　清真大寺，位于内蒙古自治区呼和浩特市旧城北门外。该寺是呼和浩特市原有的八座清真寺中，修建最早、规模最大的一座，故此得名清真大寺。清真寺是穆斯林（伊斯兰）教徒做礼拜的场所。

内蒙古贝子庙

白水

崇高红塔向天擎，宝殿经堂送梵声，
塞外慈云归本土，院庭法雨润苍生。

内蒙古贝子庙

武明星

贝子恢弘若禁城，众僧打坐待天明。
经堂宁净喧嚣远，暮鼓晨钟谕梵声。

　　贝子庙，位于锡林郭勒盟锡林浩特市北部，被称为锡林郭勒盟地区第一大寺。它是锡林郭勒盟佛教文化的一大宝库，享有"北国名刹"声誉。贝子庙周边视野开阔，风光秀丽。

内蒙古呼伦湖

白水

万顷烟波若海洋，归来雁阵自成行。

玉滩淘浪连天碧，鸥岛听琴送晚凉。

呼伦湖感赋

武明星

湖波浩渺洗高秋，芦苇萋萋聚野鸥。

但得抛开心上事，垂纶塞外弄扁舟。

　　呼伦湖，位于呼伦贝尔大草原腹地，蒙古语意为"海一样的湖"，是内蒙古第一大湖。呼伦湖是北方众多游牧民族的主要发祥地，被称为"草原明珠""草原之肾"。

包头五当召

白水

钢城古刹白莲花，

翠柏苍松日影斜。

一炷清香馨佛号，

心存善果茁兰芽。

五当召，位于内蒙古自治区包头市东北部的五当沟。该地重峦叠嶂，树木环绕四周，很是壮观。

贡格尔草原

白水

达里湖波映日晖，荒原野草正芳菲。

天鹅只只平空起，恰似晴空雪乱飞。

　　贡格尔草原，位于赤峰市克什克腾旗的西北、西南部，是集名胜古迹与草原文化于一身的观光胜地。

灵悦寺

白水

钟楼高耸彩云低，
古寺安闲野鸟啼。
灵悦庭深沾法雨，
院前老树亦菩提。

灵悦寺，位于喀喇沁旗锦山镇，始建于清康熙年间。

乌海金沙湾

白水

苍茫沙海万层波，
跋涉荒原驾骆驼。
成吉思汗营垒处，
牧乡民乐奏新歌。

金沙湾，位于乌海市北5千米，此处沙丘绵延，植被稀少，酷似大漠，因其沙色呈现金黄的颜色而被人们称为"金沙湾"。该地具有典型的荒漠景观。

居延海，位于阿拉善盟额济纳旗北部，形状细长，像一轮弯月。额济纳河是居延海最主要的补给水源。

居延海树闻莺同作

（唐）陈子昂

边地无芳树，莺声忽听新。
间关如有意，愁绝若怀人。
明妃失汉宠，蔡女没胡尘。
坐闻应落泪，况忆故园春。

内蒙古居延海

白水

居延碧水映斜阳，苏古湖堤草木芳。
鸿雁高飞皆入队，成丛红柳窜黄羊。

广宗寺

（明）孙传庭

灵鹫峰南半麓高，
护持曾此荷宸褒。
残碑漫讶沈苔藓，
功德元逾铜瓦牢。

　　广宗寺，位于内蒙古自治区阿拉善盟阿拉善境内，是该地区第一大庙。广宗寺藏名"丹吉楞"，俗称南寺。该寺有6个属庙，是原阿拉善八大寺中规模最大、名望最高的寺庙。

西江月·额济纳胡杨林

白水

日暮驼铃声远，西风吹瘦斜阳。
千年风雨历沧桑，古道荒原景象。

梦断云天倩影，枝摇碧水寒塘。
苍茫大漠仁胡杨，岁月千秋点亮。

　　额济纳胡杨林，位于内蒙古自治区阿拉善盟额济纳旗。额济纳河两岸分布着中国最为壮观的胡杨林，是观赏胡杨的好去处。

乌珠穆沁草原

白水

山清水秀草芬芳，
习习秋风送晚凉。
那达慕场花似海，
飞奔赛马踏斜阳。

　　乌珠穆沁草原，位于内蒙古自治区锡林郭勒盟东北部，是全国最为典型的温带草原。

青海风光

青海湖

白水

祁连雪岭映嵯峨，

浩渺湖光鸟影多。

日月山中藏日月，

倒淌河水逆清波。

　　青海湖，位于青海省西北部的青海湖盆地内，古代称为"西海"，藏语叫作"错温波"，意思是"青色的湖"。青海湖位于青海省西北部的青海湖盆地内，是中国最大的内陆湖泊和咸水湖。

西宁塔尔寺

丁建江

八宝佛龛如意塔，

殿堂画壁映经幡。

酥油灯里菩提树，

几许华光可与言？

　　塔尔寺，位于青海省西宁市湟中县鲁沙尔镇西南隅。该寺院依山势而建，是我国著名的藏传佛教格鲁派六大寺院之一。

贵德黄河

白水

九曲黄河此处清，

风微浪静碧波萦。

千姿湖外斜阳上，

万里寒云雁阵声。

　　贵德黄河国家级湿地公园，位于青海省海南州贵德县境内，以湖泊沼泽和河流湿地景观为主。

西宁北山寺
白水

殿内智灯悬宝座，庭前古柏集慈云。
高僧布袋今何在，光照堂厅日未曛。

西宁北山寺
丁建江

峭壁陡崖登古寺，河湟遥望出东川。
窟中壁画尘器尽，塔上烟云风雨牵。
三教并齐相佑护，七情融去自回旋。
悠悠千载天边月，多少楼台可结缘？

北山寺，位于西宁市内。"北山烟雨"原是西宁八景之一。明代称之为永兴寺，近代改称北山寺。

湟源日月山
白水

山峦日月逐春秋，倒淌河床水倒流。
风雨千年回望石，未知公主几回头。

日月山
丁建江

日月山间寻日月，唐蕃古道韵依然。
回望一去长安别，谱就丹青汉藏篇。

湟源日月山，位于青海省湟源县西南，历来是内地赴西藏大道的咽喉，故有"西海屏风""草原门户"之称。

格尔木胡杨林
白水

丛林十月染金黄，
戈壁盐滩遍地霜。
荒漠犹存生命线，
千年不死是胡杨。

格尔木胡杨林，位于阿尔顿曲克草原西北部，这里海拔高度约 2770 米，是世界上海拔最高的胡杨林。

格尔木昆仑河
白水

塞外秋天早晚凉，
平湖碧水映霞光。
牦牛结队悠闲走，
憨态棕熊踏夕阳。

昆仑河，又称格尔木河，发源于昆仑山北麓，流经格尔木市区。

平安峡森林公园二首
白水

松籁声声鸟竟啼，脑山顶上见天低。
野狐出没寻芳径，云桦风摇叶满溪。

风细林森叶落轻，红花点点遂芳情。
谷因陡峭多岑寂，泉是天然水自清。

平安峡森林公园，位于平安县西南部脑山地区，拉脊山脉北麓，是融森林与寺院为一体的自然风景区。

可可西里
白水

人烟罕迹遍荒凉，
千里盐湖早染霜。
大漠生灵寻活路，
野驴结伴藏羚羊。

青海可可西里国家级自然保护区，位于青海省玉树藏族自治州西部，是中国建成的面积最大，海拔最高，野生动物资源最为丰富的自然保护区之一。

祁连山草原

忆宁

烟波万顷碧如绸，
峡谷涓涓细水流。
六月祁连仍积雪，
荒原雨后草增柔。

　　祁连山草原，是中国最美丽的草原之一，这里山清水秀，风景如画，高山积雪形成硕长而宽阔的冰川地貌。

克鲁克湖

白水

日落荒原暮色深，
滩头沼泽聚珍禽。
远山着墨千秋画，
湖水无弦万古琴。

　　克鲁克湖，位于柴达木盆地的东部，"克鲁克"意为"多草的芨芨滩，水草茂美的地方"，该湖属于淡水湖。

扎龙沟景区

白水

擎天一柱碧霄间，
万丈悬崖尚可攀。
山径蜿蜒牵谷翠，
药泉涌瀑水潺潺。

　　扎龙沟景区，位于海东行署境内，绿树环绕，溪水潺潺，风景优美。

甘肃风光

黄河铁桥

白水

高悬铁臂入云霄，
天下黄河第一桥。
九曲苍龙涛涌急，
千秋风雨逐波摇。

黄河铁桥，位于兰州城北的白塔山下，有"天下黄河第一桥"之称，是兰州市内标志性建筑之一。

黄河石林

白水

雨后龙湾草色青，黄河横渡越沙汀。
成林峭壁凌霄汉，荒漠奇峰入画屏。

黄河石林，位于白银市景泰县东南部。这里群山环绕，环境清幽，集东西南北自然景色之大成。

凉州词

（唐）王之涣

黄河远上白云间，一片孤城万仞山。
羌笛何须怨杨柳，春风不度玉门关。

车过玉门关

白水

昆仑远眺彩云间，高铁腾飞弛雪山。
古道丝绸连万里，春风竟度玉门关。

玉门关遗址，位于敦煌市城西北的戈壁滩上，是一座小方盘城，也是长城西端重要关口。

阳关遗址，位于敦煌城西南的"古董滩"上。西汉时期为抵抗匈奴对边疆的骚扰，建立了阳关和玉门关，如今已在岁月中湮没。

送元二使安西

（唐）王维

渭城朝雨浥轻尘，客舍青青柳色新。
劝君更尽一杯酒，西出阳关无故人。

阳关遗址咏叹

白水

汉时烽燧仁孤山，古董滩头目欲潜。
三叠先人何处唱，苍茫大漠没阳关。

凉州词二首·其一

（唐）王翰

葡萄美酒夜光杯，欲饮琵琶马上催。
醉卧沙场君莫笑，古来征战几人回？

张掖七彩丹霞

白水

苍茫大漠送胡笳，塞外高原日映斜。
四面奇峰环照里，斑斓七彩舞丹霞。

张掖丹霞地貌，位于甘肃省河西走廊中段的张掖市，是国内唯一的丹霞地貌与彩色丘陵景观复合区，也是中国丹霞地貌造型最丰富的地区之一。

陇西行

（唐）王维

十里一走马，五里一扬鞭。
都护军书至，匈奴围酒泉。
关山正飞雪，烽戍断无烟。

张掖平山湖大峡谷，距离张掖市区约25千米，是张掖丹霞地貌中最美的景观之一。

定西凤凰城

白水

凤凰跌落老城头，惊动黎民未足忧。

天道何曾亏奋勉，古城亦作小扬州。

定西凤凰城，位于陇中祖厉河上游。《县志》记载：明代中叶，定西城十分繁华，当时已经是"商贾云集，比屋鳞次，烟户极繁"的闹地，有"小扬州"之称。

灞陵桥

（清）杨景

闻眺城边渭水流，长虹一道卧桥头。

源探鸟鼠关山月，窟隐蛟龙秦地秋。

远举斜阳光射雁，平沙击石浪惊鸥。

一帆风顺达千里，东走长安轻荡舟。

渭源灞陵桥

白水

卧桥千载立沙洲，雅士名人与水流。

世事沉浮皆若梦，云天雁阵曳寒秋。

灞陵桥，位于甘肃省渭源县城南清源河上。

漳县贵清山

白水

三峰环翠草萋萋，

断涧仙桥水满溪。

一阵钟声天地外，

恍然步入小菩提。

贵清山，位于距漳县县城72千米处的草滩乡叭嘛村附近。贵清山包括"禅林桂月""断涧仙桥"等众多风景点。

崆峒

（清）谭嗣同

斗星高被众峰吞，莽荡山河剑气昏。
隔断尘寰云似海，划开天路岭为门。
松拿霄汉来龙斗，石负苔衣挟兽奔。
四望桃花红满谷，不应仍问武陵源。

崆峒山，位于甘肃省平凉市城西12千米处，是丝绸之路西出关中的要塞，被称为"中华道教第一山"。

晚春登大云寺南楼赠常禅师

（唐）白居易

花尽头新白，登楼意若何？
岁时春日少，世界苦人多。
愁醉非因酒，悲吟不是歌。
求师治此病，唯劝读楞伽。

大云寺，位于平凉市泾川县，现在其遗址建有大云寺博物馆。

过回中山

（明）王越

回中山下暂停鞭，俯仰遗宫独怅然。
王母若曾亲见帝，武皇应是早登仙。
世间味有长生果，天下人无不死年。
寂寥茂陵陵上土，春风依旧草芊芊。

王母宫山，又名回中山，位于泾川县城西泾、纳二河交汇地带。相传为周穆王与西王母欢宴于山阳瑶池，临行时不忍离去，一再回头观望，因此而得名。

197

龙泉寺，位于崇信县城北2千米的凤山山腰，山上有水从崖壁间渗出，形成两股清泉：一个叫浓露泉，一个叫贯珠泉。

龙泉寺

（明）柳仲庭

龙泉山半古佛堂，流水潺潺绕后廊。
人道蓬莱无处觅，谁知仙境在斯方。

平凉有感

（清）卞三元

泾水秦山接混茫，遥看四野静边防。
层云旅雁横秋月，断岭孤猿叫夜霜。
百里荆榛边戍尽，十年戎马塞城荒。
残郊败垒无人迹，磷火荧荧散北邙。

木梯寺石窟

白水

老径幽深野鸟啼，
斜阳石窟影偏西。
凡尘庙宇知多少，
惟此山门步木梯。

木梯寺石窟，位于天水市武山县马力乡杨家坪。相传，最初入寺无路可走，人们就在山门口绝壁之上安置一木梯，攀梯入寺，故名"木梯寺"。

咏南郭寺

（唐）杜甫

山头南郭寺，水号北流泉。
老树空庭得，清渠一邑传。
秋花危石底，晚景卧钟边。
俯仰悲身世，溪风为飒然。

南郭寺，位于甘肃省天水市。这里树木茂盛，古柏参天，为天水的八景之一，被称为"南山古柏"。

卦台山
白水

渭水环流数拐弯，

卦台静伫白云闲。

皆知太极无双地，

不识神州第一山。

卦台山，位于三阳川西北端。卦台山如一条巨龙从群山中探出头来，渭水环流，气象不凡。

塞上听吹笛
（唐）高适

雪净胡天牧马还，月明羌笛戍楼间。

借问梅花何处落，风吹一夜满关山。

武威沙漠公园
白水

苍茫大漠没沙丘，塞外云天起碧楼。

树木成林连万顷，荒原新韵绿凉州。

武威沙漠公园，位于甘肃省武威市城东部，是镶嵌在腾格里沙漠前缘的一颗"绿色明珠"。它是国内最早在沙漠中建立的公园，被誉为"沙海第一园"。

甘南八角城
白水

风雨荒原八角城，苍茫草甸鸟争鸣。

残垣断壁斜阳里，远逝萧萧战马声。

甘南八角城遗址，位于甘南藏族自治州甘加滩偏东央曲河与央拉河交汇处东北岸台地上。

凉州词

（唐）张籍

边城暮雨雁飞低，芦笋初生渐欲齐。

无数铃声遥过碛，应驮白练到安西。

凉州曲

（明）高岱

贺兰烽火接居延，白草黄云北到天。

一片城头青海月，十年沙迹伴人眠。

　　武威雷台，位于武威城区北关中路。台上有明清时期的古建筑群雷祖殿、三星斗姆殿等，建筑雄伟，规模宏大。周围古树参天，湖波荡漾。

临夏松鸣岩

白水

花溪如练水萦萦，

茂密森林野鸟鸣。

笔架峦头连小径，

满山烟雨带松声。

　　松鸣岩风景名胜区，位于甘肃省和政县吊滩乡小峡之中，是河州八景之一。这里千年古松直插云霄，四季云雾缭绕，景色秀丽。

陇南月亮峡

白水

冲天峭壁仞云霄，

月亮河湾竞涌潮。

碧水洗尘秋色净，

长吟不息韵声遥。

　　月亮峡度假村，位于甘肃南部的徽县境内，是三滩风景名胜区的主要景区之一，有"峭壁拔空远千仞，鸟瞰嘉陵一线江"之誉。峡谷内原始森林密布，植被覆盖率 98.5% 以上。

祁山堡

（明）胡明善

卧龙扶汉室，跃马阨秦原。

星落干戈死，山空云鸟存。

昏鸦啼古戍，秋水咽孤村。

愁读出师表，凄凄伤我魂。

陇南祁山堡

白水

平川突起一峰高，诸葛三军着战袍。

六出祁山千古事，一溪汉水涌惊涛。

祁山堡，位于陇南地区礼县城东23千米的祁山乡，因诸葛亮"六出祁山"而闻名。祁山堡为宽阔平川上突起的一座孤峰，坐落在西汉水北岸，高数十丈，四面如削，高峻奇拔。

徽县三滩

白水

八月秋高入境寒，如烟草甸话三滩。

深幽峡谷空林寂，峭壁泉飞水涌澜。

徽县道中

（清）张思宪

晓起丛林雨过时，贪看风景马归迟。

红铺地上花如锦，绿到门前柳欲丝。

重叠溪山千幅画，萧条行李一囊诗。

我今听鼓应官去，曲唱三巴怅别离。

徽县三滩，位于陕甘川交界的秦巴山地，是嘉陵江上游千山万壑中蕴藏的一块宝地。

陇南阳坝

白水

竹林似海泛荒丘，阳坝茶园翠欲流。

近处闲云浮峻岭，远山峡谷窜顽猴。

阳坝镇，位于甘肃省康县东南部，景区内有金丝猴、金猫、大鲵等国列珍稀动物36种，自然景观200余处。

宁夏风光

沙坡头，位于宁夏回族自治区中卫市城区西部腾格里沙漠的东南缘。

使至塞上

（唐）王维

单车欲问边，属国过居延。

征蓬出汉塞，归雁入胡天。

大漠孤烟直，长河落日圆。

萧关逢候骑，都护在燕然。

宁夏沙坡头

白水

苍茫大漠漫风沙，九曲奔流日映斜。

不见孤烟天外直，何人隔岸弄胡笳。

宁夏贺兰山

白水

群峦迤逦入云端，雪岭犹增夏日寒。

临境方知边塞苦，千秋险峰话贺兰。

贺兰山，位于宁夏与内蒙古交界处，山势雄伟，像群马奔腾。因岳飞《满江红》而闻名天下。

宁夏秦长城

白水

修筑高墙拒敌侵，长城万里是民心。

千秋岁月风烟尽，烽隧残台录鸟音。

秦长城，位于固原城北。秦、汉王朝与雄踞蒙古草原的匈奴长期对峙，秦昭王时筑长城以拒胡。

登石空寺

（明）杨郁

古洞仰观北拥山，洪涛俯瞰水东流。

倚遍危栏情未已，淡烟衰草夕阳中。

　　石空寺，位于中宁县石空镇西北的双龙山南麓，又名大佛寺。双龙山古称石空山，山东侧石壁峭立，适于开窟造像。

六盘山感赋

白水

万里征途步履艰，红旗直上六盘山。

几多好汉长城路，远去英雄未复还。

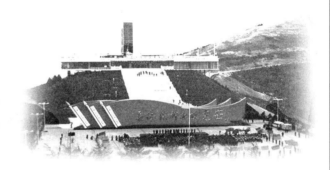

　　六盘山，位于西安、银川、兰州所形成的三角中心地带，是历代兵家必争的军事要塞。

登汉高庙闲眺

（唐）韦庄

独寻仙境上高原，云雨深藏古帝坛。

天畔晚峰青簇簇，槛前春树碧团团。

参差郭外楼台小，断续风中鼓角残。

一带远光何处水，钓舟闲系夕阳滩。

　　中卫高庙，位于宁夏回族自治区中卫市区城北，建在接连城墙的高台上。它与"大漠奇观"齐名，是中卫两大景观之一。

新疆风光

老君庙

白水

坐北朝南背靠山，
百年古庙换新颜。
纪公足迹今何去，
万里从军鬓欲斑。

老君庙，位于乌鲁木齐市市郊，背靠骑马山，是新疆历史上建庙较早，规模最大的道教建筑。

水磨沟

白水

灵泉万点注沙洲，
塞上明珠水磨沟。
今世缘中情永驻，
边城不息涌清流。

水磨沟，位于乌鲁木齐市东郊，是一条狭长的峡谷山涧。沟内有大小涌泉数十处，积流成溪，自南向北缓缓流淌，终年不竭。

从军行（四）

（唐）王昌龄

青海长云暗雪山，孤城遥望玉门关。
黄沙百战穿金甲，不破楼兰终不还。

古楼兰遗址

白水

天山远影雪峰寒，死海苍茫落日残。
边塞战将魂断处，黄沙眉月罩楼兰。

古楼兰遗址，位于库姆塔格沙漠，若羌县东北部。楼兰遗址全景旷古凝重，城内破败的建筑遗迹了无生机，显得格外苍凉、悲壮。

过火焰山作

星汉

妖猴借扇枉相传，未必死灰无复燃。
因在人间最低处，便将窝火怒冲天。

过火焰山感赋

白水

艳阳赤热炙焦黄，入夜阴风带冷霜。
谁晓其中真妙谛，苍天着意示炎凉。

火焰山，位于吐鲁番盆地的北缘，是吐鲁番最著名的景点。火焰山有馒头山、云梯、千佛洞等景点。

霍尔果斯口岸

白水

果斯口岸仡边关，万里疆城竞往还。
驼队当年惊险路，连云专列出天山。

霍尔果斯口岸，位于新疆伊犁哈萨克自治州，是新疆口岸之首。

咏天池

（元）丘处机

三峰并起插云寒，四壁横陈绕涧盘。
雪岭界天人不到，冰池耀日俗难观。
岩深可避刀兵害，水众能滋稼穑干。
名镇北方为第一，无人写向画图看。

天池，位于天山东段最高峰博格达峰，距乌鲁木齐约 110 千米。天池雪峰倒映，云杉环拥，碧水似镜，风光如画。

新疆坎儿井
白水

苍茫戈壁耸沙丘，千载灵渠地下流。
万里荒原成沃野，葡萄瓜果酿金秋。

坎儿井，位于新疆维吾尔自治区吐鲁番市境内。坎儿井是与长城、大运河相媲美的古代三大人文工程之一，是吐鲁番的母亲河。

新疆铁门关
白水

昆仑边塞铁门关，
历代征夫有几还。
秦汉硝烟弥漫处，
亚欧专列出阴山。

铁门关市，位于库尔勒市北郊8千米处，曾是南北疆交通的天险要冲，古代"丝绸之路"中道咽喉。

天山白杨沟观瀑
星汉

碧空飞落万山惊，天马松涛助壮声。
我出穹庐抬醉眼，狂流似向酒杯倾。

天山白杨沟
白水

白杨沟谷遍毡房，芳草山花送野香。
群起叼羊争上下，扬鞭策马若飞翔。

天山白杨沟，距乌鲁木齐大约56千米，景区内高峰耸立，树木茂盛，景色宜人。

西江月·游赛里木湖
星汉

风色催开襟抱，松林染绿须眉。

吟鞭笑指马如飞，卸下一湖烟水。

已碎波间雪岭，难捞桨底云堆。

游船回首看芳菲，拴在滩头岸尾。

　　赛里木湖，位于新疆博尔塔拉蒙古自治州博乐市境内北天山山脉中，古称"净海"，是新疆海拔最高、面积最大、景色秀丽的高山湖泊。这里是大西洋暖湿气流最后经过的地方，因此又被称作"大西洋最后一滴眼泪"。

关山月
（唐）李白

明月出天山，苍茫云海间。长风几万里，

吹度玉门关。汉下白登道，胡窥青海湾。

由来征战地，不见有人还。戍客望边邑，

思归多苦颜。高楼当此夜，叹息未应闲。

　　温宿神秘大峡谷，位于温宿县博孜敦柯尔克孜民族乡境内，具有"新疆第一峡谷"和"地质史教科书"之称。该峡谷拥有巨大的雅丹地貌群和喀斯特地貌，具有很大的观赏价值。

巴里坤湖边驰马
星汉

今日我横行，天山挂晓钲。

前程看鞭首，心境听蹄声。

长啸湖云瘦，飞驰荒野平。

离鞍情未已，酒向大杯倾。

　　巴里坤湖，位于新疆巴里坤县西北，是一个高原湖泊。这里山峦起伏，碧波荡漾，具有"迷离蜃市罩山峦"的奇观。

寒气沟

白水

天山草地入清秋，
叠嶂峰峦万木稠。
塔水河流终不息，
逼人寒气溢鸿沟。

　　寒气沟，位于哈密地区白石头中心景区以东，沿沟而上可饱览中山带森林、高山草甸、冰缘与冰川地貌等垂直景观。

巴里坤岳公台

白水

草原广袤深如海，
遍野奇花远积埃。
大漠操兵成旧梦，
百年风雨岳公台。

　　岳公台，位于巴里坤古城南约 5 千米处，是一座高约 200 米的小山。岳公台背靠雪山，面对草原，山顶奇峰怪石耸立，山下泉涌瀑布。

回疆竹枝词

（清）林则徐

厦屋虽成片瓦无，
两头橼桷总平铺。
天窗开处名通溜，
穴洞偏工作壁橱。

　　北庭故城，位于现在吉木萨尔县城北 20 千米处，是当时西域的车师后国王庭所在地。

罗布泊

白水

荒原夕照遍苍凉，
远眺天涯欲断肠。
久涸沙湖难蓄泪，
死亡之海覆寒霜。

罗布泊，位于塔里木盆地，被喻为"消逝的仙湖"。由于形状宛如人耳，罗布泊被誉为"地球之耳"。

从军行

（唐）王昌龄

胡瓶落膊紫薄汗，
碎叶城西秋月团。
明敕星驰封宝剑，
辞君一夜取楼兰。

楼兰古城遗址，位于巴音郭楞自治州若羌县城东80里处，由唐代吐蕃古戍堡和魏晋时期的古建筑群遗址组成。

逢入京使

（唐）岑参

故园东望路漫漫，
双袖龙钟泪不干。
马上相逢无纸笔，
凭君传语报平安。

新疆果子沟，位于霍城县城东北。果子沟以野果多而闻名，沟内峰峦叠嶂、峡谷曲折，树木繁茂、飞瀑涌泉，被清人祁韵士称为"奇绝仙境"。

可可托海

白水

伊雷湖阔可航舟，
九曲清溪水磨沟。
浮岛兼葭头欲白，
荒原泽国宿沙鸥。

可可托海，位于富蕴县城东北 48 千米的阿尔泰山间，哈萨克语的意思为"绿色的丛林"。

宿阿勒泰

星汉

克兰河水梦中遥，
枕上无端涨晚潮。
夜半披衣窗外望，
幽情冷月两萧萧。

阿勒泰地区位于新疆北端，阿勒泰是新疆丰水区之一。"阿勒泰"来源于阿尔泰山，史书称之为"金微山""金山"。

尼雅遗址

白水

锦衾木牍记胡笳，
大漠荒原日已斜。
古邑繁荣成往事，
千秋绝国入黄沙。

尼雅遗址，位于西北部新疆的民丰县北约 150 千米处的沙漠中，前身是古精绝国，周围都是起伏的黄沙。

山西风光

题童子寺

（唐）耿湋

半偈留何处，全身弃此中。

雨馀沙塔坏，月满雪山空。

耸刹临回磴，朱楼间碧丛。

朝朝日将暮，长对晋阳宫。

天龙山，位于山西省太原市西南，原名方山。这里曾是北齐皇帝高洋之父高欢的避暑行宫。这里山势险峻，奇峰兀立，山路回转，气候凉爽。

双塔寺

白水

飞檐斗拱石头墙，

文笔双峰立晋阳。

庭院深森盈法雨，

众生无上渡慈航。

双塔寺，位于山西省太原东南郝庄村南之向山脚畔，因寺内双塔高耸，故俗称双塔寺。它依山而建，居高临下，视野开阔。

太原文瀛湖

白水

巽水烟波荡碧流，

瀛湖八月恰寒秋。

汾河不息环城绕，

风雨千秋泽并州。

太原文瀛湖，俗名海子边，是地处繁华市中心的一座公园。

211

幸华严寺

（唐）李忱

云散晴山几万重，烟收春色更冲融。
帐殿出空登碧汉，遐川俯望色蓝笼。
林光入户低韶景，岭气通宵展雾风。
今日追游何所似，莫惭汉武赏汾中。

华严寺，位于山西省大同古城内西南隅，始建于辽重熙七年（1038年）。依据佛教经典《华严经》而命名，兼具辽国皇室宗庙性质，地位显赫。后毁于战争，金天眷三年（1140年）重建。

望悬空寺

（明）汪承爵

刻石成香地，凭虚结构工。
梵宫依碧献，栈阁俯丹枫。
涛壮磁窑雨，僧寒谷口风。
跻攀真不易，遥望意无穷。

山西悬空寺

白水

千年古迹半悬空，峭壁山崖结梵宫。
幽谷常凝天地气，心安不在是非中。

恒山悬空寺，位于山西省浑源县，又名玄空寺，是国内现存唯一的佛、道、儒"三教合一"的独特寺庙。

咏史诗·绵山

（唐）胡曾

亲在要君召不来，
乱山重叠使空回。
如何坚执尤人意，
甘向岩前作死灰。

绵山又称介山，在介休城东南20千米处，山势陡峭，苍松翠柏，景观有白云庵、光岩寺等。

游北武当山
白水

三晋名山北武当，
香炉耸立映斜阳。
白云岭下盈神韵，
探海松枝若羽翔。

北武当山，位于方山县境内，又叫真武山，素有"三晋第一名山"之称。

皇城相府咏叹
白水

险峻皇城仁晚秋，
当年显赫比王侯。
高庭宅院人何在，
萧瑟西风向堞楼。

皇城相府，位于山西省晋城市阳城县皇城村。因康熙皇帝两次于此下榻，故名"皇城"，俗称"皇城相府"。

乔家大院
白水

高墙厚瓦旧回廊，
古宅恢宏数晋商。
富贵未能承四代，
宫灯空照老牌坊。

乔家大院，位于山西祁县乔家堡村，属于全封闭式的城堡式建筑群。全院布局严谨，设计巧妙，斗拱飞檐，彩饰金装，砖石木雕，工艺精湛，被誉为"北方民居建筑史上一颗璀璨的明珠"。

213

洪洞大槐树

白水

故园洪洞老村庄，
古木千年叶正芳。
祭祖堂前牵旧梦，
寻根万里进槐乡。

大槐树，又叫洪洞大槐树，位于洪洞县城西北 2 千米的贾村西侧的大槐树公园内。大槐树是明代移民的遗址。

游藏山寺

（宋）李彭

招提虽负郭，菌阁暗藏幽。
春涨桃花水，风回沙际鸥。
含烟朝日丽，择路晚云愁。
淡墨呻吟内，非萱可疗忧。

藏山位于阳泉市盂县城北，此地群峰壁立，飞瀑流泉，是一个清幽的地方。

固关长城

白水

万里城头见一斑，
京畿故垒旧时颜。
堞楼再砌新墙壁，
古道雄风话固关。

固关长城，位于平定县新关村，全长 20 千米，是国内保留较完整的、现存唯一可考石砌内长城，是我国最早的明代内长城。

过平型关
白水

孤城屹立遍苍凉，
浴血疆场话国殇。
风雨百年陈往事，
残垣断壁浸寒霜。

平型关，位于繁峙县东北与灵丘县交界的平型岭，古称瓶形寨，以周围地形如瓶而得名。

宁武关
（明）李濂

边城无日不风沙，
白草黄云万里赊。
夜夜城头听觱篥，
吹残陇水又梅花。

宁武关，位于山西省忻州市的宁化村，为晋北古楼烦（古部落名）地。秦汉为楼烦县地，置有楼烦关。

过天脊山
白水

天脊山幽野鸟鸣，
群峰峻险向天擎。
天泉飞瀑由天落，
万丈河床万吼声。

天脊山景区，位于山西省平顺县城东南。天脊山素有"赛江南"的美誉，泉水清澈，森林覆盖率达90%，环境清幽。

红豆峡

白水

飞瀑云天竞唱歌，
群峰峻峭见嵯峨。
皆言红豆生南国，
红豆杉林此地多。

红豆峡自然风景区，位于山西省壶关县境内，是太行山大峡谷的特色景区，因境内天然生长着南方科目的珍稀树种红豆杉而得名。

再过霍州

（明）韩邦奇

此地吾尝治，风尘几度游。
道随汾水折，云拥霍山浮。
昔往黄梅雨，今来白雁秋。
萍踪倦行役，何处是沧洲。

霍州署，位于山西省霍州市东大街北侧，始建于唐。现存古建筑为元、明、清遗产。其建筑规模宏大，古朴典雅，是中国现今保存较完整的古代州署之一。

苏三监狱

白水

良家女子落风尘，
孤苦伶仃懦弱身。
枉法贪赃千古事，
最深伤害是穷人。

苏三监狱，位于洪洞县城西南隅。始建于明洪武年间，距今已有600多年的历史，是全国唯一保存完整的明代监狱。苏三监狱因北京名妓苏三蒙冤落难囚禁于此和戏剧《玉堂春》的流传而闻名。

云丘山

白水

河汾古寺入寒秋，

涧敛云舒水自流。

峭壁插岩松柏老，

闲情一片步云丘。

　　云丘山，位于乡宁县关王庙乡大河村、坂儿上村境内，素有"河汾第一名胜"的美誉。云丘山不仅自然景观奇特，而且文化底蕴深厚，是几千年来道家仙士的常游之所。

碛口镇

白水

吕梁山下事农耕，

三晋名商聚古城。

碛口兴隆多地利，

黄河不息送涛声。

　　碛口镇，位于山西省吕梁市临县，是中国历史文化名镇。明清至民国年间，该镇凭借黄河水运一跃成为北方商贸重镇，享有"九曲黄河第一镇"之美誉，是晋商发祥地之一。

怀广武诸旧游

（明）卢龙云

一别丛台隔两秋，漂零身世海东头。

伤心往事俱流水，屈指当年几旧游。

投赠我惭青玉案，索居谁问黑貂裘。

此时广武城边月，正好同君大白浮。

　　广武城，位于山西省山阴县境内。它是明长城山西段重要关堡，也是山西省现存最完整的古城之一。

陕西风光

幸秦始皇陵

（唐）李显

眷言君失德，骊邑想秦馀。

政烦方改篆，愚俗乃焚书。

阿房久已灭，阁道遂成墟。

欲厌东南气，翻伤掩鲍车。

兵马俑坑、秦始皇陵位于西安市。1987年，秦始皇陵及兵马俑坑被联合国教科文组织批准列入《世界遗产名录》，并被誉为"世界第八大奇迹"。

终南山

（唐）王维

太乙近天都，连山接海隅。

白云回望合，青霭入看无。

分野中峰变，阴晴众壑殊。

欲投人处宿，隔水问樵夫。

过终南山

白水

险峰峭壁上南山，登顶方知道路艰。

未想寿如松柏老，心宽但与白云闲。

终南山，简称南山，西起宝鸡市眉县、东至西安市蓝田县，主峰在西安长安区，素有"天下第一福地"的美称。

题慈恩寺塔

（唐）章八元

十层突兀在虚空，四十门开面面风。

却怪鸟飞平地上，自惊人语半天中。

回梯暗踏如穿洞，绝顶初攀似出笼。

落日凤城佳气合，满城春树雨蒙蒙。

西安大雁塔

白水

古刹钟声境外飘，巍然塔影入青霄。

长安权贵知何去，万里浮云雁阵遥。

大雁塔，位于西安市南的大慈恩寺内，又名"慈恩寺塔"，是现存最早、规模最大的唐代四方楼阁式砖塔。

西安城墙，又叫西安明城墙，是中国现存规模最大、保存最完整的古代城垣。

送杜少府之任蜀州

（唐）王勃

城阙辅三秦，风烟望五津。
与君离别意，同是宦游人。
海内存知己，天涯若比邻。
无为在歧路，儿女共沾巾。

西安城墙

白水

秦川八百古城墙，汉苑唐宫话未央。
风雨千秋遥望里，旌旗变换说兴亡。

送友人入蜀

（唐）李白

见说蚕丛路，崎岖不易行。
山从人面起，云傍马头生。
芳树笼秦栈，春流绕蜀城。
升沉应已定，不必问君平。

石门古栈道，位于陕西省汉中城北15千米处。这里风景秀丽，古迹荟萃，内有世界上最早的人工通车隧道。

商山早行

（唐）温庭筠

晨起动征铎，客行悲故乡。
鸡声茅店月，人迹板桥霜。
槲叶落山路，枳花明驿墙。
因思杜陵梦，凫雁满回塘。

商山，位于陕西省商洛市丹凤县城西丹江南岸。"商山雪霁"为古商洛八景之一，史称"商颜第一名胜"。

早朝

（唐）白居易

鼓动出新昌，鸡鸣赴建章。

翩翩稳鞍马，楚楚健衣裳。

宫漏传残夜，城阴送早凉。

月堤槐露气，风烛桦烟香。

双阙龙相对，千官雁一行。

汉庭方尚少，惭叹鬓如霜。

　　大明宫国家遗址公园，位于陕西省西安市太华南路。大明宫遗址公园是唐长安城"三大内"中最为辉煌壮丽的建筑群。

题雁塔

（唐）许玫

宝轮金地压人寰，独坐苍冥启玉关。

北岭风烟开魏阙，南轩气象镇商山。

灞陵车马垂杨里，京国城池落照间。

暂放尘心游物外，六街钟鼓又催还。

　　小雁塔，建于唐代景龙年间。塔原有15层，现存13层。小雁塔及其古钟即"雁塔晨钟"为"关中八景"之一。

焚书坑

（唐）章碣

竹帛烟销帝业虚，关河空锁祖龙居。

坑灰未冷山东乱，刘项原来不读书。

焚书坑

（唐）罗隐

千载遗踪一窖尘，路傍耕者亦伤神。

祖龙算事浑乖角，将谓诗书活得人。

　　在临潼区韩峪乡的洪庆堡、洪庆沟村与灞桥区洪庆镇的洪庆坊、街子村一带，有一块平坦的谷地，人称"洪庆沟"。据考证，这里就是当年秦始皇"焚书坑儒"事件的地点——"坑儒谷"。

暮秋独游曲江

（唐）李商隐

荷叶生时春恨生，

荷叶枯时秋恨成。

深知身在情长在，

怅望江头江水声。

曲江，位于陕西省西安城区东南部，为唐代著名的曲江皇家园林所在地。

山坡羊·未央怀古

（元）张养浩

三杰当日，俱曾此地，

殷勤纳谏论兴废。见遗基，

怎不伤悲！

山河犹带英雄气，

试上最高处闲坐地。

东，也在图画里；

西，也在图画里。

未央宫遗址，位于陕西省西安市汉长安城遗址西南部，又称西宫，属于世界文化遗产，首批全国重点文物保护单位。

咏阿房宫

（唐）胡曾

新建阿房壁未干，沛公兵已入长安。

帝王苦竭生灵力，大业沙崩固不难。

阿房宫遗址

白水

遗址新楼映夕阳，秦皇宫殿又辉煌。

阿房三月焚烟尽，错失江山说霸王。

阿房宫遗址，位于陕西省西安市西咸新区沣东新城王寺街道。1991年，被联合国确定为世界上最大的宫殿基址，属于世界奇迹。

南五台

白水

青峰峻峭近星辰，

拾级千阶远世尘。

古刹常临心愈静，

饱尝世味自修身。

　　南五台，位于陕西省西安南长安区境内，为秦岭终南山中段的一个支脉。因山上有清凉、文殊、舍身、灵应、观音五个台（五个山峰），故名五台山；又因它与关中盆地北耀州区的五台山（药王山）遥遥相对，所以又叫南五台。

登秦岭

（宋）王禹偁

巉岩石上候肩舁，因想前贤似坦途。

韩愈谪官忧瘴疠，乐天左宦白髭须。

商於郡僻何人到，秦岭峰高我仆痛。

且咏诗章自开解，仕从霄汉落泥涂。

　　秦岭七十二峪，位于秦岭的北坡。历史上的帝王将相把这里作为避暑狩猎之地，文人墨客把这里作为寻幽咏怀之处。

忆春日曲江宴后许至芙蓉园

（唐）李绅

春风上苑开桃李，诏许看花入御园。

香径草中回玉勒，凤凰池畔泛金樽。

绿丝垂柳遮风暗，红药低丛拂砌繁。

归绕曲江烟景晚，未央明月锁千门。

　　大唐芙蓉园位于西安市曲江新区，景区包括紫云楼、仕女馆、御宴宫等众多景点。

过香积寺

（唐）王维

不知香积寺，数里入云峰。

古木无人径，深山何处钟。

泉声咽危石，日色冷青松。

薄暮空潭曲，安禅制毒龙。

香积寺，位于西安市长安区郭杜乡的香积寺村。香积寺殿宇庄严整齐、环境优雅、规模广大。香积寺被视为净土宗的发源地。

青龙寺题故昙上人房

（唐）李端

远公留故院，一径雪中微。

童子逢皆老，门人问亦稀。

翻经徒有处，携履遂无归。

空念寻巢鹤，时来傍影飞。

青龙寺，位于西安东南郊铁炉庙村北的乐游原上。青龙寺是日本佛教真言宗的祖庭。

望渭水

（南北朝）庾信

树似新亭岸，沙如龙尾湾。

犹言吟暝浦，应有落帆还。

渭河生态景观区，位于西安市北郊渭河岸边湿地公园，是对"泾渭分明""八水绕长安"等自然历史文化景观的恢复和展示。

同友游灵岩

（明）周梦旸

崖开幽洞自何年，独依江头清可怜。
一水远联秦蜀路，两峰高峙井参边。
穴中不见通仙路，壁上空存览胜篇。
酒兴有余聊更酌，与君同醉芰荷天。

　　灵崖寺，位于陕西省略阳县城东南。它依山傍水，坐东向西，依托山岩上两个天然大溶洞而建。

望定军山有作

（清）常纪

讨贼兴师大义明，
可堪星陨志无成。
定军山色秋风里，
杜宇声声恨未平。

　　定军山，位于陕西省汉中市勉县城南5千米，三国时期古战场，有"得定军山则得汉中，得汉中则定天下"之美誉。

红石峡

白水

寒云绕径掩秋霜，
峡谷溪流送晚凉。
石刻珍奇存峭壁，
红山夕照映苍茫。

　　榆林红石峡，又名雄石峡。峡内东西对峙，峭拔雄伟，玉溪河水流湍急，穿峡直达城西，两岸垂柳青翠，景色优美。

宝鸡天台山，位于宝鸡市南部，秦岭山脉北麓。天台山重峦叠嶂，群山万壑之间，云雾迷漫，气象万千。

苏幕遮·碧云天

（宋）范仲淹

碧云天，黄叶地，

秋色连波，波上寒烟翠。

山映斜阳天接水，芳草无情，

更在斜阳外。

黯乡魂，追旅思，

夜夜除非，好梦留人睡。

明月楼高休独倚，

酒入愁肠，化作相思泪。

关雎

（先秦）佚名

关关雎鸠，在河之洲。

窈窕淑女，君子好逑。

参差荇菜，左右流之。

窈窕淑女，寤寐求之。

求之不得，寤寐思服。

悠哉悠哉，辗转反侧。

参差荇菜，左右采之。

窈窕淑女，琴瑟友之。

参差荇菜，左右芼之。

窈窕淑女，钟鼓乐之。

洽川处女泉，位于合阳县洽川镇，属于黄河滩涂湿地。

潼关

（宋）汪元量

蔽日乌云拨不开，昏昏勒马度关来。

绿芜径路人千里，黄叶邮亭酒一杯。

事去空垂悲国泪，愁来莫上望乡台。

桃林塞外秋风起，大漠天寒鬼哭哀。

在潼关县北，雄踞晋、豫、秦三省，有"鸡鸣闻三省，关门扼九州"之说。

忆秦娥

（唐）李白

箫声咽，秦娥梦断秦楼月。

秦楼月，年年柳色，灞陵伤别。

乐游原上清秋节，咸阳古道音尘绝。

音尘绝，西风残照，汉家陵阙。

汉阳陵，位于陕西省咸阳市渭城区，是汉景帝刘启及其皇后王氏的合葬陵园，全国重点文物保护单位。

马嵬

（清）袁枚

莫唱当年长恨歌，

人间亦自有银河。

石壕村里夫妻别，

泪比长生殿上多。

马嵬民俗村，位于陕西省兴平市马嵬办事处李家坡村，依托黄山宫独特的历史资源顺势而建。

金莲出玉花法门寺李生求

（宋）丘处机

一团臭肉。千古迷人看不足。

万种狂心。六道奔波浮更沉。

天真佛性。昧了如何重显证。

宝范仙宗。觉后凭君豁蔽蒙。

法门寺，又称法云寺，位于中国陕西省宝鸡市扶风县法门镇，有"关中塔庙始祖"之称。

嘉陵江源头

白水

奇峰突兀向天擎，

一涧垂帘韵抒情。

身外浮云潇洒去，

眼前碧水洗功名。

嘉陵江源头，位于陕西省宝鸡市南郊的秦岭之巅，奇峰突兀，水流清澈，森林茂密，景色迷人。

太白山

白水

无边林海映苍茫，

岭上清风送晚凉。

峡谷深幽云竞逐，

天池流水带花香。

太白山，位于陕西宝鸡眉县、太白县。太白山动植物资源非常丰富，山上林木茂盛，动物种类繁多。

老君山

白水

怪石嶙峋立挂屏，

老君古寺近天庭。

云腾岭上千峰远，

雨润秦川万谷青。

老君山，地处洛南县巡检镇，是太上老君修炼成仙的地方，以峰秀、林密、径幽、洞奇著称，享有"天然氧吧"之美誉。

河北风光

北戴河感赋
白水

苍茫碧海数回潮，
萧瑟秋风草又凋。
无限江山谁久伫，
烟波浩渺入凌霄。

北戴河，位于河北省秦皇岛市，是我国著名旅游度假胜地。

野三坡
白水

怪泉奇峡野三坡，
百里扬涛拒马河。
绝壁天关连塞外，
风烟战火几消磨。

野三坡，位于保定市涞水县境内，这里自然风光奇特，生态环境古朴。

柏林寺塔
白水

山门远对赵州桥，
寺塔千秋入碧霄。
携渡慈航超苦海，
宏舒法雨动心潮。

柏林寺塔，位于赵县。塔高33米，共七层，是为纪念唐代著名高僧从谂真际禅师于元代天历三年（1330年）建造。

苍岩山桥楼殿

白水

岩关岭上遍芳菲，
万道烟霞映翠微。
峭壁嵌珠惊险处，
天光云影共楼飞。

苍岩山，位于河北省石家庄市井陉县城东南，享有"五岳奇秀揽一山，太行群峰唯苍岩"的盛誉。

秦皇古道

白水

秦晋西通仁石门，
关山环立旧墙垣。
千秋风雨烟云尽，
古道深沉印辙痕。

秦皇古道，距石家庄30千米。秦皇古道是中国仅存的古道陆路交通道路的实物。这里关山环立，地势险要，是山西、陕西通往京城的交通要冲，为历代兵家必争之地。

邢州开元寺

（五代）钟离权

得道真僧不易逢，
几时归去愿相从。
自言住处连沧海，
别是蓬莱第一峯。

开元寺，坐落在正定古城大十字街以南路西，原名净观寺，唐开元年间改为开元寺。开元寺建筑结构并非对称布局，而是塔和钟楼并列而立，反映了佛教寺院建筑从早期以塔为中心向晚期以殿为中心的过渡现象。

驼梁山
白水

云闲天澹镀斜阳，
雨润山花格外香。
映水残虹齐涌瀑，
百溪乱渡洗驼梁。

驼梁山，位于五台、平山、阜平、灵寿两省四县交界处，因山顶恰似驼峰而得名。此处有大小十几座山峰，彼此相连，遥相呼应，是河北五大高峰之一。

佛光山
白水

溶洞天成展画廊，
泉流瀑布浸秋凉。
霞飞幽谷云霄外，
林立奇峰见佛光。

佛光山风景区，位于平山县北冶乡柏树庄村，佛光山因佛光时而显现得名。

青山关长城
白水

峭壁青山立古城，
水关溪水响秋声。
敌楼监狱无俘虏，
月亮楼头见月明。

青山关长城，位于迁西县北部，是唐山境内最能代表明长城文化的长城遗址。

拟冬日景忠山应制登景

（清）纳兰性德

岩峣铁凤锁琳宫，亲侍銮舆度碧空。

圣主岂因崇象教，宸游直自接鸿蒙。

远山雪有一峰白，别浦枫余几树红。

天意不教常肃杀，仁看宇宙遍春风。

景忠山，位于迁西县境内，清康熙帝曾御题"天下名山"。山上古岩峥嵘，苍松蔽日，峡谷清幽，云雾缥缈，风格独具，有"灵山秀色"之美称。

观沧海

（汉）曹操

东临碣石，以观沧海。

水何澹澹，山岛竦峙。

树木丛生，百草丰茂。

秋风萧瑟，洪波涌起。

日月之行，若出其中；

星汉灿烂，若出其里。

幸甚至哉，歌以咏志。

碣石山，位于昌黎县城北4千米，为燕山余脉。山内主要景点有仙台顶、天桥柱、五峰山、碣阳湖等。

天马山

白水

幽芳峡谷绕溪清，

翠柏苍松鸟竞鸣。

燕子翻身添异景，

戚公亭外石峥嵘。

天马山，位于抚宁县城北。因顶峰巨石堆叠，险峻挺拔，似云中奔腾的马，故名天马山。

衡水湖

白水

滩涂草甸染清秋，
万顷湖波涌激流。
岸上风摇芦叶响，
水声惊起未眠鸥。

　　衡水湖，位于衡水、冀州、枣强三地的交界地带，是华北平原唯一保持沼泽、水域、滩涂、草甸和森林等完整湿地生态系统的自然保护区。

响堂寺

白水

石窟幽深两响堂，
精工雕像尽珍藏。
千尊石佛存千古，
一片青山草木芳。

　　响堂寺，位于邯郸城西南响堂山（鼓山）上，有南北两处石窟。南石窟在鼓山南麓，北石窟在鼓山西腰，两窟南北相距15千米。由于石窟幽深，人们在山洞里击掌甩袖都能发出洪亮的回声，故名"响堂"。

除夜宿洺州

（唐）白居易

家寄关西住，身为河北游。
萧条岁除夜，旅泊在洺州。

将次洺州憩漳上

（宋）王安石

漠漠春风里，茸茸绿未齐。
平田鸦散啄，深树马迎嘶。
地入河流曲，天随日去低。
高城已在眼，聊复解轻齎。

　　广府城，位于邯郸市东北永年县广府镇，始建于隋末，距今已有1000多年的历史。

邯郸丛台

（宋）李之仪

禾黍离离露一丘，淡烟轻霭夕阳秋。
微基西枕邯山尽，往事东随漳水流。
御辇金车何处去，闲花野草几时休。
可怜全赵繁华地，留作行人万古愁。

丛台，位于邯郸市内中华大街中段西侧，正中为丛台湖，湖面面积40余亩。

京娘湖

白水

青山秀水漾湖光，
叠月桥头映夕阳。
太祖原来真仗义，
迢迢千里送京娘。

京娘湖，位于武安市西北部，因宋太祖赵匡胤千里送京娘的故事发生在这一带，故得此名。

邺台怀古

（明）薛始亨

清漳自绕邺城边，霸气雄图入野烟。
蒲叶唾残千里井，豆萁歌断上留田。
周文事业惭分鼎，宋玉风流惜感甄。
铜雀至今春不锁，应徐羁旅忆当年。

邺城三台指金凤台、铜雀台、冰井台，位于邺城遗址内的三台村。其建筑精美，风格独特，是"建安文学"的发祥地。

北岳庙

（唐）贾岛

天地有五岳，恒岳居其北。
岩峦叠万重，诡怪浩难测。
人来不敢入，祠宇白日黑。
有时起霖雨，一洒天地德。
神兮安在哉，永康我王国。

北岳庙，位于曲阳县城内，百姓俗称"窦王殿"。从汉代至清代，历代帝王都在此遥祀北岳恒山。

抱阳山

（元）刘因

下瞰悬崖老木稠，
轻风毛发散凉秋。
苍苔白石梦初觉，
霁月疏云山欲流。

抱阳山，位于满城县城西3千米处，自主峰两翼向西南和东南延伸，呈环山抱阳之势，故名抱阳山。

白洋淀

白水

白洋淀里遍荷花，
出水芙蓉映日斜。
若问雁翎游击地，
幽深芦苇荡烟霞。

白洋淀，位于河北省中部，以大面积的芦苇荡和千亩连片的荷花淀而闻名，素有"华北明珠"之称。

白石山

白水

佛光顶上彩云间，

峻峭峰林白石山。

栈道玻璃悬万丈，

飞龙瀑布水潺潺。

　　白石山，位于河北省涞源县。白石山险峰林立，峭壁深谷，怪石峥嵘，为大理岩构造峰林。

过仙翁山

（宋）邹浩

群山环拱一山青，曾驻仙翁竟得名。

前日授书非我事，旄头不耀正休兵。

仙翁古洞

（明）朱诰

蕴隆千里乾封禅，天际栖霞涌碧泉。

信是仙灵祷有应，甘霖一夜满山川。

毕寻民瘼拜古洞，诚为苍生祈丰年。

西岭桑麻应澍雨，仙家原本有真元。

　　张果老山，又名仙翁山，位于邢台市西部15千米处。据记载，此山原名五峰山，广宗道人张果在此隐居修行，成为八仙之一。

南乡子·邢州道上作

（清）陈维崧

秋色冷并刀，一派酸风卷怒涛。

并马三河年少客，

粗豪，皂栎林中醉射雕。

残酒忆荆高，燕赵悲歌事未消。

忆昨车声寒易水，

今朝，慷慨还过豫让桥。

　　崆山白云洞，位于邢台市临城县境内。崆山白云洞形成于5亿年前的中寒武纪，是我国北方一处难得的岩溶洞穴景观。

235

中国爱情山

白水

凝眸织女会牛郎，

云顶荒原遍草香。

月老峰前云展道，

天河群瀑水流长。

天河山，又叫爱情山，位于邢台市的天河山风景区，是牛郎织女传说的源生地、中国七夕文化之乡。

雾雪登云泉寺

（清）康有为

山县关城早，天寒日暮愁。

夕晖千白雪，吾爱云泉寺。

日出松石上，诗清情复幽。

后人今不见，应共忆斯游。

赐儿山，位于张家口市区西部，在其山腰有座云泉寺，堪称"塞外佛教第一寺"。

鸡鸣驿

白水

古城斑驳着新颜，

驿卒千年竞往还。

拂晓鸡鸣天未白，

乘骑传递上边关。

鸡鸣驿，位于张家口市怀来县鸡鸣驿乡的一个驿站，是中国现存的最大的驿站。

宣化镇朔楼

白水

边防重镇古幽州，
旧府新城向晚秋。
镇朔将军今远去，
百年风雨仁名楼。

镇朔楼，位于宣化古城正中，气势雄伟，造型别致，结构精巧，被人们誉为"第二黄鹤楼"。

承德普宁寺

白水

钟声敲亮数星辰，
飒爽秋风净院尘。
过客往来知几个，
眼前都是有缘人。

普宁寺，位于河北省承德市双桥区普宁路 1 号，是中国北方最大的佛事活动场所。

过磬锤峰

白水

锤峰落照万丛峦，棒槌山头暮色寒。
峭石蛤蟆多野趣，擎天一柱入云端。

题磬锤峰

（清）康熙

纵目湖山千载留，白云枕涧报深秋。
巉岩自有争佳处，未若此峰景最幽。

磬锤峰位于承德郊区，它下悬绝壁，上接蓝天，峰体上粗下细，形如棒槌。

河南风光

登万仙山
白水

徒步天梯自在登，
千峰峻峭贯苍鹰。
含风绝壁孤云细，
雨后仙山碧万层。

万仙山，位于辉县市西北部太行山腹地，这里集雄、壮、奇、幽、峻于一身，群峰竞秀、层峦叠嶂。

九月九日忆山东兄弟
（唐）王维

独在异乡为异客，
每逢佳节倍思亲。
遥知兄弟登高处，
遍插茱萸少一人。

云台山，位于河南省修武县境内，素以"三步一泉，五步一瀑，十步一潭"而著称。

河南郭亮村
白水

峭崖险道绕山梁，
石壁人家隐太行。
奇洞通幽悬白练，
流云深处菜花香。

郭亮村，位于河南辉县西北的太行山深处的高高
悬崖上，以山势独特，峰峦叠嶂，洞奇瀑美而闻名。

鲁山山行

（宋）梅尧臣

适与野情惬，千山高复低。

好峰随处改，幽径独行迷。

霜落熊升树，林空鹿饮溪。

人家在何许？云外一声鸡。

尧山（石人山）风景区位于平顶山市鲁山县西，因尧孙刘累为祭祖立尧祠而得名。

信阳鸡公山

白水

霞蔚云蒸涧水清，

青连楚豫没分明。

鸡头石下雄鸡唱，

三省皆闻报晓声。

鸡公山，位于信阳市南38千米。鸡公山有"青分豫楚、襟扼三江"之美誉，"佛光、云海、雾凇、雨凇、霞光、异国花草、奇峰怪石、瀑布流泉"被称为八大自然景观。

云阳寺

（宋）赵文

步入云阳俗兴阑，山灵应不掩云关。

禅房深锁寺应古，经钥不开僧更闲。

菊绽黄香霜气秀，山堆秋色露痕斑。

留侯千载空陈迹，猿鹤声声拱夜坛。

神农山云阳寺，位于焦作市沁阳市紫陵镇赵寨村北。山谷内有古寨、古刹、古洞、古塔。

云梦仙境

（明）祝富

城之东南云梦山，山腰有洞门无关。

云深路杳不知处，世传仙子栖其间。

松花不老瑶草鲜，石床丹皂空年年。

信知仙居别有境，人间幻出壶中天。

　　云梦山，位于河南省鹤壁市淇县西南15千米。由主要战国古军庠、上圣古庙及云梦五里鬼谷大峡谷游览区、云梦大草原游览区三部分组成。

龙马负图寺

白水

巍峨古寺伫桑榆，

历代碑铭属宿儒。

灵秀江山盈正气，

千秋龙马负河图。

　　龙马负图寺，位于洛阳市孟津县会盟镇雷河村。因为历代战乱不断，寺庙屡建屡废。经过不断修复的负图寺大殿，逐步恢复寺院原貌。

宿白马寺

（唐）张继

白马驮经事已空，

断碑残刹见遗踪。

萧萧茅屋秋风起，

一夜雨声羁思浓。

　　白马寺在洛阳市东郊，有中国佛教的"祖庭"和"释源"之称。

北芒客舍

（西晋）刘伶

泱漭望舒隐，黮黭玄夜阴。
寒鸡思天曙，振翅吹长音。
蚊蚋归丰草，枯叶散萧林。
陈醴发悴颜，巴歈畅真心。
缊被终不晓，斯叹信难任。
何以除斯叹，付之与瑟琴。
长笛响中夕，闻此消胸襟。

北芒山，又叫北邙山，位于洛阳市北，黄河南岸。北芒山上，现存有秦相吕不韦墓、光武帝刘秀的原陵、西晋司马氏、南朝陈后主、南唐李后主陵墓，以及唐朝诗人杜甫、大书法家颜真卿等名人之墓。

牡丹

（唐）徐凝

何人不爱牡丹花，占断城中好物华。
疑是洛川神女作，千娇万态破朝霞。

洛阳牡丹园

白水

名园鹿韭靓奇葩，夺目明莹映彩霞。
百态千姿招蝶舞，天香国色冠中华。

洛阳又称"牡丹故土"。这里，牡丹花朵硕大，色泽艳丽，有"洛阳地脉花最宜，牡丹尤为天下奇"的美誉。

虎牢关

（宋）司马光

天险限西东，难知造化功。
路邀三晋会，势压两河雄。
余雪沾枯草，惊飙卷断蓬。
徒观争战处，今古索然空。

虎牢关，位于洛阳以东，因西周穆王在此牢虎而得名，是洛阳东边门户和重要的关隘。

黄河花园口

白水

不息黄河溢未央，
介公做事太荒唐。
千秋罪孽花园口，
百万黎民起祸殃。

花园口，位于郑州市区北郊的黄河南岸，是重要的黄河渡口，文化古迹众多。

晚渡黄河

（唐）骆宾王

千里寻归路，一苇乱平源。
通波连马颊，迸水急龙门。
照日荣光净，惊风瑞浪翻。
棹唱临风断，樵讴入听喧。
岸迥秋霞落，潭深夕雾繁。
谁堪逝川上，日暮不归魂。

黄河游览区，位于郑州市西北约30千米处，北临黄河，南依岳山。风景区绿树满山，亭阁相映，山清水秀，景色宜人。

宿石窟寺

（唐）喻凫

一刹古冈南，孤钟撼夕岚。
客闲明月阁，僧闭白云庵。
野鹤立枯柿，天龙吟净潭。
因知不生理，合自此中探。

石窟寺，位于南河渡镇寺湾村。巩义石窟是北魏皇室开凿的一座石窟，后来魏、唐、宋时又陆续在这里刻了一些小龛。

游济源

（金）元好问

地古灵多足胜游，高林六月似凉秋。

云间雉堞横千里，水面龙宫倒十洲。

盘谷村墟几来往，玉川人物自风流。

一丘一壑平生事，独著南冠是楚囚。

五龙口，位于济源市东北的五龙口镇境内，是一处以自然景观为主，以猕猴、温泉为特色的山岳型风景区。

开封相国寺

白水

相国霜钟响古城，

大雄宝殿透经声。

元宵岁岁燃灯会，

祈福神州永太平。

大相国寺，位于开封市中心。该寺是我国汉传佛教十大名寺之一。

眼儿媚·玉京曾忆旧繁华

（宋）赵佶

玉京曾忆旧繁华。万里帝王家。

琼林玉殿，朝喧弦管，暮列笙琶。

花城人去今萧索，春梦绕胡沙。

家山何处，忍听羌笛，吹彻梅花。

清明上河园，位于开封市西北隅，东与龙亭风景区毗邻，是以宋代画家张择端的名画《清明上河图》为蓝本，集中再现原图风物景观的大型宋代民俗风情游乐园。

春日怀淮阳六首·其一

（宋）张耒

西城门外古壕清，

太昊祠前春草生。

早晚粗酬身计了，

长为閒客此间行。

太昊陵，位于河南省淮阳县，传说是"人祖"伏羲氏即太昊定都和长眠的地方。是中国著名的三陵之一。

黎阳作·其一

（魏）曹丕

朝发邺城，夕宿韩陵。

霖雨载涂，舆人困穷。

载驰载驱，沐雨栉风。

舍我高殿，何为泥中。

在昔周武，爰暨公旦。

载主而征，救民涂炭。

彼此一时，唯天所赞。

我独何人，能不靖乱。

浚县大伾山，位于鹤壁浚县城东，故又称东山，因其有中国最早的大石佛而著称于世。该石佛始建于北魏，依山开凿，总高八丈，藏于七丈高的楼内，素有"八丈佛爷七丈楼"之称，为世界佛屋奇观。

王屋山，位于济源市，东依太行，西接中条，北连太岳，南临黄河，是中国九大古代名山之一。

王屋山送道士
司马承祯还天台

（唐）李隆基

紫府求贤士，清溪祖逸人。

江湖与城阙，异迹且殊伦。

间有幽栖者，居然厌俗尘。

林泉先得性，芝桂欲调神。

地道逾稽岭，天台接海滨。

音徽从此间，万古一芳春。

禹州

（清）史申义

尘点征衫一月程，朝凉忽觉马蹄轻。
颍川风满钧台驿，嵩少云遮上棘城。
路入舞阳山不断，田分蓣栎水常清。
独怜朱邸笙歌歇，帝子宫墙蔓草生。

大鸿寨，位于禹州市西北边陲鸠山乡境内，为伏牛山系余脉。大鸿寨为许昌第一高山，号称"许昌屋脊"。

登许昌城望西湖

（宋）梅尧臣

试望许西偏，湖光浸晓烟。
岸痕添宿雨，草色际平田。
夏木阴犹薄，朱荷出未圆。
人闲绿波静，幽鹭插头眠。

灞陵桥感赋

白水

斜阳返照灞陵桥，风雨千秋草未凋。
古柳新杨疏影动，一溪碧水逝前朝

灞陵桥，位于许昌市城西4千米的清泥河上，相传为三国名将关羽辞曹挑袍处，灞陵桥从此扬名。

游崆峒山·其一

（明）岳正

两壁微开一径遥，愁怀到此已全消。
鸟声入谷成呼应，山色迎晖欲动摇。
几处悬崖颓复定，千寻飞瀑堕还跳。
圣恩若许宽羁绁，愿卜幽居作老樵。

逍遥观，位于禹州市浅井乡的崆峒山麓。逍遥观为一处道观建筑，相传是轩辕黄帝访上古哲人广成子的发生地。

245

许昌春秋楼

白水

旧邑新街座古楼，

土山三约寿亭侯。

烛残夜读烟尘尽，

飞阁萧然向晚秋。

许昌春秋楼，位于许昌市中心。因关羽在此秉烛达旦，夜读《春秋》而得名。

过桐柏山

（唐）钱起

秋风过楚山，山静秋声晚。

赏心无定极，仙步亦清远。

返照云窦空，寒流石苔浅。

羽人昔已去，灵迹欣方践。

投策谢归途，世缘从此遣。

桐柏山，位于桐柏县城西5千米处。桐柏山水帘洞水清澈甘甜，胜过诸多名泉。

过函谷关

（唐）宋之问

二百四十载，海内何纷纷。

六国兵同合，七雄势未分。

从成拒秦帝，策决问苏君。

鸡鸣将狗盗，论德不论勋。

函谷关，位于灵宝市北15千米处的王垛村，是我国历史上建置最早的雄关要塞之一。因关在谷中，深险如函，故称函谷关。这里也是老子著述五千言《道德经》的地方。

山东风光

登鹊山

（宋）陈师道

小试登山脚，今年不用扶。

微微交济泺，历历数青徐。

朴俗犹虞力，安流尚禹谟。

终年聊一快，吾病失医卢。

鹊山，位于济南市北郊，相传扁鹊曾经在山下炼丹，故名鹊山。

游大明湖

（清）宋书升

明湖春后色，不减若耶溪。

万绿摇烟起，孤篷载酒迷。

舻枝凭鹭引，荷叶与人齐。

游赏浑忘倦，西城日已低。

大明湖，位于济南大明湖公园中。大明湖北岸的小沧浪亭西洞门的两旁，挂着清代大书法家铁保书写的一副对联："四面荷花三面柳，一城山色半城湖"。

与友人登琅琊台

（清）李宪噩

积水方沉淒，众山复萦回。

联袂越危磴，杖策凌高台。

是时秋正深，向午云尽开。

迥步穷两仪，流盼周九垓。

片席指吴越，虚亭走风雷。

长啸答吾侣，忻念同此杯。

境旷意弥适，兴极情转哀。

白日倏西匿，惊飙千里来。

盛时若奔湍，壮心忽凋摧。

欢乐慎勿违，慷慨沾襟怀。

琅琊台，位于胶南市琅琊镇东南5千米处，三面环海，西北为一小片平原，是著名的风景名胜区。

247

游崂山

王君敏

山镶碧玉边，紫气在峰巅。

风雨时来去，荆藤每挂牵。

观潮当悟道，得月自成仙。

回首向来处，空明别有天。

崂山，古称劳山，位于山东省青岛市崂山区，黄海之滨，是中国著名的旅游名山，被誉为"海上第一仙山"。

梁山泊

（明）楚石梵琦

天畔青青芦叶齐，晚来戛戛水禽啼。

一钩惨淡衔山月，五色弯环跨海霓。

新摘莲花堪酿酒，旧闻荇菜可为齑。

北人大抵无高韵，零落梭船傍柳堤。

水泊梁山，位于山东省济宁市梁山县城东南隅，包括梁山景区和水泊景区，形成了不同的自然风光。

台儿庄

成红梅

桨影灯光胜水乡，

千帆漕运达京杭。

乾隆泼墨挥毫地，

古韵悠悠第一庄。

台儿庄是山东省枣庄市的一个市辖区。历史上的台儿庄是一座商旅荟萃的运河名城，被乾隆皇帝称为"天下第一庄"。

峄山即景

（明）潘榛

读书曾在此，几载又登临。

人世有衰白，山灵无古今。

好花如欲侍，野鸟半知音。

便可结茅隐，何年遂我心。

峄山，位于邹城市东南，自然景观优美，素有"岱南奇观""邹鲁秀录""天下第一奇山"之美誉。

魏氏庄园

白水

老院曾经耀赫曦，

高墙未改旧雄姿。

槐烟摇曳秋风里，

物是人非日月移。

魏氏庄园，位于滨州市东南部的魏集镇，是一组独具特色的城堡式民居建筑群。

曹州牡丹园

白水

天香阁外观花楼，

一片云霞灿远眸。

国色飘香花似海，

千红万紫靓曹州。

曹州牡丹园，地处菏泽市东北角，谷雨前后，园中盛开的牡丹争奇斗艳，五彩缤纷。它是目前世界上品种最多、面积最大的牡丹园。

过万平口海滨

白水

碧水蓝天鸟竞鸣，

万平海口近涛声。

人生总有烦心事，

远眺烟波悦性情。

万平口海滨风景区，位于日照新市区东侧，区内自然景观与人文景观有机结合，更伴有"日出初光先照"之美誉。

山东五莲山

白水

山峰竣峭入云台，

古寺终年复旧苔。

人意何能拼造化，

莲花五朵自然开。

五莲山风景名胜区，位于日照市五莲县，素有"台湾花莲，山东五莲"之美誉。

莱州云峰山

白水

魏碑石刻仁天台，

赏罢春桃接夏槐。

峭壁嶙峋云海上，

松声溪语净尘埃。

云峰山，位于莱州市南。云峰山岩石嶙峋，峰高、谷幽、林茂，景色如画。

青州黄花溪，位于青州市庙子镇圣峪口村西南，景色秀丽，被游客称为"北方九寨沟"。

如梦令·记溪亭日暮

（宋）李清照

常记溪亭日暮，沉醉不知归路。

兴尽晚回舟，误入藕花深处。

争渡，争渡，惊起一滩鸥鹭。

青州黄花溪

白水

闲云潜水漾清波，风点银潭镜未磨。

更喜瀑悬千丈外，轻声细语赋新歌。

青州云门山图

（元）王冕

十年不到云门寺，忽见若耶溪上山。

落叶不随流水去，长松只在白云间。

当年王谢已寂寞，终古林泉更往还。

所喜二灵多道气，扶藜时复叩紫关。

云门山，位于青州城南2.5千米处，山虽不高而有千仞之势，自古为鲁中名山。

诸城九仙山，位于诸城市南87里。《山东通志》："汉明帝时，有九老日饮酒万寿峰下。一日，同化去。人称仙人。"故名。

水调歌头·丙辰中秋

（宋）苏轼

明月几时有？把酒问青天。

不知天上宫阙，今夕是何年。

我欲乘风归去，又恐琼楼玉宇，

高处不胜寒。起舞弄清影，

何似在人间？

转朱阁，低绮户，照无眠。不应有恨，

何事长向别时圆？

人有悲欢离合，月有阴晴圆缺，

此事古难全。但愿人长久，千里共婵娟。

251

诸城常山，位于诸城市南20里，原名"卧虎山"。苏轼在密州时曾六次率领属僚登常山祭神祈雨，常祈常灵，所以从北宋起改为常山。

江城子·密州出猎

（宋）苏轼

老夫聊发少年狂，左牵黄，右擎苍，

锦帽貂裘，千骑卷平冈。

为报倾城随太守，亲射虎，看孙郎。

酒酣胸胆尚开张，

鬓微霜，又何妨？持节云中，

何日遣冯唐？会挽雕弓如满月，

西北望，射天狼。

送齐山人归长白山

（唐）韩翃

旧事仙人白兔公，掉头归去又乘风。

柴门流水依然在，一路寒山万木中。

邹平长白山

白水

泰山副岳仁滨州，叠石通溪景色幽。

曲涧有声频妙句，森林无语鸟啁啾。

邹平长白山，位于邹平市南部，因山顶常有白云缭绕而得名。山势陡峭，重峦叠嶂，绵延数十里，有"泰山副岳"之称。

蓬莱阁

成红梅

巨浪滔天隐蜃楼，

云霞明灭殿台幽。

白帆点点寻仙迹，

一曲渔歌碧空游。

蓬莱阁，是古代登州府署所在地，在蓬莱市区西北的丹崖山上。蓬莱阁的主体建筑建于宋朝，以"人间仙境"闻名于世，其"八仙过海"传说和"海市蜃楼"奇观更是享誉海内外。

烟台山

白水

十载驱驰海色寒，

孤臣于此望宸銮。

繁霜尽是心头血，

洒向千峰落叶丹。

　　烟台山，位于烟台市区北端，三面环海。明洪武年间，为防倭寇侵扰，在此修建狼烟墩台，又称烽火台。这里树木繁茂，礁石奇异，视野开阔。

芝罘山

白水

三面烟波绕岛流，

碧涛洗亮一天秋。

芝罘日出寒云外，

数点风帆逐海鸥。

芝罘山，横亘于烟台市区北部的海面上，为我国最大的陆连岛。这里风景如画，怪石嶙峋，崖壁陡峭。

昆嵛山

白水

峰峦环立抱晨光，

苍莽林森草木芳。

参罢麻姑修炼处，

烟霞洞里拜重阳。

　　昆嵛山，地处胶东半岛东端，横亘于牟平、文登交界处，自古以"秀、古、奇、俗、幽"著称于世。

成山头

白水

旭日喷然跃尽头，
秦桥遗迹越千秋。
风帆远影无边际，
碧海云天水竞流。

　　成山头，位于胶东半岛成山山脉的最东端，故而得名"成山头"。这里是中国陆海交界的最东端，也是中国最早看见日出的海上高角。

登刘公岛

白水

滔天碧浪洗寒秋，东海屏藩拒激流。
回首百年风雨后，不沉战舰卫金瓯。

刘公岛怀古

孔召芝

北风撼树暮连空，山色波光几度同。
拍岸鲸涛昏日月，弥天海气隐艨艟。
英雄归后炮台冷，溟岛当时铁甲红。
百二年间耻犹在，抚膺谁更挽雕弓。

　　刘公岛，位于威海市。它面对黄海，背靠威海湾，素有"不隔屏藩"和"不沉的战舰"之称。

过景阳冈

白水

沙丘起伏远山冈，
虎啸亭前映夕阳。
三碗酒家何处去，
秋林一片染寒霜。

　　景阳冈旅游景区，位于阳谷县境内。

江苏风光

望紫金山

（元）胡奎

万年佳气拥蟠龙，秀拔神京第一峰。
五色云中金翡翠，九重天上玉芙蓉。
幸陪周士歌丰镐，敢效封人祝华嵩。
明旦闻鸡趋凤阙，丹霞承日色曈昽。

钟山景区，位于南京市玄武区紫金山。钟山以"龙蟠"之势，屹立于扬子江畔，吞霞吐雾，历经千年而郁郁葱葱。

泊秦淮

（唐）杜牧

烟笼寒水月笼沙，夜泊秦淮近酒家。
商女不知亡国恨，隔江犹唱后庭花。

秦淮河

白水

桨声灯影拨轻纱，十里秦淮遍酒吧。
朱雀桥边都是客，达官新贵富人家。

秦淮河是南京古老文明的摇篮，六朝时是名门望族聚居之地，历史上十里秦淮流传下了许多动人故事。

台城

（唐）韦庄

江雨霏霏江草齐，六朝如梦鸟空啼。
无情最是台城柳，依旧烟笼十里堤。

登台城（新韵）

孔召芝

烟雨霏霏漫碧虚，风中隐约晚钟疏。
六朝已换新天地，柳色长青玄武湖。

台城，位于南京市玄武区，是中国仅存的江南皇家园林和江南地区最大的城内公园。

255

题报恩寺

（唐）白居易

好是清凉地，都无系绊身。

晚晴宜野寺，秋景属闲人。

净石堪敷坐，寒泉可濯巾。

自惭容鬓上，犹带郡庭尘。

大报恩寺遗址公园，位于南京市秦淮区中华门外，是中国规模最大、保存最完整的寺庙遗址公园。

题瞻园旧雨图

（清）朱彝尊

壮年踪迹任西东，

老去诸余念渐空。

醉地至今犹恋惜，

大功坊底小园中。

瞻园，位于南京秦淮区，是江南四大名园之一，明太祖朱元璋称帝前的吴王府。瞻园是南京地区保存最为完好的明代古典园林建筑群，也是唯一开放的明代王府。

登阅江楼

（明）王守仁

绝顶楼荒旧有名，高皇曾此驻龙旌。

险存道德虚天堑，守在蛮夷岂石城。

山色古今余王气，江流天地变秋声。

登临授简谁能赋，千古新亭一怆情。

阅江楼，位于南京市鼓楼区狮子山巅，屹立在扬子江畔。它不仅是中国十大文化名楼，也是新金陵四十八景之一。

鸡鸣寺，位于南京市玄武区，是南京最古老的寺庙之一，有"南朝四百八十寺"之首寺的美誉。

江南春

（唐）杜牧

千里莺啼绿映红，水村山郭酒旗风。

南朝四百八十寺，多少楼台烟雨中。

春日鸡鸣寺

（明）蔡羽

江南杨柳空青青，江边路好无人行。

不知烂漫花何处，空听嘤嘤竹里声。

钟山王气连宫禁，台城佳树郁春晴。

独领风烟无饮兴，晚来吹笛最分明。

石头城

（唐）刘禹锡

山围故国周遭在，潮打空城寂寞回。

淮水东边旧时月，夜深还过女墙来。

过石头城

（唐）张祜

累累墟墓葬西原，六代同归蔓草根。

唯是岁华流尽处，石头城下水千痕。

石头城，又叫"鬼脸城"，是三国东吴时期孙权在赤壁之战后，利用清凉山的天然石壁建立的军事要塞。1990年，南京市在石头城的旧址上兴建了石头城公园。

江东门纪念馆

白水

万民枯骨遍荒丘，

扬子江涛碧血流。

公祭国殇铭雪耻，

高悬利剑卫金瓯。

江东门纪念馆，位于南京市建邺区水西门大街418号，选址于南京大屠杀江东门集体屠杀遗址及遇难者丛葬地，是中国首批国家一级博物馆。

莫愁湖看雨

（清）陈三立

休蹄浮磬野，湿鬓落糅椽。

半暝湖吹雨，一痕山卧烟。

乱愁鸿雁底，旧句虎狼边。

对茗魂相语，棋坪换岁年。

莫愁湖，位于南京市建邺区，为六朝胜迹，有"江南第一名湖""金陵四十八景之首"等美誉。

晓雨复登燕子矶绝顶

（清）王士禎

岷涛万里望中收，振策危矶最上头。

吴楚青苍分极浦，江山平远入新秋。

永嘉南渡人皆尽，建业西风水自流。

洒酒重悲天堑险，浴凫飞燕满汀洲。

燕子矶，位于南京市栖霞区，北临长江，号称"万里长江第一矶"。

灵谷寺

（清）屈大均

往日出门去，萧森十里松。

梅花因太祖，香水自神龙。

烟雨窖城暗，霉苔辇路封。

兴亡无限恨，消得一声钟。

灵谷寺位于南京市玄武区，明朝时朱元璋亲自赐名"灵谷禅寺"，为明代佛教三大寺院之一。

朝天宫

（明）范景文

冶尽人间世，蠹然存此宫。

廊回斜落月，钟老咽秋风。

灵气星坛护，香烟御座通。

如闻山作语，万寿祝无穷。

朝天宫，位于南京市秦淮区朝天宫街道水西门内冶山，是江南规模最大、保存较为完好的一组古建筑群，现为南京市博物馆。今天的朝天宫为清朝在前期原址上改建而成，最初的建筑群毁于战乱。

游惠济寺

（明）张瑄

胜境汤泉甲一方，

白云深处有僧房。

梅花落讶初飞雪，

草色浓凝未着霜。

惠济寺遗址公园，位于南京市浦口区汤泉镇北，以前是汤泉禅院，周围山水环绕，景色迷人，颇有幽深隧远的文化意境。

再过明故宫

（清）玄烨

楼台金粉已沈销，

不独诗人说六朝。

月落宫垣春寂寂，

经过惟叹草萧萧。

明故宫遗址

白水

故宫远影失光华，

断壁残垣日映斜。

林间若非皇室燕，

飞来飞去在寻家。

南京明故宫遗址公园，位于南京市玄武区城东原明朝皇城遗址，南边以中山东路为界，与午朝门公园隔路相望。

静海寺，位于南京市鼓楼区仪凤门外，为明成祖朱棣为褒奖郑和下西洋的功绩下令建造的皇家寺院。

静海寺

白水

海上丝绸跨五洲，郑和功德载千秋。

时光未与青山仁，江水追随过客流。

静海寺留别何善山

（明）罗洪先

不知曼倩是仙游，一月春风李郭舟。

彭蠡烟波看旅雁，金陵城郭别官骖。

明时莫厌为郎晚，落日偏当饯客楼。

记取双鱼频问讯，潮声夜夜到江头。

攸山望石臼湖

（宋）杨万里

雨中深闭轿窗纱，

惊见孤光射眼花。

一顾平湖山尽处，

碧铜镜外走青蛇。

攸山，位于南京市高淳区，由游子山、小游山、禅林山等组成。山水相间，千姿百态，自然景观优美。

谒方山灵岩寺诗

（隋）杨广

梵宫既隐隐，灵岫亦沈沈。

平郊送晚日，高峰落远阴。

回幡飞曙岭，疏钟响昼林。

蝉鸣秋气近，泉吐石溪深。

抗迹禅枝地，发念菩提心。

方山，位于南京市江宁区，山体呈方形，孤耸绝立，山顶平坦，故名方山。

溧水无想寺赠僧

（南唐）韩熙载

无想景幽远，山屏四面开。

凭师领鹤去，待我挂冠来。

药为依时采，松宜绕舍栽。

林泉自多兴，不是效刘雷。

　　无想山国家森林公园，位于南京市溧水区城南新区。该公园地处丘陵岗地，属于宁镇丘陵余脉，地质构造独特。

枫桥夜泊

（唐）张继

月落乌啼霜满天，江枫渔火对愁眠。

姑苏城外寒山寺，夜半钟声到客船。

枫桥夜话

白水

雨后桥头数点萤，闲云弯月几疏星。

继公一语寒山寺，穿越钟声竟未停。

　　寒山寺，位于苏州城西古运河畔枫桥古镇，原名"妙利普明塔院"，唐代贞观年间改名为寒山寺。唐代诗人张继一首《枫桥夜泊》脍炙人口，使得寒山寺远近闻名。

游狮子林即景杂咏

（清）乾隆

城中佳处是狮林，细雨轻风此首寻。

岂不居然闹市里，致生邈尔濮濠心。

再游狮子林

白水

虚山叠石景深幽，二十年来旧地游。

身在林园多禅意，事经通透便无求。

　　狮子林，位于苏州市城东北园林路，为苏州四大名园之一。因园内石峰林立，多状似狮子，所以命名"狮子林"。

山塘街，东起阊门渡僧桥，西至苏州名胜虎丘山的望山桥，被誉为"姑苏第一名街"。

武丘寺路

（唐）白居易

自开山寺路，水陆往来频。
银勒牵骄马，花船载丽人。
芰荷生欲遍，桃李种仍新。
好住湖堤上，长留一道春。

山塘古街

白水

茶楼窄巷马头墙，小港乌篷入水乡。
灯曳波光千载月，新街古韵映山塘。

游虎丘山

（明）杨旦

形胜东吴羡虎丘，
登山仿佛我曾游。
讲经台废名犹在，
试剑池荒水漫流。
烟艇江头歌互答，
风铃檐外语相酬。
凭高怀古情无限，
极目长空独倚楼。

虎丘山风景名胜区，位于苏州城西北部，享有"吴中第一名胜"的美誉。

木渎古镇

白水

舟过香溪荡翠澜，
吴乡山色水中看。
清明一夜桃花雨，
画舫船女唱评弹。

木渎，位于苏州城西部，太湖之滨，是江南著名古镇。该古镇风光秀丽，物产富饶，被称为"聚宝盆"。

网师园感旧

（清）顾印愚

坡老常州自不归，名园乔木澹清晖。

贺船回棹成今古，邺架遗签有是非。

往日买邻矜胜践，当年招客许传衣。

梦中彩笔将能事，信宿沧浪旧钓矶。

网师园，位于苏州市城区东南部，是苏州园林中型古典山水宅园代表作品。

晚入盘门

（宋）范成大

人语嘲喧晚吹凉，万窗灯火转河塘。

两行碧柳笼官渡，一簇红楼压女墙。

何处采菱闻度曲，谁家拜月认飘香。

轻裘骏马慵穿市，困倚蒲团入睡乡。

过盘门

白水

古寺千年聚瑞光，水城远影系京杭。

往来过客知多少，不息清波荡夕阳。

盘门，位于苏州城西南处，古运河之畔，为中国现存唯一的水陆并联城门，是苏州古城的标志之一，有"北看长城之雄，南看盘门之秀"之说。

尚湖风景区，位于江南名城——常熟，当地人民称之为"尚湖湾"，是太湖风景区的重要组成部分。

尚湖

（宋）张洪

袅袅西风起白波，

维舟无奈客愁何。

江湖满地人来少，

芦苇连天雁去多。

咫尺不遑安信宿，

百年能得几经过。

自怜旧日嬉游处，

都被农家插晚禾。

西洞庭山，简称西山，是太湖第一大岛。

石公山
(明) 顾璘

茫茫三万顷，日夜浴青葱。
骨立风云外，孤撑涛浪中。
若令当略出，应作一关雄。
朱勔真多事，荆榛满故宫。

游洞庭将归再赋
(明) 文徵明

城中遥指一螺苍，到此依然自一乡。
晓鼓隔溪渔作市，秋风吹枳橘连墙。
名山更倚湖增胜，清赏刚临月有光。
正尔会心空又去，不如僧住竹间房。

洞庭东山，位于苏州吴中区。东山是延伸于太湖中的一个半岛，三面环水，万顷湖光连天，渔帆鸥影点点，美不胜收。

吴宫怀古
(唐) 陆龟蒙

香径长洲尽棘丛，奢云艳雨只悲风。
吴王事事须亡国，未必西施胜六宫。

甪直古镇
白水

七十桥头数小舟，一溪弯月逐波流。
橹摇碧水星光动，只载吴歌未载愁。

甪直镇，位于苏州市吴中区，有2500多年的历史，具有浓郁的江南水乡特色。

锦溪古镇

白水

江南春色草萋萋，
野鸟鸣吟入碧溪。
短棹轻舟楼影动，
一船吴语出桥西。

锦溪镇，位于江苏省昆山市，属于江苏省的"南大门"，素有"中国民间博物馆之乡"的美誉。

鼋头渚

（明）华云

路入桃源九曲环，早春放棹碧云间。
瑶台倒映参差树，玉镜平开远近山。
片片峰霞开鼋画，微微石溜起潺湲。
胜游况值云霄客，共羡轻鸥去不还。

鼋头渚，位于无锡太湖西北岸，因巨石突入湖中形状酷似神龟昂首而得名。

小灵山大佛

（清）陈忠平

太湖烟浪小灵山，
我自消闲佛不闲。
报答芸芸善男女，
金身百米任摩攀。

灵山大佛，位于无锡市太湖之滨，它是世界上最大的露天青铜释伽牟尼立像。

拈花湾

白水

花海梵天禅意满，

半山衔日近空门。

当今世界多名利，

试问谁人净六根。

拈花湾，位于无锡市滨湖区马山国家风景名胜区，有"净空、净土、净水"之称，景色优美，环境舒适。

蠡园

（清）陈忠平

千步长廊碧水隈，

游鱼游客共徘徊。

桃樱解趣故迟发，

教惜枝头未坠梅。

蠡园，位于无锡市西南、蠡湖西岸的青祈村，因蠡湖而得名。其湖景以苍凉、浩荡为胜，雪月烟雨各有佳景。

游三国城

白水

山丛叠嶂立军帏，

再现当年战火飞。

成败英雄皆远去，

太湖浪激雨霏霏。

三国城，位于无锡市的军嶂山麓，是为拍摄电视连续剧《三国演义》而兴建的大型影视文化景区。

宜兴竹海

白水

寒露秋林未染霜，

万竿摇曳泻馨凉。

湖光竹影携神韵，

满目诗情草亦芳。

宜兴竹海风景区，位于苏、浙、皖三省交界。宜兴盛产竹子，自古有"竹的海洋"之称。

善卷洞

（明）童珮

小洞玉淙淙，琳琅石几重。

花枝自流出，芒郄觅无踪。

怪气时冲壁，泉声或乱钟。

人言风雨日，咫尺有蛟龙。

善卷洞，位于宜兴城西南的祝陵村螺岩山上，林木葱茏，风光旖旎，洞景巧夺天工。

梅园洗心泉

白水

洗心刻石久驰名，

过客挥毫赋雅声。

最是左公题妙句，

立高平住要宽行。

梅园，位于无锡市中心，因遍山种植梅花而得名，南临太湖，北倚龙山。

267

南禅寺

（宋）熊浚明

老榕抱翠拂双垣，流水相通郭外村。
一竹便堪胜谓亩，千花应不羡桃源。
渔樵小径斜通市，鸡犬谁家半掩门。
最好风光孤坐处，亭亭海月破黄昏。

南禅寺，位于无锡市梁溪区中心地段，是无锡独具特色的古寺庙建筑，"南朝四百八十寺"之一。

游宜兴张公洞

（宋）白珽

天开福地据雄尊，果老张公几代孙。
一窍通天才直上，千崖转石已半吞。
山头白鹤来无影，石上青骡去有痕。
我欲放身如脱屣，仙凡一辙隔重阍。

张公洞，位于宜兴城西南的孟峰山麓。相传汉代张道陵曾在此修道，唐代张果老在此隐居，故称张公洞。

东林咏怀诗

（明）王问

莲蓉湖上锡城东，旧是先生讲学宫。
性善已闻推孟子，道名端为阐中庸。
春生绛帷横经坐，寒压桥门立雪从。
遗址久芜今复振，今人千载仰高风。

东林书院，位于无锡市解放东路，创建于北宋政和元年（1111 年），亦名龟山书院，是我国古代著名书院之一。

重九日宴江阴

（唐）杜审言

蟋蟀期归晚，茱萸节候新。

降霜青女月，送酒白衣人。

高兴要长寿，卑栖隔近臣。

龙沙即此地，旧俗坐为邻。

鹅鼻嘴公园，位于江阴长江大桥旅游区西北部，因山势蜿蜒，形如鹅将鼻子伸入江中而得名。

泰伯庙

（唐）皮日休

一庙争祠两让君，几千年后转清芬。

当时尽解称高义，谁敢教他莽卓闻？

和袭美泰伯庙

（唐）陆龟蒙

故国城荒德未荒，年年椒奠湿中堂。

迩来父子争天下，不信人间有让王。

泰伯庙，位于无锡市鸿山南麓，园区以吴文化为主要内涵，融自然景观和人文景观于一身。

天宁寺行馆杂咏

（清）乾隆

三月烟花古所云，

扬州自昔管弦纷。

还淳拟欲申明禁，

虑碍翻殃谋食群。

常州天宁寺，始建于唐朝贞观年间，为全国重点佛教寺院之一，是常州现存规模最大，保存最完整的千年古刹。

溧阳秋霁

（唐）孟郊

晚雨晓犹在，萧寥激前阶。

星星满衰鬓，耿耿入秋怀。

旧识半零落，前心骤相乖。

饱泉亦恐醉，惕宦肃如斋。

上客处华池，下寮宅枯崖。

叩高占生物，龃龉回难谐。

溧阳高静园，位于溧阳市市区的小岛上，是一处古典园林建筑。园中绿树成荫，芳草遍地，亭阁、长廊错落有致，十足的江南风光。

登镇江金山寺

（明）张天赋

江心突兀应天心，莫则高兮莫测深。

鼋听梵音多出没，花含烟雨半晴阴。

风摇古木玄猿笑，月照寒潭万劫沉。

随忆十年前夜过，青天白日喜登临。

镇江金山寺，位于镇江市区西北部，"京口三山"之首。宋朝沈括的"楼台两岸水相连，江南江北镜里天"的诗句，就是对当年金山的写照。

芙蓉楼送辛渐

（唐）王昌龄

寒雨连江夜入吴，平明送客楚山孤。

洛阳亲友如相问，一片冰心在玉壶。

登金山、焦山

（明）唐寅

人间道路江南北，地上风波世古今。

春日客途悲白发，给园兵燹废黄金。

镇江焦山，位于镇江市区东北，肖然耸立于扬子江江心，因东汉焦光隐居山中而得名。

西津渡古街，位于镇江城西的云台山麓，是依附于破山栈道而建的一处历史遗迹。

泊船瓜洲

（宋）王安石

京口瓜洲一水间，钟山只隔数重山。
春风又绿江南岸，明月何时照我还。

水仙子·渡瓜洲

（元）赵善庆

渚莲花脱锦衣收，风蓼青雕红穗秋，
堤柳绿减长条瘦。系行人来去愁，
别离情今古悠悠。南徐城下，
西津渡口，北固山头。

陪润州薛司空丹徒
桂明府游招隐寺

（唐）骆宾王

共寻招隐寺，初识戴颙家。
还依旧泉壑，应改昔云霞。
绿竹寒天笋，红蕉腊月花。
金绳倘留客，为系日光斜。

镇江南山景区，位于镇江市。这里群山环绕，翠竹清泉，风景清幽。

登北固山

（唐）宋之问

京镇周天险，东南作北关。
埭横江曲路，戍入海中山。
望越心初切，思秦鬓已斑。
空怜上林雁，朝夕待春还。

北固山，镇江三山名胜之一，横枕大江，石壁陡峭，山势险峻，因此得名北固山。

茅山洞口

（唐）綦毋潜

华阳仙洞口，半岭拂云看。
窈窕穿苔壁，差池对石坛。
方随地脉转，稍觉水晶寒。
未果变金骨，归来兹路难。

茅山，位于镇江句容市境内，古称金陵地肺名山，华阳境天，是中国道教七十二福地中第一福地。

寄扬州韩绰判官

（唐）杜牧

青山隐隐水迢迢，秋尽江南草未凋。
二十四桥明月夜，玉人何处教吹箫？

扬州瘦西湖

白水

荷塘碧水绕西东，万朵桃花映日红。
莫道此湖天下瘦，神州春色尽园中。

瘦西湖，位于扬州市西北部，因湖面瘦长而得名。

个园，位于扬州古城东北隅。这座清代私家园林，以遍植青竹而闻名。个园以叠石艺术著名，将造园法则与山水画合为一体，被园林泰斗陈从周先生誉为"国内孤例"。

忆扬州

（唐）徐凝

萧娘脸薄难胜泪，桃叶眉尖易觉愁。
天下三分明月夜，二分无赖是扬州。

个园

赵春女

佳处行来数解颜，宜晴宜雨翠微间。
石通画理廊穿水，竹近太虚楼抱山。
一样春风谁与和，千秋粉黛不曾闲。
名园顾我堪相忆，淮左遗芳或可攀。

宿大明寺

（宋）郭印

历览成终日，禅房处处深。

野僧应怪见，俗客可幽寻。

烟竹寒垂幄，风松静鼓琴。

清谈不知寐，明月到天心。

　　大明寺地处城北蜀岗，初建于南朝刘宋孝武帝大明年间（457年—464年）。大明寺及其附属建筑，因其集佛教庙宇、文物古迹和园林风光于一身而享有盛名。

广陵茱萸湾晚泊

（宋）贺铸

冷云抛雪未成花，过埭东风冻著沙。

荻浦渔归初下雁，枫桥市散祇啼鸦。

旧闻南国饶春事，行见东风换物华。

老病心情亦何有，药囊诗卷是生涯。

　　茱萸湾，位于扬州东首湾头镇，原为水禽湖。因此地北有茱萸村，遍植茱萸树，且此处又有弯道，故命名"茱萸湾"。

琼花观诗联句

（清）宋荦

琼花何意也愁人，且遣当杯酒入唇。

万事扬州成旧梦，三生杜牧失前身。

雷塘萤火犹侵夜，官阁寒梅待放春。

吟罢新诗转惆怅，二分明月竹西尘。

　　琼花观，位于江苏扬州文昌中路。琼花观，始建于汉代，宋徽宗赵佶曾赐金字匾额题为"蕃釐观"，后称"琼花观"。

登盂城驿楼

（明）薛瑄

驿楼清望远，漫漫野湖平。
雪树迷村白，沙鸥泛水明。
春烟浮近市，午日照高城。
何限船依岸，危樯出杳冥。

孟城驿，位于高邮市南门大街东，是全国保存最为完整的古驿站之一，现为全国重点文物保护单位。

西园

（清）汪山业

散步城南缘水涯，短亭迎客径盘蛇。
有时钟磬声相答，是处帘栊影不遮。
屋枕溪边三面月，人行树底一身花。
门前垂柳笼堤岸，中住渔庄八九家。

濠河，是国内保留最为完整且位居城市中心的古护城河。形如葫芦，宛如珠链，被誉为南通城的"翡翠项链"。

狼山观海

（宋）王安石

万里昆仑谁凿破，
无边波浪拍天来。
晓寒云雾连穷屿，
春暖鱼龙化蛰雷。
阆苑仙人何处觅？
灵槎使者几时回？
遨游半在江湖里，
始觉今朝眼界开。

狼山风景名胜区，位于南通城南6千米处的长江北岸，由军山、剑山、狼山、马鞍山、黄泥山五座山组成，总面积11.27平方千米。相传狼山曾有白狼居其上，又传因山形似狼而得名。

过水绘园留赠冒辟疆·其一

（清）晓青

澹荡园林水绘成，天光溪影弄新晴。

主人领得春风意，小艓沿花趁晓莺。

　　水绘园，位于如皋古城东北隅，迄今已有4百多年的历史。是"秦淮八艳"之一董小宛与"明末四公子"之一冒辟疆的归隐之地。

南通啬园

白水

荷池雨后漾苹蓁，

鱼跃环溪水亦清。

一代名人终故去，

阴浓绿树鸟孤鸣。

　　啬园，位于南通市崇川区啬园路，是张謇的墓茔。这里环境雅静、景色宜人，有"城市氧吧"之称。

水上森林公园

白水

林森两岸晓风清，

高插云天野鸟鸣。

连片河渠牵碧水，

青杉迎面逆船行。

　　李中水上森林公园，位于兴化市千垛镇内兴沙公路舜生桥附近。这里栽种着10万余株水杉、池杉等树木，高大茂密，成为水上园林。

千垛油菜景区

白水

霞光缕缕透疏林，

河道船摇动野禽。

花海烟波千顷浪，

金黄点点靓春心。

千垛油菜景区，位于兴化市缸顾乡东旺村东侧，总面积近万亩。阳春时节，金黄色的油菜花盛开于垛田之上，犹如一朵朵祥云飘舞于水面。

登泰州城楼

（清）蒋春霖

四野霜晴海气收，高城啸侣共登楼。

旌旗杂沓连三郡，锁钥矜严重一州。

西望云山成间阻，南飞乌鹊尚淹留。

海陵自古雄争地，烟树苍苍起暮愁。

泰州城楼，位于泰州市中心。景区四面环水，因水成趣，将江南水乡的特点展现得淋漓尽致。

东观归渔

（清）孙乔年

苍茫暮色夕阳斜，

三两渔舟泊水涯。

白发引觞儿绕膝，

醺醺红面映流霞。

东观归渔，位于泰州市溱湖国家湿地公园区内，素有"水乡明珠"之称。东观归渔是溱潼的八景之一。

溱潼古镇

白水

窄巷深幽串老城，
盐河桥下有船行。
千秋古镇连阡陌，
三县犹闻犬吠声。

溱潼古镇，位于苏中里下河地区，小镇四面环水，旧有"犬吠三县闻"之说。

过淮安府

（清）弘历

漂母祠边暂据鞍，射阳城里彻鸣銮。
竟成减从还轻骑，都为民亲与俗安。
纵喜市头平米价，那无檐底叹衣单。
茕生庶更谋生窘，不见其熙只见难。

淮安府，位于淮安老城淮安区东门大街，总督漕运部院以北。淮安府署的大堂体量为全国之最。

盱眙山寺

（宋）林逋

下傍盱眙县，山崖露寺门。
疏钟过淮口，一径入云根。
竹老生虚籁，池清见古源。
高僧拂经榻，茶话到黄昏。

铁山寺国家森林公园，位于苏皖交界处，始建于东汉末年，是江苏省保存最好、面积最大的野生动植物王国。

淮中晚泊犊头

（宋）苏舜钦

春阴垂野草青青，
时有幽花一树明。
晚泊孤舟古祠下，
满川风雨看潮生。

大纵湖，位于盐城市盐都区、泰州市兴化两地，当地又名平湖。

咏花果山水帘洞

（明）吴承恩

一派白虹起，千寻雪浪飞。
海风吹不断，江月照还依。
冷气分青嶂，余流润翠微。
潺湲名瀑布，真是挂帘帷。

花果山，位于连云港市南云台山中麓，唐宋时称苍梧山，亦称青峰顶，为云台山脉的主峰，是江苏省诸山的最高峰。

过胸阳因登郁州山望海

（南北朝）刘峻

沧溟联霄岫，层峦郁巑岏。
下盘盐海底，上转灵鸟翼。
溟渺非可辨，鸿溶信难测。
轻尘久弥飞，惊浪终不息。
云锦曜石屿，罗绫文冰色。

连岛海滨浴场，位于连云港连岛，是江苏省最大的天然优质海滨浴场。

渔歌子·海岛听涛

白水

一片苍茫上碧霄，
三舰呈鼎拒波涛。
风声急，浪声高。
海疆万里水迢迢。

    前三岛，位于连云港以东的海州湾内，由车牛山岛、达山岛、平岛三个岛组成，在海中如三星错落。此处海景，最胜为"看日出扶桑，观海市三岛"。

次韵陈海州书怀

（宋）苏轼

郁郁苍梧海上山，
蓬莱方丈有无间。
旧闻草木皆仙药，
欲弃妻孥守市阛。
雅志未成空自叹，
故人相对若为颜。
酒醒却忆儿童事，
长恨双凫去莫攀。

    海上云台山，位于连云港市宿城乡。景区峰峦俊秀，沟壑深幽，林木繁茂，气象万千。

伊山古佛寺

（清）张鹏翮

结茅幽静处，
止许道人游。
带月双松老，
听潮一夜秋。
海云当槛入，
河水向东流。
虽识此中趣，
把泉洗俗愁。

    大伊山，位于灌云县城，被称为淮北平川第一神山。大伊山曾有"云台和尚山庙，僧道寺观胜苏州"之誉。

孔望山

陈圣余

我来孔望吊先贤，三教同流一片天。
玉带长环春草岸，青峦秀立锦屏前。
摩崖有字观通古，石洞藏龙问去年。
夫子当初寻大道，乘桴可怵水如烟？

　　孔望山，位于连云港海州东南，相传孔子曾登临
此山以望黄海，故名孔望山。

咏西双湖

陈宗照

野鹤回巢日落山，
湖光潋滟栈桥湾。
烟波袅袅霞渐远，
暮色萧萧雾已闲。
新月云边藏素影，
清风柳岸隐羞颜。
石狮顾盼因陶醉，
阵阵荷香天地间。

　　西双湖，位于东海县城西部，为20世纪开挖的人工湖。

　　二郎神文化遗址公园，位于灌南县五龙口。五龙口不仅是
武障河的古称和代称，也成为包括武障河及其周边地域的地理
称谓。

五龙河口二郎庙

王明花

燕儿初剪柳丝时，
应约清风会凤期。
乐事悠悠谈笑与，
流光冉冉漫推移。
穿过东院到西院，
瞻仰南祠又北祠。
歇处啼红抛粉泪，
潜然似怨我来迟。

游桃花涧（新韵）

王君敏

东风先暖桃花涧，碧水晴空四月天。
到处花如人面笑，一时鸟会树头喧。
青春作伴原多梦，红袖放歌催短篇。
更喜浮生闲半日，林间并坐看云山。

桃花涧风景区，位于江苏省连云港市海州的锦屏山。

题石棚山

（清）戴易

一片寒云覆石棚，空岩花草孰知名？
何当自有山川后，千古唯闻石曼卿。

石室春风访古

武明星

堪奇石室远红尘，问道寻踪访古人。
几度春风谁记取，沧桑岁月话沉沦。

石棚山，位于海州孔望山西。石棚山因山上有天然石棚而得名，这里是宋代大诗人石曼卿饮酒宴乐和大文豪苏东坡登山赋诗的地方。

游孔雀沟（新韵）

刘畅征

滴翠青山四面浮，
一泓碧水漾如酥。
昔时孔雀栖风雨，
今始开屏意自舒。

孔雀沟景区，位于南云台山南麓。山涧景观独特，涧中流泉飞瀑，峡谷幽深，自然风光美丽。

清平乐·船山飞瀑

冯家道

长天一线，叠嶂峦悬练。

竹里奔雷飞玉溅，幽洞波明四面。

藤蔓银杏花繁，飞帘古井泉间。

点将秦王若在，登棚再望波澜。

宿城风景区，位于连云港市连云区宿城乡，由船山飞瀑景区、保驾山景区、枫树湾景区组成。

纪游东磊宿山东庄

宋瘦秋

俯看荒滩仰对空，弄衣还带晚来风。

碑横手拂苍藤读，雁叫寒添夕照红。

削壁危岩惊鬼斧，满山碎语是秋虫。

玲珑石海观无尽，动客归途叶下桐。

东磊风景区，位于云台山南麓东磊景区，这里的景观以"奇石、奇树、奇庙、奇色"而闻名。

伊芦山

（清）冯兆堃

乘兴游山不束装，

山人相约坐传觞。

酿尝桂粟心先醉，

春踏梅花足亦香。

仙洞朝开窗送暖，

奇泉夜涨枕生凉。

竭来只恨无钱买，

徒把清风贮满囊。

伊芦山，位于灌云县伊芦乡龚庄村南伊芦山西峰北侧，又称落神台、六神台，为唐代佛教石刻造像群。

白虎山

朱成安

虎峰夕照不虚名，突兀孤标瑞色明。

怪石连岗如鸟兽，碧霞绝俗似蓬瀛。

一碑旁证英雄史，千古相传好汉茔。

更忆往年逢庙会，山头尽览世间情。

白虎山，位于海州城南，是海州八景之"虎峰夕照"。因遍山青石，形状像只白虎蹲伏在那里，所以得名。

月牙岛即兴

汪长发

雨后初晴喜泛舟，随波荡漾亦轻柔。

乡关一派生机发，芦絮飞花竟似鸥。

西江月·宿营月牙岛

白水

日落清风徐徐，晚霞点点荷花。

湖中轻浪戏鱼虾，水鸟逐波上下。

支上火炉烧烤，帐篷扎下安家。

月牙岛上望新芽，天上人间夜话。

月牙岛，位于连云港市主城区西北部，处于连云港市蔷薇河与东站引河中心河段。两河相遇呈月牙状，故名月牙岛。

高公岛纪游（新韵）

王君敏

高姑久已作奇传，

今日欣来岛上观。

海雾迷蒙天地小，

云山静谧凤凰旋。

情生嘉木成连理，

爱是苍崖望远帆。

挥手从兹随浪去，

鸥歌夜夜到田湾。

高公岛，位于连云区东部海滨。东临黄海，西倚云台山脉，南临田湾核电站，是一个三面环山，一面向海的半岛地形。

283

吴峰望日

（清）倪长犀

孤嶂插云齐，沧溟入望低。
曦光先失夜，曙影欲生霓。
地界扶桑北，天连旸谷西。
东风如有待，日观此重跻。

吴峰望日为赣榆八景之一。

夹谷山

（明）裴天祐

翠微西近祝其城，齐鲁当年此会盟。
幽洞云深人已去，古坛松老月还明。
却兵余焰遗空谷，罢享流风动废营。
我欲东临寻胜迹，开尊东麓听啼莺。

夹谷山，位于赣榆县夹山乡境内。

渔湾风景区，位于连云港市南云台山，在明代的云台山三十六景中，渔湾被称作"三潭汲浪"。

渔湾风景区

白水

通幽曲径路龙盘，
漫步渔湾水未寒。
细雨清潭飞若雪，
经霜枫叶艳如丹。
潺潺碧浪经山道，
朵朵祥云入嶂峦。
只愿人生常有乐，
万般放下乃心宽。

游大清涧（新韵）

王君敏

为消酷暑远尘埃，晓雾山门向我开。

草木葱茏藏紫气，棚崖错落染苍苔。

一泓流水穿云过，万壑惊涛动地来。

莫道优游何所益，清风皓月朗胸怀。

大清涧，位于连云港开发区南侧金苏村，洞中有清泉飞瀑，山顶高耸着田横岗和云中大佛。

祇林银杏

（明）顾乾

双树标银杏，摩云散碧阴。

枝临八极远，根入九原深。

老态经寒暑，延年阅古今。

大材难售世，遁迹寄祇林。

祇林银杏，位于连云港市中云崇善寺。崇善寺始建于唐开元六年（718年），为云台山最古老的寺庙之一。

西江月·春到黄窝（新韵）

武可道

曲径清溪幽涧，青藤古树芳兰。

衔泥紫燕舞翩翩，争为爱巢奉献。

鱼跃金滩碧水，风吹弱柳岚烟。

凤凰落在大椴尖，浪涌祥和一片。

黄窝，又称皇窝、凰窝，位于连云港市东部。这里风光绝美，有皇古洞、楸树林、龙凤阁、山门等名胜景点。

骆马湖

（清）弘历

济运输天庾，防霖安地行。
相机资蓄泄，惟谨度亏盈。
洲渚江乡趣，凫鸥春水情。
六塘东达海，切切念民生。

骆马湖，位于江苏省北部，跨宿迁和新沂二市，是江苏省四大湖泊之一。

登云龙山

（宋）苏轼

醉中走上黄茅冈，
满冈乱石如群羊。
冈头醉倒石作床，
仰看白云天茫茫。
歌声落谷秋风长，
路人举首东南望，
拍手大笑使君狂。

云龙山，位于徐州市南郊，因山有云气，蜿蜒似龙而得名。

永遇乐·彭城夜宿燕子楼

（宋）苏轼

彭城夜宿燕子楼，梦盼盼，因作此词。
明月如霜，好风如水，清景无限。
曲港跳鱼，圆荷泻露，寂寞无人见。
紞如三鼓，铿然一叶，黯黯梦云惊断。
夜茫茫，重寻无处，觉来小园行遍。
天涯倦客，山中归路，望断故园心眼。
燕子楼空，佳人何在，空锁楼中燕。
古今如梦，何曾梦觉，但有旧欢新怨。
异时对，黄楼夜景，为余浩叹。

云龙公园，位于徐州城区西南部。它西连韩山，东依云龙山，南靠大山头和珠山，是徐州市一颗璀璨的明珠。

司吾山

（清）弘历

绿野平陵翠黛纹，

拂庐小对意含欣。

钟吾漫道才拳石，

早具江山秀几分。

马陵山风景名胜区，位于新沂市南郊，由三仙洞景区、黄巢湖景区、花厅古文化景区构成。

赋得彭祖楼送杨德宗

归徐州幕

（唐）卢纶

四户八窗明，玲珑逼上清。

外栏黄鹄下，中柱紫芝生。

每带云霞色，时闻箫管声。

望君兼有月，幢盖俨层城。

彭祖园，位于徐州市南郊马棚山，西与云龙山相连，南与小泰山、凤凰山相望。

安澜龙王庙六韵

（清）弘历

皇考勤民瘼，龙祠建皂河。

层甍临耸坝，峻宇镇回涡。

毖祀精诚达，安澜永佑歌。

彭城将往阅，宿顿此经过。

捍御方多事，平成竟若何。

所希神贶显，沙刷辑洪波。

龙王庙行宫，位于宿迁市西北处的千年古镇皂河。龙王庙乾隆行宫是全国乾隆行宫中规格最高、规模最大、唯一留存于世且最具代表性的宫殿式古建筑群。

浙江风光

送曹之才游天目山

（宋）连文凤

突兀双峰晓色分，瘦筇支足上昆仑。

雷声俯听婴儿语，石势平看骏马奔。

故国山川千古在，前朝人物几家存。

登临不用多怊怅，只好清吟伴野猨。

天目山，位于在浙江省西北部，是"江南古陆"的一部分。山中峡谷众多，自然景观优美。

饮湖上初晴后雨二首·其二

（宋）苏轼

水光潋滟晴方好，山色空蒙雨亦奇。

欲把西湖比西子，淡妆浓抹总相宜。

西湖留影

王君敏

依依杨柳水边栽，荷叶田田花未开。

最喜佳人红一点，翩翩步入画中来。

西湖，位于杭州城西，三面环山，东面濒临市区。1982年，西湖被确定为"国家风景名胜区"，现在被列为世界遗产。

灵隐寺

（唐）宋之问

鹫岭郁岧峣，龙宫锁寂寥。

楼观沧海日，门对浙江潮。

桂子月中落，天香云外飘。

扪萝登塔远，刳木取泉遥。

霜薄花更发，冰轻叶未凋。

夙龄尚遐异，搜对涤烦嚣。

待入天台路，看余度石桥。

灵隐寺，位于杭州市西湖西北面，始建于东晋时期，是中国佛教著名的"十刹"之一。

游千岛湖（新韵）

王君敏

风匀天地绿，湖应玉清纯。

一水涵千岛，千星拱一轮。

心随波浪远，船入碧云深。

但愿人常健，相邀醉老春。

千岛湖（新安江水库），位于浙江省杭州市淳安县境内，小部分连接建德市西北，是为建新安江水电站拦蓄新安江下游而成的人工湖。

诸暨五泄山

（唐）周镛

路入苍烟九过溪，九穿岩曲到招提。

天分五溜寒倾北，地秀诸峰翠插西。

凿径破崖来木杪，驾泉鸣竹落榛题。

当年老默无消息，犹有词堂一杖藜。

五泄风景区，位于诸暨市西群山之中。所谓"泄"，就是瀑布之意。瀑布从悬崖峭壁间飞流而下，折为五级，总称"五泄溪"。

诸葛八卦村

白水

阴阳爻象布玄村，

定位乾坤着卦门。

不聚金钱千万贯，

只留清白惠儿孙。

诸葛八卦村，位于兰溪市西部。整个村落以钟池为核心，八条小巷向外辐射，形成八卦之势。村外八座小山环抱整个村落。

过德清

（宋）姜夔

木末谁家缥缈亭，
画堂临水更虚明。
经过此处无相识，
塔下秋云为我生。

莫干山，位于浙江省北部德清县境内。春秋末年，吴王阖闾派干将、莫邪在此铸成举世无双的雌雄双剑，而得此名。

题灵峰寺

（宋）王十朋

家在梅溪水竹间，
穿云蜡屐可曾闲。
雁山新入春游眼，
却笑平生未见山。

灵峰寺，地处安吉县境内。灵峰寺内千峰叠翠，溪多流长，四季分明，资源十分丰富。

天台晓望

（唐）李白

天台邻四明，华顶高百越。
门标赤城霞，楼栖沧岛月。
凭高登远览，直下见溟渤。
云垂大鹏翻，波动巨鳌没。
风潮争汹涌，神怪何翕忽。
观奇迹无倪，好道心不歇。
攀条摘朱实，服药炼金骨。
安得生羽毛，千春卧蓬阙。

天台山，位于天台县城北。天台山十景为：赤城栖霞、华顶归云、琼台夜月、双涧回澜、石桥雪瀑、桃源春晓、螺溪钓艇、寒岩夕照、清溪落雁、南山秋色。

雨过桐庐

（清）查慎行

江势西来弯复弯，乍惊风物异乡关。
百家小聚还成县，三面无城却倚山。
帆影依依枫叶外，滩声汩汩碓床间。
雨蓑烟笠严陵近，惭愧清流照客颜。

七里泷，位于富春江上游桐庐七里泷至建德梅城一段河道，两岸青山夹峙，有"小三峡"之称。

读史

（宋）陆游

人间著脚尽危机，
睡觉方知梦境非。
莫怪富春江上客，
一生不厌钓渔矶。

富春江，为钱塘江建德市梅城镇下至萧山区闻家堰段的别称。富春江两岸山色青翠，江水清碧见底，素以水色佳美著称。

西湖春游词

（明）吴兆

晴光上柳条，
结伴戏花朝。
歌近舟沿岸，
人开马度桥。
雷峰看塔迥，
葛岭弄泉遥。
日暮争门入，
衣香满路飘。

雷峰塔，位于浙江省杭州市西湖区，原名皇妃塔，又名西关砖塔，古人更多地称之为"黄妃塔"。

题临安山水

（金）完颜亮

万里车书一混同，
江南岂有别疆封？
提兵百万西湖上，
立马吴山第一峰。

西溪湿地公园，位于杭州市区西部。该公园生态资源丰富，自然环境幽雅，有着深厚的文化积淀。

宿建德江

（唐）孟浩然

移舟泊烟渚，日暮客愁新。
野旷天低树，江清月近人。

建德大慈岩

白水

叠翠青峦草木森，溪流峡谷净尘心。
江南第一悬空寺，峭壁慈云送梵音。

大慈岩位于建德市南面，是一个佛教文化和秀丽山水相结合的旅游胜地，被称为"浙西小九华"。

出守桐庐道中十绝（选四）

（宋）范仲淹

陇上带经人，金门齿谏臣。
雷霆日有犯，始可报君亲。
君恩泰山重，尔命鸿毛轻。
一意惧千古，敢怀妻子荣？
妻子屡牵衣，出门投祸机。
宁知白日照，犹得虎符归？
分符江外去，人笑似骚人。
不道鲈鱼美，还堪养病身。

瑶林仙境，位于桐庐县瑶琳镇，以其奇特的地势地貌和瑰丽多姿的钟乳石称奇，属国家级风景名胜区。

天竺寺

（宋）苏轼

香山居士留遗迹，天竺禅师有故家。
空咏连珠吟叠壁，已亡飞鸟失惊蛇。
林深野桂寒无子，雨浥山姜病有花。
四十七年真一梦，天涯流落涕横斜。

　　天竺寺，位于杭州天竺路旁，西傍飞来峰，东临月桂峰。

大涤山

（宋）叶绍翁

倦身只欲卧林丘，
羽客知心解款留。
泉溜涓涓中夜雨，
天风凛凛四时秋。
虎岩月澹迷仙路，
龙洞云深透别州。
九锁青山元不锁，
碧桃开后更来游。

大涤山，位于会杭区余杭镇西南的中泰乡境内。这里山灵水秀，历史悠久。

兰亭诗

（东晋）王羲之

三春启群品，寄畅在所因。
仰望碧天际，俯磐绿水滨。
寥朗无厓观，寓目理自陈。
大矣造化功，万殊莫不均。
群籁虽参差，适我无非新。

　　兰亭，位于绍兴市西南兰渚山，东晋时，王羲之与谢安、王献之等多位名士在此集会。

雨中同诸君游东钱湖

（明）王稚登

乱厓层壑水粼粼，一见渔舟一问津。
修竹到门云里寺，流泉入袖雨中人。
地从南渡多遗恨，湖比西家亦效颦。
酒似鹅黄人似玉，不须深叹客途贫。

东钱湖，位于浙江省宁波市境内，为浙江三大名湖之一。

回乡偶书

（唐）贺知章

离别家乡岁月多，近来人事半消磨。
惟有门前镜湖水，春风不改旧时波。

夜过鉴湖

（宋）戴昺

推篷四望水连空，一片蒲帆正饱风。
山际白云云际月，子规声在白云中。

鉴湖，位于绍兴城西南，为浙江名湖之一，有"鉴湖八百里"之称。

仙霞关

（清）柯蘅

直上乱云间，云开见众山。
风烟连太末，海色动诸蛮。
俗俭荒田少，时清徼卒闲。
建州亲舍在，怅望隔重关。

仙霞关，位于江山市保安乡南仙霞岭上，地处福建、浙江、江西三省交界处，是自古以来兵家必争之地。

江郎山

（唐）白居易

林虑双童长不食，江郎三子梦还家。

安得此身生羽翼，与君来往共烟霞。

江郎山和韵

（宋）辛弃疾

三峰一一青如削，卓立千寻不可干。

正直相扶无倚傍，撑持天地与人看。

江郎山，位于浙江省江山市，以其雄伟、奇特的"三爿石"著称于世。

烟雨楼

（宋）杨万里

轻烟漠漠雨疏疏，

碧瓦朱甍照水隅。

幸有园林依燕第，

不妨蓑笠钓鸳湖。

渔歌欸乃声高下，

远树溟濛色有无。

徒倚阑干衫袖冷，

令人归兴忆莼鲈。

南湖，位于嘉兴城南。南湖风光旖旎，四季宜人。

钱塘观潮

（清）施闰章

海色雨中开，涛飞江上台。

声驱千骑疾，气卷万山来。

绝岸愁倾覆，轻舟故溯洄。

鸥夷有遗恨，终古使人哀。

盐官古城，位于杭州湾北岸杭嘉湖平原。古城悠久的历史、灿烂的文化、动人的传说和壮观的涌潮，可谓"一日游千年，满城尽奇观"。

宿保国寺

（明）钱文荐

兰若隐云端，萦回路百盘。

骇人啼怪鸟，障日耸危峦。

僧罄竹阴晚，佛台花雨寒。

相期观海曙，留宿待更残。

保国寺，位于宁波市江北区灵山山腰，始建于东汉时期，原名灵山寺，

与幽谷上人唱和诗

（明）闵珪

利济招提八百年，

晟溪檀越世相传。

禅房优雅松篁茂，

天气晴和花柳妍。

利济寺，位于湖州城东织里镇晟舍，始建于南朝宋元嘉年间，寺后有（晟舍里人）明代著名文人凌濛初纪念馆。

暮江吟

（唐）白居易

一道残阳铺水中，半江瑟瑟半江红。

可怜九月初三夜，露似真珠月似弓。

湖州

（元）戴表元

山从天目成群出，水傍太湖分港流。

行遍江南清丽地，人生只合住湖州。

湖州太湖，位于湖州市区北部，似海非海的南太湖有着独特的湾区资源。

登金华山

（唐）袁吉

金华山色与天齐，
一径盘纡尽石梯。
步步前登青汉近，
时时回首白云低。

金华山云龙景区，位于金华市城北8千米处的金华山西南麓。景区层峦叠嶂，喀斯特地貌特征明显，有50多个千奇百怪的溶洞。

八咏楼

（元）黄溍

怀古荒碑在，登楼晚望赊。
秋阴垂野薄，江势抱城斜。
天地悲游子，冰霜感岁华。
红尘吹短褐，归兴及清笳。

题八咏楼

（宋）李清照

千古风流八咏楼，江山留与后人愁。
水通南国三千里，气压江城十四州。

八咏楼，位于金华市八咏路，创建于南朝，历代文人游历此地，题咏颇多。

登永嘉绿嶂山

（南北朝）谢灵运

裹粮杖轻策，怀迟上幽室。
行源径转远，距陆情未毕。
澹潋结寒姿，团栾润霜质。
涧委水屡迷，林迥岩逾密。
眷西谓初月，顾东疑落日。
践夕奄昏曙，蔽翳皆周悉。
蛊上贵不事，履二美贞吉。
幽人常坦步，高尚邈难匹。
颐阿竟何端，寂寂寄抱一。
恬如既已交，缮性自此出。

楠溪江风景名胜区，位于永嘉县境内。三百里楠溪江将天然风光与人文景观融为一体，以水秀、岩奇、瀑多、村古、滩林美而闻名。

双门硐

（明）李诗瑅

独秀峰下翠作堆，

幽楼如入小蓬莱。

山中瑶草无人识，

硐里桃花空自开。

长屿硐天位于台州湾南隅温岭市东北，坐落在举世闻名的"石板之乡"长屿镇境内。

雁荡山

（南北朝）谢灵运

雁山五经眼，兹行尤可观。

初冬天气佳，雁归山未寒。

有日照幽谷，五云翳层峦。

入境见祥云，振衣登马鞍。

瀑泉飞玉龙，羽旗导翔鸾。

天柱屹天外，卓笔书云端。

灵峰观石室，枝屡穿山元。

山禽知我来，好音若相欢。

群峰列春笋，丹青状尤难。

行色愧匆遽，更约他时看。

雁荡山，位于永嘉县及温岭市，素有"寰中绝胜""海上名山"之誉。

登江中孤屿

（南北朝）谢灵运

江南倦历览，江北旷周旋。

怀新道转迥，寻异景不延。

乱流趋正绝，孤屿媚中川。

云日相辉映，空水共澄鲜。

表灵物莫赏，蕴真谁与传。

想象昆山姿，缅邈区中缘。

始信安期术，得尽养生年。

江心屿，位于温州市区北面的瓯江中心，四面环江，列中国四大名屿之首，素有"瓯江蓬莱"之称。

安徽风光

四顶山

（唐）罗隐

胜景天然别，精神入画图。

一山分四顶，三面瞰平湖。

过夏僧无热，凌冬草不枯。

游人来至此，愿剃发和须。

四顶山，位于肥东县六家畈镇境内，因山有四顶，故名。四顶山人文景观和独特的湖光山色交相辉映，雄居皖中。

过逍遥津

白水

英雄何处觅封侯，

淝水津桥入晚秋。

岁月尘烟多少事，

千年风雨洗庐州。

逍遥津，位于合肥市旧城的东北角。逍遥津在古代是淝水上的一个津渡。公园外有一座西津桥，又有逍遥桥，是合肥对外交通要道。

采石矶，位于马鞍山市西南的长江东岸。采石矶与南京燕子矶、岳阳城陵矶并称"长江三大名矶"。

采石矶感赋

白水

惜别长安怨气多，千杯醉饮向天歌。

诗仙采石垂星际，哀动江涛万顷波。

采石矶吊李太白

（明）梁辰鱼

停桡矶下奠椒觞，草木犹闻翰墨香。

飞燕已辞青琐闼，长鲸自上白云乡。

他年有梦游天姥，此夕无魂到夜郎。

西望长安漫惆怅，金銮春殿久荒凉。

涂山

（宋）梅尧臣

古传神禹迹，今见旧山阿。
莫问辛壬娶，从来甲子多。
夜淮低激射，朝江上嵯峨。
荒庙立泥骨，岩头风雨过。

涂山，位于安徽省蚌埠市禹会区，即古时涂山氏国所在地。禹王宫是纪念大禹的祠宇，又称禹王庙、涂山祠，位于涂山顶峰，与白乳泉一江之隔。

八公山

（宋）王安石

淮山但有八公名，鸿宝烧金竟不成。
身与仙人守都厕，可能鸡犬得长生。

八公山

白水

八公岭下觅城营，惟有寒山送鸟声。
不是精神先溃败，焉能草木也成兵。

八公山，距淮南市中心约20千米，由四十余座山峰组成，该地景色优美，风光秀丽，留下了"一人得道，鸡犬升天"，"风声鹤唳，草木皆兵"的传说。

绩溪龙川

白水

雨润河堤草莽萋，葱茏树木鸟争啼。
胡家祠院盈风水，世代名人出绩溪。

绩溪

（民国）胡适

水上一个萤火，
水里一个萤火，
平排着，轻轻地，
打我们的船边飞过。
他们俩儿越飞越近，
渐渐地并作了一个。

龙川，位于绩溪，龙川是坑口村的古称。龙川是胡姓聚族而居的古村落，已有1600余年的历史。

西递古镇

忆宁

雕梁黛瓦马头墙，

绿水环山草木芳。

岁月留痕青石路，

千秋风雨古牌坊。

西递古镇，位于黟县盆地南侧。古镇所有街道均以青石铺地，古建筑为木结构、砖墙维护，木雕、石雕、砖雕各具特色。

望夫山

（唐）刘禹锡

终日望夫夫不归，

化为孤石苦相思。

望来已是几千载，

只似当时初望时。

望夫山，位于马鞍山市采石镇西北，因山川秀美，香火极盛，所以人称"小九华"。

望天门山

（唐）李白

天门中断楚江开，

碧水东流至此回。

两岸青山相对出，

孤帆一片日边来。

西梁山

白水

怪石嶙峋着旧苔，

清波碧水净尘埃。

晚风涛涌千声里，

远去诗仙可复来。

天门山景区，分为芜湖的东梁山和和县的西梁山，东梁山北边有铜佛寺可以参禅礼佛。

独坐敬亭山

（唐）李白

众鸟高飞尽，
孤云独去闲。
相看两不厌，
只有敬亭山。

　　敬亭山，位于宣城市区北郊的水阳江畔，有大小山峰数十座。历代咏颂敬亭山的作品数以千计，因此被誉为"江南诗山"。

黟县宏村

王君敏

晨光一抹照宏村，
树映寒潭别样亲。
莫叹荷枯天又冷，
人间自有再来春。

宏村，位于黟县东北部，整个村依山傍水，村后以青山为屏障，地势高爽。

天柱山别诸友

王君敏

独步天涯去，江山一放晴。
霜前知物冷，劫后看人轻。
云暗荒村远，江流夕照明。
擎天因有柱，何惧恶风声。

登天柱山

白水

独步潜山上，苍穹万里晴。
石嶙依险路，云近远浮名。
雾里花含露，风中草有声。
擎天伸巨臂，玉宇自澄清。

　　天柱山，位于潜山市西部，因主峰犹如"擎天柱"而得名。天柱山又名皖山、潜山，曾被汉武帝封为"南岳"，被誉为"江淮第一山"。

宿小孤山

（明）朱元璋

龙舆凤驾出京都，百万雄兵驻小孤。
千林红叶片时扫，万里江山一夜枯。
荡荡乾坤归圣主，明明日月照皇图。
梅花预报春消息，瑞气纷纷何处无。

　　小孤山，位于宿松县城东南的长江中的独立山峰。孤峰耸立。以奇、险、独、孤而著称。

莲社院

（明）闵济美

天削奇峰佛掌开，
萧萧绀宇碧山隈。
泉飞雪练千岩瀑，
风卷寒涛万壑哀。
鸳鸯凌空悬象马，
袈裟饰衣积莓苔。
山僧供出雕胡饭，
延伫吟潭踏月回。

　　马仁寺，位于芜湖境内的南陵、繁昌、铜陵三县交界处，风景独特，文化底蕴深厚，素有"皖南张家界"之称。

清明

（唐）杜牧

清明时节雨纷纷，
路上行人欲断魂。
借问酒家何处有？
牧童遥指杏花村。

　　杏花村，位于池州贵池秀山门外。据说，唐代著名诗人杜牧的千古名句"牧童遥指杏花村"中的杏花村即在此。

秋浦歌十七首·其一

（唐）李白

秋浦长似秋，萧条使人愁。

客愁不可度，行上东大楼。

正西望长安，下见江水流。

寄言向江水，汝意忆侬不。

遥传一掬泪，为我达扬州。

秋浦河发源于石台县珂田乡，至贵池杏花村杜坞入长江。

青溪行

（宋）梅尧臣

山色碧于溪，扁舟泛落晖。

水烟帆界破，沙鹭桨惊飞。

岛屿随流曲，渔汀隔岸微。

月明何处宿，待访子陵矶。

新安江，发源于徽州（今黄山市）休宁县境内，是钱塘江正源，素以水色佳美著称。

古城岩，位于休宁县万安镇东侧，景区内的历史文化与自然山水完美融合。

题古城岩

（宋）邹补之

依然雉堞古城基，

开创由来自汉隋。

南北两门余旧日，

黔黎百岁话当时。

循山瀺瀺陈公碣，

凿石岩岩葛令碑。

万丈悬崖如削玉，

也应容我恣题诗。

屯溪

（民国）郁达夫

新安江水碧悠悠，两岸人家散若舟。

几夜屯溪桥下梦，断肠春色似扬州。

屯溪老街

白水

顺水依山得沃瀛，老牌新店遍喧声。

茶楼酒肆皆徽派，十里沿街古宋城。

屯溪老街，是黄山市屯溪区的一条步行街，起源于宋代，被誉为流动的"清明上河图"。

宿五松山下荀媪家

（唐）李白

我宿五松下，寂寥无所欢。

田家秋作苦，邻女夜舂寒。

跪进雕胡饭，月光明素盘。

令人惭漂母，三谢不能餐。

五松山，位于铜陵区西北，依江而立。李白曾三次登五松山，有诗赞曰："五松何清幽，胜境美沃洲。"

避地司空原言怀

（唐）李白

南风昔不竞，豪圣思经纶。

刘琨与祖逖，起舞鸡鸣晨。

虽有匡济心，终为乐祸人。

我则异于是，潜光皖水滨。

卜筑司空原，北将天柱邻。

雪霁万里月，云开九江春。

俟乎泰阶平，然后托微身。

倾家事金鼎，年貌可长新。

所愿得此道，终然保清真。

弄景奔日驭，攀星戏河津。

一随王乔去，长年玉天宾。

司空山，古称"司空原"，位于岳西城西40千米的店前、冶溪两镇交界区。相传战国时期有位淳于氏，官居司空，一生为官清正，后隐居此山，故名。

安庆妙道山

白水

千寻耸立聚云峰，
山顶涛声遍古松。
孔雀开屏天外客，
妙光善道悟禅宗。

妙道山，位于聚云峰景区位于安庆市岳西县城西南，在茅山、店前、河图三乡镇交界处。有千姿百态的奇松怪石，有雄、奇、险、峻的山岳风光。

凤凰山

（宋）王安石

驱马信所适，落日望九州。
青山满天地，何往为吾丘。
贫贱身祇辱，富贵道足羞。
涉句谅如此，惜哉去无由。

凤凰山，位于铜陵的东南方向。凤凰山牡丹园内的牡丹别具风姿，与洛阳牡丹齐名。

龙眠山

（宋）黄庭坚

诸山何处是龙眠？
旧日龙眠今不眠。
闻道已随云物去，
不应只雨一方田。

　龙眠山，位于桐城市，其主脉贯穿龙眠乡境内，主峰擎天，余脉直通长江。

燕子河大峡谷

白水

险峰绝壁立迢峣，

峡谷潭深竞涌潮。

百丈天坑连野径，

千寻仙瀑净云霄

燕子河大峡谷，位于六安市金寨县境内，峡谷以险、奇、幽、秀而著称。

颍上竹音寺

白水

古寺千秋竹有音，

经堂宁静净尘心。

数株翠柏荫庭院，

法雨慈云绕梵林。

竹音寺，位于颍上县迪沟境内，因月朗风清之夜，寺庙周围竹声不绝于耳而得名。

过天堂寨

白水

吴楚东南第一关，

千寻绝壁白云间。

几多战火风烟后，

水漾清溪草自闲。

天堂寨，位于金寨县与湖北省罗田县交界处，是大别山山脉第二高峰，自古为兵家必争之处。

浮山
白水

山浮水面水浮山，
火口湖床抱玉环。
曲尺峦头峰独立，
如来端坐碧霄间。

浮山，位于枞阳县。浮山山水清秀，奇峰、怪石、巉岩、幽洞构成了浮山四大奇观。

徽州呈坎
白水

翠染青山落古屯，
田园八卦布玄门。
亭台榭阁龙溪水，
流动江南第一村。

呈坎，位于黄山东南麓。古名龙溪，呈坎依山傍水，融自然山水为一体，曾被朱熹赞誉为："呈坎双贤里、江南第一村。"

水墨汀溪
白水

南山高耸绕云低，
草色林森染碧堤。
峡谷漂流添野趣，
清波击水越汀溪。

水墨汀溪，位于宣城市泾县的汀溪乡境内。这里拥有十万亩原始森林，是皖南最后一片原生态的"绿色净土"。

江西风光

古镇瑶里

李德身

瓷源林海又茶乡，
天上瑶池落赣疆。
黛瓦粉墙徽派境，
明清遗迹古留香。

瑶里古镇，位于浮梁县，有两千多年历史。这里荟萃了明清古建筑群等众多人文景观。

题新余仙女湖

吴国荣

传说何时起，新余仙女湖。
水烟浮碧屿，云树隐休屠。
雨雾瑶池现，晴岚方丈殊。
相思美人意，奇遇羽衣姑。

仙女湖，位于江西省新余市，自然风光秀丽，具有"幽、秀、奇、雄"之特点。景区兼具湖泊型和山岳型两大类型。

武功山

王晓凤

那是谁家的姑娘
长长的秀发别着一枚
金灿灿的太阳
翠绿的长裙从云端垂下
翩翩蝴蝶为她献花
为她起舞
她高高扬起风的长鞭
放牧万里白羊

武功山，位于萍乡市东南，自古与庐山、衡山并称为江南三大名山。

登大鄣山

（明）汪循

清风岭上豁双眸，擂鼓峰前数九州。
蟠踞徽饶三百里，平分吴楚两源头。
白云有脚乾坤合，远水无波日月浮。
谁识本来真面目，乍晴乍雨几时休。

大鄣山，地处皖赣边界。是一处具有独特价值景观和原始风貌的高山峡谷景区。

玉山道中

（宋）杨万里

村北村南水响齐，
巷头巷尾树荫低。
青山自负无尘色，
尽日殷勤照碧溪。

三清山，位于上饶市玉山县与德兴市交界处。因玉京、玉虚、玉华三座山峰宛如道教玉清、上清、太清三位仙人列坐山巅而得名。

秋雨游龟峰

白水

龟峰三叠见崔嵬，
小步匆匆是雨催。
山绕平湖千嶂抱，
云中路转又峰回。

龟峰山，位于上饶市弋阳县信江南岸。龟峰山风景优美，奇峰如画，有"绝世三奇"。

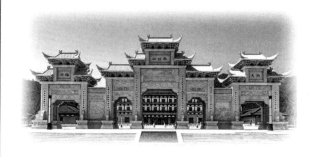

麻姑山

（唐）刘禹锡

曾游仙迹见丰碑，除却麻姑更有谁。
云盖青山龙卧处，日临丹洞鹤归时。
霜凝上界花开晚，月冷中天果熟迟。
人到便须抛世事，稻田还拟种灵芝。

麻姑山，位于江西省南城市西部，以秀美的自然山水景观和麻姑献寿的神话传说闻名于世。

九江春望

（唐）白居易

淼茫积水非吾土，漂泊浮萍自我身。
身外信缘为活计，眼前随事觅交亲。
炉烟岂异终南色，溢草宁殊渭北春。
此地何妨便终老，譬如元是九江人。

石钟山，位于九江市湖口县双钟镇，被誉为中国千古第一山，被联合国列为世界文化景观。这里诞生了著名的《石钟山记》。

题上饶信江

吴国荣

涓涓汇泉脉，怀玉出山行。
帆映青峰动，鸥随缦罟鸣。
江清鱼戏月，流急草吞声。
一水沃千里，盈湖满赣情。

信江，江西省境内较大河流之一，鄱阳湖水系五大河流之一，又名上饶江，古名余水。唐代以流经信州（今江西上饶）而名信河，清代称信江。

石门涧，位于九江市的庐山西麓，素称"庐山西大门"。因天池山、铁船锋对峙如门，内有瀑布垂落而得名。

游石门涧

（唐）白居易

石门无旧径，披榛访遗迹。

时逢山水秋，清辉如古昔。

常闻慧远辈，题诗此岩壁。

云覆莓苔封，苍然无处觅。

萧疏野生竹，崩剥多年石。

自从东晋后，无复人游历。

独有秋涧声，潺湲空旦夕。

东林寺

（宋）黄庭坚

白莲种山净无尘，

千古风流社里人。

禅律定知谁束缚，

过溪沽酒见天真。

东林寺，位于九江市庐山西麓，因处于西林寺以东，故名。为庐山历史悠久的寺院之一。

菩萨蛮·书江西造口壁

（宋）辛弃疾

郁孤台下清江水，

中间多少行人泪？

西北望长安，可怜无数山。

青山遮不住，毕竟东流去。

江晚正愁余，山深闻鹧鸪。

郁孤台，位于赣州市区北部的贺兰山顶，始建于唐代，因树木葱郁，山势孤独而得名。

秋字

（唐）韩愈

淮南悲木落，而我亦伤秋。

况与故人别，那堪羁宦愁。

荣华今异路，风雨昔同忧。

莫以宜春远，江山多胜游。

仰山景区，位于宜春市袁州区的西南方，景区自然景观绮丽，绝壁陡峭，怪石嶙峋。因其山势"高耸万仞，可仰不可登"而得名。

九日登袁州宜春台

（宋）祖无择

落帽佳辰又到来，黄花烂漫为谁开。

已经多岁衰容改，更被无情急景催。

取次杯盘须尽醉，随宜歌管任频陪。

却惭未报君恩厚，空向山城养不才。

宜春台，位于宜春市区中山中路，昔人称为"一州之壮观，万家之游息"。

青原山赋诗

（宋）赵蕃

游山忘襆被，唤渡已无航。

隔岸初更动，缘沙数里长。

大呼空亚疾，小立更微茫。

莫遣眠鸥觉，笑人朝夕忙。

青原山，位于吉安市河东乡南境，山上古木苍翠，碧泉翠峰，各具意趣，环境幽静，气候宜人。

福建风光

三坊七巷，是福州南后街两旁从北到南依次排列的十条坊巷的简称。是全国为数不多的古建筑遗存之一，有"中国明清建筑博物馆"的美称。

城南二首

（宋）曾巩

一

雨过横塘水满堤，乱山高下路东西。

一番桃李花开尽，惟有青青草色齐。

二

水满横塘雨过时，一番红影杂花飞。

送春无限情惆怅，身在天涯未得归。

石竹山

（宋）林希逸

载酒探仙山，仙真何处去？

白云向夕多，忽与樵人遇。

石竺山

（宋）刘克庄

此来为佳处，高犹在绝颠。

吾衰中道废，汝少更加前。

石竹山风景区，位于福清市境内，因"石能留影常来鹤，竹欲摩空尽作龙"而得名。

虎啸岩

（宋）李纲

昔年雕虎啸幽岩，

千里清风皱碧潭。

虎去岩空风自远，

一林花雨落毵毵。

虎啸岩，位于南平市武夷山市二曲溪南。这里怪石嶙峋，流水迂回，是一个独具泉石乐趣的佳境。

菩萨蛮·访福建
永安客家土楼群

孔召芝

青山旖旎如屏画，

高墙黄土鸳鸯瓦。

围屋暖如春，琴声闻四邻。

清溪楼底过，人在楼头坐。

客至起烹茶，茶香浮晚霞。

福建土楼中以福建龙岩永定、漳州南靖的土楼最为有名。客家土楼独具特色，现有方形、圆形、八角形和椭圆形等形状的土楼共有8000余座。

胡里山炮台

白水

记取当年拒悍凶，

腥风血雨历寒冬。

长天一竖惊叹号，

指向苍穹警世钟。

胡里山炮台，位于厦门东南端海岬突出部，炮台结构分为半地堡式、半城垣式。

题菜溪岩陈聘君隐处

（宋）刘克庄

爱瀑恋苔矶，难招出翠微。

死因岩作墓，生以石为扉。

已叹逃名是，犹嫌学佛非。

后来无此士，不但鹤书稀。

菜溪岩，位于莆田市仙游县菜溪乡境内，是"仙游四大名景"之一。菜溪岩自然景观众多，有形态逼真的奇特岩石。其中，心动石被誉为"八闽第一"。

清源山

（宋）钱熙

巍峨堆压郡城阴，

秀出天涯几万寻。

翠影倒时吞半郭，

岚光凝处滴疏林。

清源山，位于泉州北郊，因峰峦之间常有云霞缭绕，亦称齐云山。为泉州四大名山之一。

南普陀题壁·其一

（清）苏镜潭

靖海当年此驻师，

斜阳劫火纪功碑。

我来独下新亭泪，

把酒临风尚论之。

南普陀寺，位于厦门市东南。始建于唐朝末年，称为泗洲寺，宋治平年间改名为普照寺。

东昌夜泊有感

（明）黄佐

垂杨袅袅岸悠悠，

崇武城边春事幽。

卷幔忽看天在水，

怀人翻觉夜成秋。

帝车欲指飞龙殿，

卿月空悬彩凤楼。

闻道相如能献纳，

汉廷谁肯愧公侯。

崇武古城，位于惠安县崇武镇，是中国现存最完整的花岗岩滨海石城。东西南北四面设有城门，东西二门筑有月城。

石牛山古寺

白水

石壶祖殿数重修，

山色迷蒙翠欲流。

寺院法师轮几度，

石牛千载未低头。

石牛山，位于泉州市德化县东部，因山上一石似牛而得名。该山构成丰富多彩、有奇妙无穷的岩石山洞。

送潜老赴东禅·其一

（宋）王十朋

驻锡清源十五年，

月明台静忽飘然。

禅心莫为东禅起，

南北东西总是禅。

南少林寺遗址，位于莆田市西天尾镇九莲山林山村，比嵩山少林寺迟建60年。这里是我国东南沿海武术活动的中心。

武夷山，位于福建省武夷山市南郊。武夷山是三教名山，自秦汉以来，武夷山就为羽流禅家栖息之地，留下了不少宫观、道院和庵堂故址。

游武夷山

王君敏

闲云逸雾绕丹峰，

远客初来倚盖行。

崎路通天难忘我，

野花遍地不知名。

未将道理求夫子，

且喜人狐铸恋情。

万木葱茏含翠雨，

灵溪九曲忘归程。

冠豸山莲花峰

白水

朗月清流净钓台，
千秋风雨远尘埃。
峰峦不老春常在，
数瓣莲花四季开。

冠豸山，位于龙岩市连城县城东，主峰为五老峰。冠豸山平地凸起，柱石林立，险峻而奇幽。

过梁野山

白水

万丈飞流涌石潭，
顶峰古母向天眈。
仙姑远去池方在，
雾霭云深浸夕岚。

梁野山，坐落于闽、粤、赣交界的武平县境内，海拔达 1500 多米，为武平第一高峰。

太姥山

（魏晋）刘镇

滚滚千山入马蹄，
出游回首日平西。
人从杜宇鸣时别，
天向蒹葭静处低。
白鸟得鱼闲钓艇，
黄蜂抱蕊闹花枝。
好将太姥山前路，
付与孤猿自在啼。

太姥山，位于福鼎市，三面临海，一面背山，成鼎足之势。相传尧时老母在山中种蓝，遇道士而羽化仙去，故名"太母"，后又改称"太姥"。

湖北风光

望龟山

（宋）张耒

淮上风高寒日西，龟山岭下白云归。

游人苦憾日已晚，青山自与云为期。

轻舟渔子犯烟去，照水白鸥窥影飞。

人间不作逍遥客，老去尘埃空满衣。

　　龟山，位于武汉市汉阳长江边，与蛇山隔江而望。登临树木蓊蔚的山巅，可顾望"人烟城郭，夹岸回环，沙鸟风帆，与波下下"的景色。

汉阳泊舟

（宋）曾巩

暂泊汉阳岸，不登黄鹤楼。

江含峨岷气，万里正东流。

惊风孤雁起，蔽日寒云浮。

只役虽远道，放怀成薄游。

兴随沧洲发，事等渔樵幽。

烟波一尊酒，尽室载扁舟。

　　武汉蛇山，又称黄鹄山，位于武汉市武昌城内，是武汉市名胜古迹较多的山峰之一。它绵亘蜿蜒，形似伏蛇，头临大江，尾插东城，与汉阳龟山对岸相峙，为古代军事要塞。

游武昌东湖

（宋）袁说友

只说西湖在帝都，

武昌新又说东湖。

一围烟浪六十里，

几队寒鸥千百雏。

野木迢迢遮去雁，

渔舟点点映飞乌。

如何不作钱塘景，

要与江城作画图。

　　东湖，位于武汉市城区的二环与中环之间，是中国最大的城中湖之一。东湖湖岸曲折，港汊交错，素有"九十九湾"之说。

夜游宜昌葛洲坝

李银清

夷陵夜景入眸时，
鼎沸心潮动旧思。
此地风光曾有我，
当年烙下爽英姿。

　　葛洲坝，位于湖北省宜昌市境内。它是长江上第一座大型水电站，也是世界上最大的低水头大流量、径流式水电站。

古琴台

王君敏

难觅知音识更难，千秋佳话仰高山。
洋洋流水归何处，抚看琴台泪欲潸。

雨中访古琴台

白水

高山流水见知音，韵绕云天意蕴深。
雅迹沧桑芳草碧，琴台细雨柳风吟。

　　古琴台，又名俞伯牙台，位于武汉市汉阳龟山西脚下，是中国著名的音乐文化古迹，有"天下知音第一台"之称。

　　晴川阁，位于汉阳龟山东麓长江边。其名取自唐代诗人崔颢诗句"晴川历历汉阳树"。有"楚四名楼"之誉。

晚次鄂州

（唐）卢纶

云开远见汉阳城，
犹是孤帆一日程。
估客昼眠知浪静，
舟人夜语觉潮生。
三湘愁鬓逢秋色，
万里归心对月明。
旧业已随征战尽，
更堪江上鼓鼙声。

吴明卿自河南大参归里

（明）李时珍

青锁名藩三十年，虫沙猿鹤总堪怜。

久孤兰杜山中待，谁遣文章海内传。

白雪诗歌千古调，清敬日醉五湖船。

鲈鱼味美秋风起，好约同游访洞天。

阳新仙岛湖，位于阳新县王英镇。仙岛湖因湖畔山崖上悬有一块"灵通仙岛"的古匾而得名。

木兰辞（节选）

北朝民歌

唧唧复唧唧，木兰当户织。

不闻机杼声，惟闻女叹息。

问女何所思，问女何所忆。

女亦无所思，女亦无所忆。

昨夜见军帖，可汗大点兵，

军书十二卷，卷卷有爷名。

阿爷无大儿，木兰无长兄，

愿为市鞍马，从此替爷征。

东市买骏马，西市买鞍鞯，

南市买辔头，北市买长鞭。

旦辞爷娘去，暮宿黄河边，

　　不闻爷娘唤女声，

　　但闻黄河流水鸣溅溅。

木兰山，是传说中的花木兰故里，位于黄陂区内，是佛教、道教荟萃之胜地。

大冶道中随事口占

（明）袁宏道

千山照平湖，城在湖波上。

前途一发行，斜绕屏风嶂。

好在宫台里，两岩陡绝起。

更好大雷山，山高水亦环。

峰峰雪点缀，曲曲水苍寒。

却似曾经眼，王维画中看。

雷山，位于湖北大冶市城区的陈贵镇境内，是鄂东南地区重要的风景名胜之一。

三峡人家

白水

烟波浩渺入西陵，
明月湾中月半升。
三峡人家灯影秀，
高楼吊脚绕青藤。

三峡人家风景区，位于西陵峡境内，三峡大坝和葛洲坝之间，三峡风景区美在"湾急、石奇、谷幽"。

沁园春·武汉纱帽山览胜

李银清

画境郊南，鸟醉桐林，人醉江滩。
有雪松梅竹，馨香漫漫；垂杨桥榭，
溪水潺潺。哲理群雕，超凡脱俗，
似语沧桑纱帽山。鸥歌晚，是鸳鸯结队，
灯火斑斓。临江陶侃当年，立赤壁鏖兵遗
址前。叹军山魏主，督师布阵；金河吴将，
识马征鞍。孙蜀联军，三江大战，借箭茅船
奏凯还。兴亡处，笑金戈铁马，过眼云烟。

武汉纱帽山，位于武汉南郊的长江北岸，与"草船借箭"古战场江夏赤壁隔江对峙。

渔歌子

（唐）张志和

西塞山前白鹭飞，桃花流水鳜鱼肥。
青箬笠，绿蓑衣，斜风细雨不须归。

西塞山怀古

（唐）刘禹锡

王浚楼船下益州，金陵王气黯然收。
千寻铁锁沉江底，一片降幡出石头。
人世几回伤往事，山形依旧枕寒流。
今逢四海为家日，故垒萧萧芦荻秋。

西塞山，位于黄石市城区东部长江南岸，险峻秀丽。

题抗日胜地
麻城龟峰山

李银清

腥风燃起火红鹃，

大别名山镇大千。

昂首青霄观万象，

九龟托举艳阳天。

龟峰山风景区，位于麻城市区20多千米。龟峰山由神奇的龟头、雄伟的龟背和形象逼真的龟尾等9座山峰组成，被称为"天下第一龟"。

三峡大坝

白水

巴东远去啸猿声，

坝锁云河壑水平。

神女嗟呼波万顷，

襄王梦里惊船鸣。

三峡大坝，位于宜昌市上游的三斗坪，并和下游的葛洲坝水电站构成梯级电站。它是世界上规模最大的水电站。

西陵峡

（清）缪荃孙

万山相向生，陡束一江狭。

阴风飒飒吹，送入西陵峡。

前窥路若穷，仰视天欲压。

云头虚白封，石脚瘦青插。

愁闻猿猱啼，喜与蛟龙狎。

百丈曳江上，操纵颇如法。

入蜀此初桄，已过心尚怯。

西陵峡，位于宜昌市西郊，素有"三峡门户、川鄂咽喉"之美称。

题九畹溪笔峰石

李银清

探险漂流九畹溪，
望夫峡里彩云低。
是谁握得灵均笔？
敢向天公诉问题。

九畹溪，位于秭归新县城（茅坪）西部，是长江三峡中为数不多的支流大峡谷之一。

清江画廊

白水

湖波潋滟水苍茫，
百里清江若画廊。
倒影峡中峰影动，
仙人寨里野花香。

清江画廊风景区，位于湖北省宜昌市的长阳土家族自治县境内，有清江古城、倒影峡、仙人寨、武落钟离山等景点。

岘山怀古

（唐）陈子昂

秣马临荒甸，登高览旧都。
犹悲堕泪碣，尚想卧龙图。
城邑遥分楚，山川半入吴。
丘陵徒自出，贤圣几凋枯。
野树苍烟断，津楼晚气孤。
谁知万里客，怀古正踟蹰。

岘山之"岘首"在襄阳城东南。岘山处处皆景，许多玲珑古朴的亭台楼阁和碑碣摩崖，点缀在岘山之间。

薤山叠翠

（清）安庭松

大薤峰高行影孤，

青堆螺鬟接虚无。

凌空不许红尘到，

一幅烟岚画入图。

薤山，位于湖北省襄阳市谷城县城西南薤山是神农尝百草植五谷的地方。

登鹿门山怀古

（唐）孟浩然

清晓因兴来，乘流越江岘。

沙禽近方识，浦树遥莫辨。

渐到鹿门山，山明翠微浅。

岩潭多屈曲，舟楫屡回转。

昔闻庞德公，采药遂不返。

金涧铒芝术，石床卧苔藓。

纷吾感耆旧，结缆事攀践。

隐迹今尚存，高风邈已远。

白云何时去，丹桂空偃蹇。

探讨意未穷，回艇夕阳晚。

鹿门山原名苏岭山，在襄阳东津镇境内。境内山清水秀，恬静幽深。唐代著名诗人孟浩然和皮日休先后来此隐居，留下许多名篇。

题神农溪

李银清

神农泉水胜耶溪，夺路南归似吼狮。

云走长滩怯缘险，雁过鹦鹉落因奇。

几番号子贵粗犷，一睹纤夫裸壮姿。

吊脚楼中推古磨，土家饭菜也含诗。

神农溪，位于巴东县长江北岸。溪流两岸高山耸立，逶迤绵延，层峦叠嶂。

恩施土司城

白水

百年世袭土皇家，
多少游人步旧衙。
九进堂前风雨后，
雕梁画栋日偏斜。

恩施土司城，位于恩施市西北，地名叫对山湾，包括门楼、侗族风雨桥、廪君祠等多个景区。

恩施大峡谷一炷香（新韵）

王君敏

独立崔巍欲到天，云烟缭绕万千年。
青山毕竟如何在？一炷心香静静参。

恩施大峡谷

白水

绝壁丛峰蔽日光，龙飞云海觅朝阳。
人间何日无争斗，心立千秋一炷香。

恩施大峡谷，位于湖北省恩施市境内。峡谷中的景点美不胜收，被誉为全球最美丽的大峡谷。

点绛唇·四到蕲州

（宋）张孝祥

四到蕲州，今年更是逢重九。
应时纳祐。随分开尊酒。
屡舞婆娑，醉我平生友。
休回首。世间何有。明月疏疏柳。

蕲州城三面环水，临江靠湖，"左控匡庐，右接洞庭"，历史上是兵家必争之地。

山中问答

（唐）李白

问余何意栖碧山，
笑而不答心自闲。
桃花流水窅然去，
别有天地非人间。

白兆山，位于安陆市西北的烟店镇和雷公镇交界处，著名的景点有白兆寺、桃花岩、李白读书台等。

念奴娇·赤壁怀古

（宋）苏轼

大江东去，浪淘尽，
千古风流人物。故垒西边，
人道是，三国周郎赤壁。
乱石穿空，惊涛拍岸，
卷起千堆雪。
江山如画，一时多少豪杰。
遥想公瑾当年，小乔初嫁了，
雄姿英发。羽扇纶巾，
谈笑间，樯橹灰飞烟灭。
故国神游，多情应笑我，
早生华发。人生如梦，
一尊还酹江月。

黄州赤壁，位于黄州城西，又名文赤壁。因山石颜色赤红故名"赤壁"。

赤壁，位于赤壁市境内。三国时，孙、刘联军在此运用火攻之策，火烧曹军战船，把南岸山岩照得一片通红，传说周瑜欣然提笔，写下"赤壁"二字。

赤壁

（唐）杜牧

折戟沉沙铁未销，自将磨洗认前朝。
东风不与周郎便，铜雀春深锁二乔。

赤壁歌送别

（唐）李白

二龙争战决雌雄，赤壁楼船扫地空。
烈火张天照云海，周瑜于此破曹公。
君去沧江望澄碧，鲸鲵唐突留馀迹。
一一书来报故人，我欲因之壮心魄。

327

过隆中

（唐）崔道融

玄德苍黄起卧龙，

鼎分天下一言中。

可怜蜀国关张后，

不见商量徐庶功。

古隆中，位于襄樊市 13 千米处，是融历史人文景观与低山丘陵风光为一体的风景名胜区。

渡荆门送别

（唐）李白

渡远荆门外，来从楚国游。

山随平野尽，江入大荒流。

月下飞天境，云生结海楼。

仍怜故乡水，万里送行舟。

秋下荆门

（唐）李白

霜落荆门江树空，布帆无恙挂秋风。

此行不为鲈鱼鲙，自爱名山入剡中。

仙居湖风景区，位于荆门市东宝区仙居乡。景区内旅游资源丰富，景点文化底蕴丰厚。

题大洪山

（宋）黄载

地当平旷易为山，故得崔嵬汉沔间。

云雾涌来无下界，楼台浮起在中天。

开窗时见雷霆出，隐几闲看日月还。

更有钟声最堪恨，南风时到八陵边。

大洪山，位于湖北省北部山地，距离随州市 60 多千米，主峰海拔 1636 米，被称为"楚北天空第一峰"。

湖南风光

望洞庭湖赠张丞相

（唐）孟浩然

八月湖水平，涵虚混太清。
气蒸云梦泽，波撼岳阳城。
欲济无舟楫，端居耻圣明。
坐观垂钓者，徒有羡鱼情。

君山，位于岳阳东部的洞庭湖中。岛上古迹众多，有二妃墓、朗吟亭、柳毅井、秦始皇封山印等著名景点。

张家界山水

黄义成

武陵梦幻彩霞间，
翠染流云覆水潺。
顾影峰连泉叠韵，
随形涧曲鸟鸣山。
神针定海幽林远，
画阁凌霄雅客闲。
天地入心情已醉，
自然无限是斑斓。

张家界国家森林公园，位于张家界市境内，公园自然风光以峰称奇、以谷显幽、以林见秀。

石鼓书院

（宋）范成大

古磴浮沧渚，新篁锁碧萝。
要津山独立，巨壑水同波。
俎豆弥天肃，衣冠盛事多。
地灵钟俊杰，宁但拾儒科。

石鼓书院，位于衡阳市石鼓区石鼓山，是湖湘文化发源地，被称为湖南第一胜地。

回雁峰

（唐）齐己

瘴雨过孱颜，危边有径盘。
壮堪扶寿岳，灵合置仙坛。
影北鸿声乱，青南客道难。
他年思隐遁，何处凭阑干。

回雁峰，位于衡阳市雁峰区湘江之滨，是南岳七十二峰之首，被称为南岳第一峰。

桃花溪

（唐）张旭

隐隐飞桥隔野烟，
石矶西畔问渔船。
桃花尽日随流水，
洞在清溪何处边。

夷望溪，又称怡望溪，发源于桃源县西安镇。此处景色秀美、山水怡人，被称为常德的"小桂林"。

题桃花源

（宋）龚桂馨

碧树花开醉晚春，灵槎几度泛天津。
可怜太守仙缘薄，不是衣冠不属秦。

常德桃花源

黄义成

武陵遗梦总思秦，十里桃花掩古津。
蝶绕缤纷方竹秀，莺飞绿黛石泉醇。
幽川紫雾沙流碧，古洞岚烟路漫茵。
欲问陶公何处去，沅江放棹钓鱼人。

桃花源，位于桃源县西南附近，距常德市 34 千米。境内古树参天，修竹婷婷，寿藤缠绕，花草芬芳。

夏初雨后寻愚溪

（唐）柳宗元

悠悠雨初霁，独绕清溪曲。

引杖试荒泉，解带围新竹。

沉吟亦何事，寂寞固所欲。

幸此息营营，啸歌静炎燠。

愚溪，位于永州市西南。原名冉溪。柳宗元更名为"愚"，作"八愚诗"及"愚溪诗序"，山川秀美与诗人之灵气相映生辉。

张家界金鞭溪

黄义成

翠谷蜿蜒溪自奇，

金鞭幻景应情移。

云浮碧涧鱼波叠，

石卧幽泉鸟曲熙。

童话深林风抚梦，

踏歌野径客吟诗。

画廊十里无穷尽，

水绕四门人醉痴。

金鞭溪，是张家界国家森林公园景区之一。它蜿蜒曲折，随山转移，迂回穿行在峰峦山谷之间。

岳麓山

白水

早秋古木涤烦襟，竹翠阴浓入鸟音。

红叶千年终未老，湘江不息拨弦琴。

长沙岳麓山

黄义成

览江拥翠绕嶙峋，霞蔚云蒸芷洗尘。

涧石鸣幽风拂柳，林泉叠韵草飘茵。

晚亭霜染红枫醉，曲径岚侵紫竹匀。

古刹禅音轻入梦，笑依书院墨田新。

岳麓山风景区，位于长沙市岳麓区，是中国四大赏枫胜地之一。

331

长沙湘江橘子洲头梅林

黄义成

伫立江中梦亦长，惯随风雨任炎凉。

群鸥弄影浮云过，曲径无声倦客狂。

直欲芳林寻乐趣，尤凭素苑洗迷茫。

笑凝花下一杯举，乐在春前醉暗香。

橘子洲位于长沙市区对面的湘江江心，是湘江下游众多冲积沙洲之一。橘子洲头，位于橘子洲的南端。

韶山毛主席铜像广场

黄义成

昂首看天地，烟云视野中。

握书堪覆鼎，含笑已腾虹。

社稷经纶手，朝纲礼法雄。

山川承伟业，史册载殊功。

毛泽东故居

白水

经天纬地树宏猷，指点江山换日头。

简朴家园风骨在，千秋不朽耀神州。

毛泽东故居，位于韶山市韶山冲上屋场。

彭德怀故居

白水

少年贫苦出寒门，

立马横刀报国恩。

赤胆忠心昭日月，

一腔浩气荡乾坤。

彭德怀故居，位于湘潭县乌石镇乌石村。故居依山而建，与彭德怀铜像遥相呼应。

站在花明楼前
黄义成

花明阅世识浮沉，翠柳松风楚韵深。
定鼎登槐传广誉，畏匡窃斧漫哀音。
云流梦逝临岐叹，铁错金销肆意淫。
数往知来千日酌，侯家未必胜桃林。

刘少奇故居，位于宁乡县花明楼炭子冲，故居在一座盖有茅草的栅栏门内的四合院中。

游苏仙岭次
彬守孙鹤洲韵
（明）吴允裕

山径逶迤接碧霄，
空中楼观郁岩峣。
仙踪漫信凭虚见，
尘况偏随小憩消。
松石阴连幽洞竹，
崖云晴护涧泉桥。
相携一笑烟霞迥，
何处商歌杂凤箫。

苏仙岭，位于郴州市郊，被誉为"天下第十八福地"。

杜甫墓，位于平江县小田村。长沙杜甫江阁，位于长沙湘江中路二段108号。

杜甫墓
白水

词章百世耀诗坛，报国无门梦未安。
茅屋忧存千古愿，孤舟老病泪波寒。

长沙湘江杜甫江阁感怀
黄义成

依阁品茶看柳烟，诗碑块块慰前贤。
云沉雨乱湘情厚，浪涌楼高杜韵悬。
日月重光玑得旭，山河逸翠墨逢年。
一江流水鸥帆落，还仗星城诵古篇。

常德柳叶湖（新韵）

黄义成

闹市天工绘锦图，轻铺柳叶化成湖。
花堤翠盖莺追客，苇浦纤云水掩鲈。
曲榭回廊松竹秀，丝弦醉鹭藕菱酥。
舟帆拨浪风和韵，一抹斜阳钓影浮。

常德柳叶湖，位于常德市城区东北，因整个湖面的形状似一片柳叶而得名柳叶湖。

登山有作次敬夫韵

（宋）朱熹

晚峰云散碧千寻，落日冲飙霜气深。
雾色登临寒夜月，行藏只此验天心。

登山有作次敬夫韵

（宋）张栻

上头壁立起千寻，下列群峰次第深。
兀兀篮舆自吟咏，白云流水此时心。

二贤祠，位于南岳方广寺景区，为进士尹台出资纪念朱、张二人所建。

湘阴远浦楼

黄义成

盔顶雕梁抚浪平，
雄楼镇水碧岚清。
苇波逸黛沙鸥落，
浦岸归帆柳港迎。
一色江天沉远梦，
千声塞雁识愁情。
新篇妙韵安娱客，
桨橹无言别古城。

远浦楼，位于湘阴县漕溪港，建于2004年，整体为三层四檐楼阁式。一层周围设石栏，游人可凭栏远眺。

广东风光

游白云山

赵春女

此去云山乘月白，分宵或遇仙人迹。
岩深露气影成虚，松作涛声韵如昔。
一念古初知味同，六根清及与凡隔。
伊谁天外索新章，酬我千峰看更碧。

白云山，位于广州市北部，被称为"南越第一山"。

珠江夜韵

老山泉

灯如海，人如潮
条条游船逐波涛
七色彩带铺锦缎
两岸珠帘挂碧霄

笑语喧，欢声嚣
欢歌笑语飘过彩虹桥
五光十色花世界
云天闪烁小蛮腰

珠江，又叫粤江，流经广州市区穿城而过，将广州市一分为二。到了晚上，华灯闪烁，犹如七色明珠镶嵌在珠江上，汇成一条异彩纷呈的彩虹江。

挽黄花岗七十二烈士

（民国）黄兴

七十二健儿酣战春云湛碧血，
四百兆国子愁看秋雨湿黄花。

黄花岗，位于广州先烈中路，是为纪念由孙中山领导的广州起义中牺牲的革命烈士而建造。

过莲花山

（明）薛雍

莲峰海中出，天外郁盘盘。

避世因秦乱，入山皆宋冠。

徒空恤鳌纬，终不弄僚丸。

耿耿名犹在，茅堂迹已寒。

汕尾莲花山森林公园，位于汕尾市海丰县西北部，以鸡鸣寺为主体建筑。

游开平碉楼

忆宁

碉楼耸立靓开平，

总恋华侨一片情。

万里迢迢回旧地，

蕉林摇曳故园声。

开平碉楼，位于开平市境内，是中国乡土建筑的一个特殊类型，是集防卫、居住和中西建筑艺术于一身的多层塔楼式建筑。

金鸡岭

（明）黄鳌

闻道仙人海上家，

金鸡千仞锁晴霞。

春风杨柳啼山鸟，

淡月桃椰度曙鸦。

天近凤池峰展彩，

洞临鹏海水流花。

何时得策卢敖杖，

与客同登博望槎。

金鸡岭，位于坪石镇，因岭的西北峰顶有座巨石，貌似雄鸡，故而得名，是广东省八大风景之一。

游肇庆七星岩

白水

七岛苍茫接翠微，

湖光碧影对斜晖。

柳条拂岸多闲意，

浩渺烟波一鹭飞。

七星岩，位于肇庆市区北边。相传，其七座山峰是女娲补天时留下的七块灵石变成。

宿龙宫滩

（唐）韩愈

浩浩复汤汤，滩声抑更扬。

奔流疑激电，惊浪似浮霜。

梦觉灯生晕，宵残雨送凉。

如何连晓语，一半是思乡。

湟川三峡位于连州市区南面。湟川多胜景，沿湟川顺流而下，便会欣赏到如画一般的沿岸风光：世外桃源一般的箭榄村寨。

贞女峡

（唐）韩愈

江盘峡束春湍豪，

风雷战斗鱼龙逃。

悬流轰轰射水府，

一泻百里翻云涛。

漂船摆石万瓦裂，

咫尺性命轻鸿毛。

连州地下河，位于连州市北面东坡镇区内。它以绚丽的石钟乳和神秘的洞穴暗河而蜚声中外。

双峰寺怀石山禅师

（明）郭之奇

三百年来旧佛宫，依稀犹记石心翁。

预为法界传灯钵，故人尘寰试色空。

四壁人烟天早暮，一湾流水日西东。

镜台菩树今何在，锡杖遥遥觑紫峰。

　　双峰晚钟，位于揭阳市区马山巷。其与潮州开元寺、潮阳灵山寺并称潮州三大名刹。"双峰晚钟"为揭阳八景之一。

越王山

（清）徐运启

越王山上月轮收，翠黛青螺近欲浮。

霸业尽随莲院水，云旗犹带土城秋。

点军坪上松杉老，走马仑前鹿逐游。

我欲登临问兴废，晴岚如许远峰头。

　　越王山，位于河源市紫金县古竹镇的东江河畔，方圆2平方千米，是丹霞地貌风景区。

登罗浮山

（宋）吴泳

要闲终是不曾闲，

猛歇当头名利关。

揩洗一双清净眼，

稻花雨里看浮山。

罗浮山

（唐）张又新

江北重峦积翠浓，

绮霞遥映碧芙蓉。

不知末后沧溟上，

减却瀛洲第几峰。

　　罗浮山，又叫东樵山，是中国十大道教名山之一，被誉为"岭南第一山"。

烟雨西樵
（清）康有为

烟雨西樵乍霁开，
三湖碧水映楼台。
追寻遗迹康南海，
不尽沧桑过眼来。

西樵山，位于佛山市南海区的西南部。西樵山自然风光清幽秀丽，历史文化底蕴厚重，民俗风情古朴自然。

过虎门
（清）康有为

粤海重关二虎尊，万龙轰斗事犹存。
至今遗垒余残石，白浪如山过虎门。

赴戍登程口占示家人
（清）林则徐

力微任重久神疲，再竭衰庸定不支。
苟利国家生死以，岂因祸福避趋之。
谪居正是君恩厚，养拙刚于戍卒宜。
戏与山妻谈故事，试吟断送老头皮。

鸦片战争博物馆，位于东莞市虎门镇，是一座收藏、保护、研究林则徐禁烟与鸦片战争文物史料的专题性博物馆。

雷州高山寺，位于雷州城北门外，建于宋朝末年，重修于清朝顺治甲申年（1644年）。

雷州八首（选二）
（宋）苏轼

一

荔子无几何，黄甘遽如许。
迁臣不惜日，恣意移寒暑。
层巢俯云木，信美非吾土。
草芳自有时，鹗鴂何关汝。

二

下居近流水，小巢依岭岑。
终日数椽间，但闻鸟遗音。
炉香入幽梦，海月明孤斟。
鹧鸪一枝足，所恨非故林。

宿潮州海阳馆
独夜不寐

（宋）杨万里

醉来还睡睡还醒，
长是三更梦便惊。
细数更声有何益，
不然作麽到天明？

潮州城，位于潮州市内。潮州有享誉中外的"潮州八景"，有潮州菜和潮州功夫茶等独具一格的旅游文化。

销烟池旧址怀古

邓寿康

海左象前秋气催，
焚烟壮卷逼眸来。
凛生剑啸蛮夷怵，
荡扫毒霾晴豁开。
应恨忠良奸宦妒，
偏安国祚殄瘵哀。
拟从社稷思强骨，
且向清池听隐雷。

虎门销烟池，位于东莞市太平镇口，销烟池旁立有"鸦片战争虎门人民抗英纪念碑"一座。

威远炮台，位于珠江的穿鼻洋北武山脚下，和镇远、靖远两炮台形成"品"字布局。它与横档、永安、巩固等炮台共同构成了鸦片战争时期虎门海防的第二重门户。

威远炮台奉怀

邓寿康

镇海拦江虎塞巍，
响礁连浪拍鸥飞。
行闻鏖战声雷烈，
来唤苍关铁血归。
壮士先驱慷许国，
百年辱事醒危机。
吴钩凝聚英雄胆，
驱舰汪洋靖远威。

广西风光

柳州峒氓
（唐）柳宗元

郡城南下接通津，异服殊音不可亲。
青箬裹盐归峒客，绿荷包饭趁虚人。
鹅毛御腊缝山罽，鸡骨占年拜水神。
愁向公庭问重译，欲投章甫作文身。

都乐岩，位于柳州市东南郊都乐村旁，故名"都乐"。

登柳州城楼寄漳汀封连四州
（唐）柳宗元

城上高楼接大荒，海天愁思正茫茫。
惊风乱飐芙蓉水，密雨斜侵薜荔墙。
岭树重遮千里目，江流曲似九回肠。
共来百越文身地，犹自音书滞一乡。

龙潭，位于柳州市南。这里群山苍翠，潭水清澈，绿树参差，纵横交错，风景优美怡人。

鹅山，位于柳州市西侧。鹅山为柳州市区第一高峰，是柳州名胜之一。

登柳州峨山
（唐）柳宗元

荒山秋日午，独上意悠悠。
如何望乡处，西北是融州。

鹅山公园
白水

竹色桥头泻晚凉，鹅山笑佛对斜阳。
犀牛望月风声静，柳水池莲自在香。

德天瀑布

白水

德天瀑布跨双家，
万斛飞珠万丈纱。
异域风情传异曲，
边陲新绿共香花。

德天瀑布，位于南宁地区边陲大新县，在中越边境交界处，春河上游。瀑布气势磅礴，蔚为壮观。

柳州寄丈人周韶州

（唐）柳宗元

越绝孤城千万峰，空斋不语坐高春。
印文生绿经旬合，砚匣留尘尽日封。
梅岭寒烟藏翡翠，桂江秋水露鲟鳊。
丈人本自忘机事，为想年来憔悴容。

柳州鱼峰山，位柳州市鱼峰路。园内立鱼峰平地崛起，从山顶往北眺望，"壶城"美景尽收眼底。

武鸣纪游

郭沫若

群峰拔地起，仿佛桂林城。
大块挥神笔，平畴展画屏。
烟环天际绿，雾绕雨中青。
借问此何处？腾翔属武鸣。

伊岭岩，位于武鸣县境内，因地处伊岭村而得名，又名"敢宫"（壮语），意为像宫殿一样美丽的岩洞。

桂林独秀峰

（清）袁枚

来龙去脉绝无有，突然一峰插南斗。
桂林山水奇八九，独秀峰尤冠其首。
三百六级登其巅，一城烟水来眼前。
青山尚且直如弦，人生孤立何伤焉？

独秀峰，位于桂林市中心的靖江王城内。它孤峰突起、气势雄伟，素有"南天一柱"之称。

阳朔书事二首·其一

（明）郑岳

山城才半里，面面有奇峰。
虚峒生云气，清江泻石淙。
行台稀讼牒，野戍肃军容。
农亩收新稻，时闻云外舂。

芦笛岩，位于桂林市西北郊，是一个游览岩洞、观赏山水风光的风景名胜区。

月亮山景区，地处阳朔县城南，位于高田镇、阳朔镇、白沙镇交界地区，以月亮山、大榕树为中心。

阳朔山

（宋）宋咸

独起独高雄入汉，
相耀相映翠成堆。
若非群玉崑西至，
即是三峰海上来。
疑有洞天通日月，
绝无樵路到尘埃。
如何得似巨灵手，
擘向天家对凤台。

桂林两江四湖

白水

老榕斑影伴江眠，

月色波光不夜天。

两岸青山添异彩，

笙歌丝竹百花妍。

桂林两江四湖是指由漓江、桃花江、榕湖、杉湖、桂湖和木龙湖所构成的环城水系，是桂林市最优美的环城风景带。

阳朔晚泊

（明）黄公辅

四面巍峨石是山，半分翠色半江湾。

舟从返照沙边系，鸟带斜阳树里还。

望眼每穷峰巅外，快心只在水云间。

相将故里无多路，好与凫鸥共等闲。

阳朔西街，是阳朔最有历史的街道。街两旁是清代遗留的低矮砖瓦房，白墙红窗，透着岭南建筑的古朴典雅。

畅咏漓江

朱成安

造化显神功，漓江梦幻中。

乱云生画意，野竹起诗风。

雨过千山润，人来百虑空。

小舟随客愿，浮荡乐无穷。

漓江，位于广西壮族自治区东部。漓江边的猫儿山空气清新，生态环境极佳。

游七星岩偶成（节选）

（明）解缙

早饭行春桂水东，野花榕叶露重重。

七星岩窟曛灯火，百转萦回径路通。

右溜滴涂成物象，古泽深处有蛟龙。

却归为恐衣沾湿，洞口云深日正中。

　　七星岩，位于桂林七星公园内。洞内景色奇特，令人叹为观止。

桂林

（唐）李商隐

城窄山将压，江宽地共浮。

东南通绝域，西北有高楼。

神护青枫岸，龙移白石湫。

殊乡竟何祷，箫鼓不曾休。

桂林象山公园，与伏波公园、叠彩公园合称象山景区。象山景区荟萃了桂林山水和人文景观精华。

题阳朔县舍

（宋）陶弼

石壁高深绕县衙，

不离床衽自烟霞。

民耕紫芋为朝食，

僧煮黄精代晚茶。

瀑布声中窥案牍，

女萝阴里劝桑麻。

欲知言偃弦歌化，

水墨屏风数百家。

　　阳朔世外桃源，位于阳朔县境内。每年三月，这里桃花怒放，灿如云霞，加上金黄色的油茶花和雪白的茹菜花，构成一个五彩斑斓的锦绣世界。

阳朔遇龙河
白水

云深水阔翠山幽，
岚锁龙河碧浪柔。
夹岸猿啼千嶂暗，
烟波飞鹭逐轻舟。

遇龙河，位于阳朔县。两岸山峰清秀逶迤，连绵起伏，气象万千。

龙脊梯田
白水

梯田百丈碧云端，
龙脊秧苗绿秀峦。
渠引千濠流万转，
蛙声常伴水声欢。

龙脊梯田，位于龙胜县东南部和平乡境内的平安村。梯田分布在海拔 300—1100 米之间，最大坡度达 50 度，一层层从山脚盘绕到山顶。

尧山冬雪
(元)吕思诚

尧山绝秀岭南天，雪压林峦飘素烟。
高倚暮云屏掩翠，半消晴日玉开田。
驿梅逢腊岩前发，羽檄冲寒徼外传。
何日楼头闲挂笏，两阶舞罢对琼筵。

尧山，位于桂林市东北。山势大致南北延伸，高大雄浑，状如伏牛，俗名牛山。

山中早行

（宋）契嵩

前山经夜雨，独往步春泥。
天岸日将出，田家鸡更啼。
孤烟行处起，旷野望中低。
犹喜逢樵客，相将过数溪。

　　石表山，位于广西东部的梧州市藤县境内。景区坐落的象棋镇道家村是历史名村，现村中尚存多处文物古迹。

由桂林朔漓江至兴安

（清）袁枚

江到兴安水最清，
青山簇簇水中生。
分明看见青山顶，
船在青山顶上行。

　　兴安灵渠，位于广西壮族自治区兴安县境内。灵渠是连接中原与岭南的重要纽带。

贺州玉石林

白水

成林玉石竞欢迎，
曲径嶙峋步履轻。
高耸平台凭远眺，
奇峰怪石向天擎。

　　贺州玉石林风景区，位于平桂区黄田镇，是一片由汉玉石柱、石笋组成的"玉石林"，独立于四周的石灰岩山中，被游人誉为"人间仙境"。

云南风光

游云南民族村

白水

云南七彩踏春行，
傣族姑娘泼水迎。
鼓舞芦笙停不住，
彝人火把照天明。

云南民族村，位于昆明市西南郊，主要由彝、白、傣、苗、景颇、独龙等25个少数民族的村寨组成。

九乡溶洞

白水

天生桥下雨如烟，
飞瀑雌雄两线连。
谷里情人牵玉柱，
千秋碧水入梯田。

九乡溶洞，位于宜良县九乡彝族回族乡境内，景区内以六绝奇景著称。

滇池，位于昆明市的西南，古名滇南泽，又称昆明湖。

滇中词三首（选一）

（明）范汭

秀海海边葭菼秋，滇池池上云悠悠。
人心恰似此中水，一道南流一北流。

游昆明滇池

白水

海埂涛声入郡楼，滇池辽阔竞群鸥。
梵心应似湖波净，千种闲愁付水流。

昆明石林

白水

昆明奇境石成林，
烟雨巉崖草木深。
远眺松筠欹晚照，
静观碧水拨弦琴。

昆明市石林风景区，以石多似林而闻名。景区范围广阔，景点众多。

近重九登昆明大观楼
用杜牧齐山登高韵

（宋）江南雨

红轻碧暗霁云飞，望里苍茫掩翠微。
耳畔犹闻金柝响，池边不见美人归。
千年往事埋幽恨，几杵疏钟共晚晖。
此际登临一为客，无端寒气欲侵衣。

大观楼，位于昆明市近华浦南面，是中国四大名楼之一。在大观楼临水一面的门柱两侧，垂挂有一副清代名士孙翁所作的有"古今第一长联"之称的对联。

通海涌金寺

（明）杨升庵

鹫岭金波涌，龙宫玉镜分。
香台净旭日，芳树翳朝云。
日暇华簪集，天空清梵闻。
炎林且花事，绿酒映红醺。

涌金寺，位于通海县城南。秀山上树木茂盛，有众多古建筑群，透着浓浓的文化气息。

眺苍山感赋

白水

莫道年高已晚秋，
行游万里步神州。
平生只爱江湖乐，
面对苍山笑白头。

苍山，横亘大理境内，巍峨雄壮，与秀丽的洱海风光形成强烈对照。山顶白雪皑皑，银装素裹，人称"苍山雪"。

哈尼梯田

忆宁

青山叠翠野花妍，
旭日光辉靓碧田。
村妇荷锄梯顶上，
烟霞远影步云天。

哈尼梯田，位于元阳县的哀牢山南部。

七言送怀

（明）朱允炆

牢落西南四十秋，萧萧白发已盈头。
乾坤有恨家何在，江汉无情水自流。
长乐宫中云气散，朝云阁上雨声收。
新蒲细柳年年绿，野老吞声哭未休。

狮子山，位于武定县城以西，因山的形状像一头伏卧的雄狮而得名。这里自然风光秀丽，佛教文化底蕴深厚。

大理洱海

白水

青松叠翠隐斜阳，
洱海堤长草木香。
白鹭高飞噙曙色，
烟波万顷漾霞光。

大理洱海，四时变幻多姿多彩，"洱海夜月"是大理四大奇景之一。

鸡足绝顶

（明）谢肇淛

飞梯鸟道翠微连，云塔孤标日月悬。
禹服山河开六诏，上方云木接诸天。
金沙雪岭千重色，宝甸神州万灶烟。
欲借罡风生羽翰，化城深处息尘缘。

鸡足山，位于大理州宾川县西北30千米处。山势形如鸡足，故名鸡足山。

鹧鸪天·游和顺古镇

（宋）江南雨

坝上晴光笼翠微，
吟踪到处与时违。
云苍树古怜秋色，
细风清浣客衣。
应有梦，欲忘机，
流连啼鸟暂相随。
无端一曲升平调，
唱得游人缓缓归。

和顺古镇，位于腾冲县境内，古名阳温暾，因境内有一条小河绕村而过，更名"河顺"，后取"士和民顺"之意。

拜祭国殇墓园

忆宁

国殇园里泪盈眸，
祭拜英灵跪土丘。
高塔凌云天地气，
丹心碧血泽千秋。

　　国殇墓园，位于腾冲县城西南的叠水河畔，是为纪念抗日战争时期中国远征军第二十集团军在攻克腾冲战斗中阵亡将士而建的墓园。

澜沧江

（清）赵翼

绝壁积铁黑，路作之字折。
下有百丈洪，怒喷雪花热。

　　澜沧江，位于云南省西双版纳傣族自治州勐腊县，出境成为老挝和缅甸的界河，称为湄公河。

罗平多依河

忆宁

村寨沿河吊脚楼，
丛林修竹曳清秋。
风车转动新年代，
岁月如波逝水流。

　　罗平多依河，位于罗平县城东南。从多依赛至"鸡鸣三省"的三江口，在12千米长的河床上有近40个瀑布。

神游玉龙雪山

陈宗照

云南多胜地，草甸觅仙踪。
举目千年雪，迎门一岭松。
三春烟笼树，六月雾藏龙。
赐我青釭剑，能攀处女峰。

　　玉龙雪山，位于云南省丽江西北的山脉。雪山如一条矫健的玉龙横卧山巅，有一跃而入金沙江之势，故名"玉龙雪山"。

阿庐古洞佛光

（清）谭钟岳

非云非雾起层空，
异彩奇辉迥不同。
试向石台高处望，
人人都在佛光中。

　　阿庐古洞，位于泸西县城西 2.5 千米处。阿庐古洞是溶洞群中的主洞体，由泸源洞、玉柱洞、碧玉洞及玉笋河组成。

宿金沙江

（明）杨慎

往年曾向嘉陵宿，
驿楼东畔阑干曲。
江声彻夜搅离愁，
月色中天照幽独。
岂意飘零瘴海头，
嘉陵回首转悠悠。
江声月色那堪说，
肠断金沙万里楼。

　　树包塔，位于芒市步行街中段。据说是芒市安抚司十五世安抚使梦放作藩所建。

黄连河瀑布群

忆宁

黄连瀑布抚弦琴，
芳草山花悦野禽。
四处清波流未息，
苗村寨水诉乡音。

黄连河瀑布群，位于昭通市大关县的苗族村寨。共有瀑布 47 个，最大瀑布落差达 147 米。

罗平有记

赵春女

谁遣春风北客招，滇东是处咏娇娆。
云聆鸡唱出霞岫，瀑作龙吟溅碧霄。
百变山光千古契。三生花海一川遥。
行来不记绿深浅，留醉彝家第几桥。

金鸡岭，位于罗平县城约 9 千米，是著名的拍摄油菜花取景地。

茶庵鸟道

（清）舒熙盛

崎岖鸟道锁雄边，
一路青云直上天。
木叶轻风猿穴外，
藤花细雨马蹄前。
山坡晓度荒村月，
石栈春含野墅烟。
指愿中原从此去，
莺声催送祖生鞭。

茶马古道遗址，位于昆明至思茅的茶马古道，至今保存着相对完好的铺筑石板路。

贵州风光

花溪公园

白水

麟山敛黛彩云低，

碧水涵烟入鸟啼。

柳下柔枝垂钓处，

凉风爱闹戏花溪。

　　花溪公园，位于贵阳花溪风景区。花溪风景区地处亚热带，是旅游度假胜地。

高要苗寨梯田

白水

千田重叠与天齐，

高要苗家拓木犁。

七色霞光飘彩带，

幺姑荷镢步云梯。

　　高要梯田，位于贵州省丹寨县高要村。近千亩梯田景观盘踞在一座大山之上，层层叠叠，从山顶一直延伸到山脚。

过乌江画廊

李银清

岩洞幽篁雨后霞，

千娇百媚饰轻纱。

慈云踏塈恋苗寨，

羞月翻山听伯牙。

含笑展姿崖岸景，

犹言示坐汉河槎。

缘何草木知仁德？

一叶诗心问浪花。

　　乌江画廊历史悠久、文化积淀深厚，是一处集自然山水、历史古镇、民俗风情于一身的旅游胜地。

355

西江千户苗寨

白水

一溪碧水绕村流，
千户参差吊脚楼。
幺妹道中拦劝酒，
几多雅士暗回眸。

西江千户苗寨，是一个苗族原始生态文化保存相对完整的地方，由十多个依山而建的自然村寨组成，是目前最大的苗族聚居村寨。

马岭河峡谷

白水

环球最美一伤疤，
绝壁千寻日映斜。
垂瀑高歌天地动，
犀牛三跳跃仙涯。

马岭河峡谷，位于黔西南州兴义市境内，是一条在造山运动中形成的大裂水地缝。谷内群瀑飞流，溶洞相连，千姿百态。

兴义万峰林

白水

千万峰峦入眼眸，
鸳鸯碧水绕村流。
果林花海烟波里，
八卦桑田亮晚秋。

万峰林景区，位于兴义市东南部，气势宏大，山峰奇特，是国内最大、最具典型性的喀斯特峰林。

兴义万峰湖

白水

万峰耸立出平湖，

绿水幽幽入画图。

小三峡中惊碧浪，

高原深处闪明珠。

万峰湖，位于兴义市东南部，在马岭河下游，是国家级重点风景名胜区。

天星桥峡谷

（清）陈忠平

涧底迂深蜃气蒸，怪峰异树各峥嵘。

湍流到耳石空响，乱草遮眸心独澄。

信步穿行十二月，并肩谈笑两三朋。

水穷忽见微明处，一颗残阳挂古藤。

天星桥景区，位于黄果树大瀑布下游。这里山石、树木、水流完美结合，是水上石林变化而成的天然盆景区。

青岩古镇

（清）陈忠平

何事极边地，声名竟远驰。

一门三进士，万世独居奇。

古巷喧为市，青岩砌作祠。

文风未尝坠，兀自拂残碑。

青岩古镇，贵州四大古镇之一，位于贵阳市南郊，建于明洪武十年（1378年），原为军事要塞。

天河潭溶洞

（清）陈忠平

一窍中开谁遣凿，神工造化拟同参。
倒悬石乳幻灵物，飞接天泉成古潭。
渌水波澄云洗白，秋山风疾草翻蓝。
弃舟已倦游人屐，曲径窅冥期再探。

天河潭风景区，位于贵阳市花溪区石板镇，山清水秀，气候宜人。

梵净山

黄义成

梵天净土武陵峰，禅雾霞光抚古松。
幻影千般迎翠舞，经书万卷忆谦恭。
风清野外花香淡，佛卧山中梵意浓。
造化神工天下醉，名川众岳此为宗。

梵净山，位于铜仁市的印江自治县、江口县、松桃自治县交界处，为武陵山脉主峰，1982 年被联合国列为一级世界生态保护区。

镇远古城

黄义成

舞水弯延绕古城，
黔东钥锁楚滇门。
荆蛮老韵歪斜道，
苗语新歌美雅村。
曲径依崖通水阁，
屏峰叠翠荡云魂。
洞藏青酒香天下，
一碗酸汤胜百樽。

镇远古镇，是黔东南苗族侗族自治州名镇。位于舞阳河畔，四周皆山。北岸为旧府城，南岸为旧卫城，远观就像一个太极图。

四川风光

都江堰

白水

飞沙堰上治沙丘，
节制瓶头化急流。
千载工程千载业，
岷江碧水沃千秋。

都江堰风景区，位于都江堰市城西，是中国古代建造并使用至今的大型水利工程设施，被誉为"世界水利文化的鼻祖"。

宿夹江寺

（明）方孝孺

窗开觉山近，院凉知雨足。
淡月透疏棂，流萤度深竹。
心空虑仍澹，神清梦难熟。
起坐佛灯前，闲抽易书读。

金像寺摩崖造像位于夹江县漹城镇千佛村，是一处规模较大、保存较完好的明代摩崖造像群落。

报恩寺

（唐）刘禹锡

云外支硎寺，名声敌虎丘。
石文留马迹，峰势耸牛头。
泉眼潜通海，松门预带秋。
迟回好风景，王谢昔曾游。

大报恩寺，位于平武县境内。景区由报恩寺、王朗自然保护区、白马藏族风情、杜鹃山等景区组成。

青羊宫小饮赠道士

（宋）陆游

青羊道士竹为家，也种玄都观里花。
微雨晴时看鹤舞，小窗幽处听蜂衙。
药罏宿火荧荧暖，醉袖迎风猎猎斜。
老我一官真漫浪，会来分子淡生涯。

青羊宫，位于成都西南郊，初名"青羊肆"，被誉为"川西第一道观""西南第一丛林"。

江畔独步寻花七绝句（选二）

（唐）杜甫

其二

稠花乱蕊畏江滨，行步欹危实怕春。
诗酒尚堪驱使在，未须料理白头人。

其六

黄四娘家花满蹊，千朵万朵压枝低。
留连戏蝶时时舞，自在娇莺恰恰啼。

翠月湖，位于青城山山麓的岷江河畔，距都江堰8千米，因其出众的自然环境，享有"蜀中小西湖"的美誉。

乐山大佛

老山泉

端坐青山之上　无须遮挡
一生端庄　一脸慈祥
看世事沉浮　岁月沧桑

多少浮云　在眼前随风飘过
几多欲望　在江水中流淌

我辈抱着佛脚　诚恐诚惶
只因平日里　不曾烧香

乐山大佛，位于乐山市，濒临岷江，高71米，是世界上最大的石刻佛像。

东方佛都，位于乐山大佛景区，是仿古石刻佛像主题公园。

游嘉州龙岩

（宋）苏洵

系舟长堤下，日夕事南征。
往意纷何速，空严幽自明。
使君怜远客，高会有馀情。
酌酒何能饮，去乡怀独惊。
山川随望阔，气候带霜清。
佳境日已去，何时休远行。

赋凌云寺二首

（唐）薛涛

闻说凌云寺里苔，风高日近绝纤埃。
横云点染芙蓉壁，似待诗人宝月来。

闻说凌云寺里花，飞空绕磴逐江斜。
有时锁得嫦娥镜，镂出瑶台五色霞。

凌云寺，又称大佛寺，位于凌云山栖鸾峰侧，与乐山大佛相邻。

题黄龙

白水

银山惊瀑挂峰巅，
积雪峦头映九天。
峡谷长流冰冷水，
彩池荡漾白云边。

黄龙沟，位于岷山主峰雪宝顶下，以彩池、雪山、峡谷、森林"四绝"著称于世，是中国唯一保护完好的高原湿地。

361

游九寨沟

赵景华

蜿蜒百里水流长，一路潺潺映晓光。

五彩交辉湖各异，众山披翠露余香。

时闻俊鸟鸣丝柳，偶遇灵猴挂野棠。

胜境游来余味在，依然梦里久徜徉。

九寨沟国家级自然保护区，位于九寨沟县境内。九寨沟的地下水富含大量矿物质，湖水清澈。

泸沽湖

白水

蓬莱三岛世间无，

镶就川滇一镜湖。

秘境摩梭犹旺族，

害羞女子正当垆。

泸沽湖，位于宁蒗县北部永宁乡和四川省盐源县左侧的万山丛中。泸沽湖不仅水清，而且岛美。

峡中

（唐）郑谷

万重烟霭里，隐隐见夔州。

夜静明月峡，春寒堆雪楼。

独吟谁会解，多病自淹留。

往事如今日，聊同子美愁。

明月峡，位于广元嘉陵江西陵峡东段，因峡两岸的山岩多呈银白色，并和青峰、江水相辉映，使整个峡江好像镀上了一层朦胧的月光，故而得名。

昭化古城

（清）张船山

两水依然绕县流，唐代仙吏古无俦。
榷茶独喜焚帝诏，腰笏何妨行画舟。
碑下耕农应堕泪，桑阴桑妇不知愁。
咸通进士孙樵笔，常令行人重利卅。

昭化古城，位于广元市昭化区昭化镇，至今已有4000余年的历史，是迄今为止国内保存最为完好的唯一一座三国古城。

访戴天山道士不遇

（唐）李白

犬吠水声中，桃花带露浓。
树深时见鹿，溪午不闻钟。
野竹分青霭，飞泉挂碧峰。
无人知所去，愁倚两三松。

七曲山，位于梓潼县，坐落于剑门蜀道风景名胜旅游区之南端，是川西北地区著名的风景名胜区。

幸蜀西至剑门

（唐）李隆基

剑阁横云峻，銮舆出狩回。
翠屏千仞合，丹嶂五丁开。
灌木萦旗转，仙云拂马来。
乘时方在德，嗟尔勒铭才。

剑门古蜀道，以剑阁古城为中心，向北至朝天峡（又名明月峡），南至绵阳市梓潼县演武镇。

秋下荆门

（唐）李白

霜落荆门江树空，

布帆无恙挂秋风。

此行不为鲈鱼鲙，

自爱名山入剡中。

天台山，位于"文君故里"——邛崃市，"山奇、石怪、水美、林幽"是天台山享誉中外的特色。

赠胡天师

（唐）武则天

高人叶高志，山服往山家。

迢迢间风月，去去隔烟霞。

碧岫窥玄洞，玉灶炼丹砂。

今日星津上，延首望灵槎。

皇泽寺，位于广元市西嘉陵江的西岸、乌龙山的东麓，隔江与广元城相望，是国内唯一的武则天祀庙。

念奴娇·断虹霁雨

（宋）黄庭坚

八月十七日，同诸生步自永安（即白帝城）城楼，过张宽夫园待月。偶有名酒，因以金荷酌众客。客有孙彦立，善吹笛。援笔作乐府长短句，文不加点。

断虹霁雨，净秋空，山染修眉新绿。

桂影扶疏，谁便道，今夕清辉不足。

万里青天，姮娥何处，驾此一轮玉。

寒光零乱，为谁偏照醽醁。

年少从我追游，晚凉幽径，绕张园森木。

共倒金荷家万里，欢得尊前相属。

老子平生，江南江北，最爱临风曲。

孙郎微笑，坐来声喷霜竹。

蜀南竹海，位于宜宾市境内、江安两县交界之处。蜀南竹海素以雄、险、幽、峻、秀闻名。

江月楼

（唐）薛涛

秋风仿佛吴江冷，
鸥鹭参差夕阳影。
垂虹纳纳卧谯门，
雉堞耽耽俯渔艇。
阳安小儿拍手笑，
使君幻出江南景。

简阳三岔湖，位于简阳市三岔镇，风景优美，号称"天府明珠"。

秋晚杂兴

（宋）陆游

置酒何由办咄嗟，
清言深愧淡生涯。
聊将横浦红丝磑，
自作蒙山紫笋茶。

蒙顶山，位于雅安市境内，山水秀丽，四季分明，大自然和历史缔造的自然景观和人文景观相融交汇。

夜雨寄北

（唐）李商隐

君问归期未有期，
巴山夜雨涨秋池。
何当共剪西窗烛，
却话巴山夜雨时。

诺水河，位于巴中地区通江县境内大巴山南麓与陕西省交界处，景区内可观景点达300余处。

西藏风光

布达拉宫

白水

冬宫高耸入峰巅，

万朵祥云映碧天。

不染纤尘朝圣殿，

转摇经筒悟参禅。

布达拉宫，位于拉萨市区西北的玛布日山（红山），是一座规模宏大的宫堡式建筑群。

桑耶寺

刘枫

你是无边寺

把无边收纳于有边

你是存想寺

凭勘破有为法无为法

酩酊大寰　不二法门

守门的人啊

且让我　卸下这千万里

仆仆风尘

从乌孜大殿开始

翻山蹈海　掌灯而行

桑耶寺，位于西藏山南地区的扎囊县桑耶镇境内。它始建于吐蕃王朝时期（公元 8 世纪），是西藏第一座剃度僧人出家的寺院。

纳木错

刘枫

多蓝呀，晕染了蓝天的脚踝

多蓝呀，氤氲了碧水的前额

多么蓝啊 念青唐古拉是蓝的

保吉山也是蓝的

多加寺和扎西多波切寺是蓝的

恰妥寺和古尔琼白玛寺也是蓝的

愠、怒、权、势也必须蓝

坐在那根拉山口看你

我的手足四肢也变得蔚蓝蔚蓝

任凭这无量蔚蓝，

沁透五脏六腑……

纳木错湖，是在中国仅次于青海湖的第二大咸水湖，也是世界上海拔最高的大型湖泊。

扎什伦布寺

白水

巍峨佛殿倚山嵘，
洁净麻条缓步行。
禅室密宗勤习练，
梵音入耳近神明。

扎什伦布寺，也称"吉祥须弥寺"，是西藏日喀则地区最大的寺庙。

然乌湖

刘枫

从伯舒拉到嘎布岗日
水波潋滟倔牛何所之？

从然乌湖边
到猿猴碰头山
美酒飘香，狡猴安在哉？

善战何须争
锅庄便是最好的对垒
康巴人的天籁无非——
越走越好
牛羊满山坡

然乌湖，位于昌都地区八宿县境内西南角，湖面的海拔高度为3850米。

羌塘草原

刘枫

云朵放牧着神话
歌谣是历史的家
是谁的璎珞谁的睫毛
那是赞神和年神的风马

马鞭一样的黑水河
灌醉羌塘的鲜花
纵骏马追星逐月
美少年探身挽起云霞

只有牛羊娴静地
同大地说着悄悄话
读经一般地
采撷新一篇那扎

羌塘草原，位于昆仑山脉、唐古拉山脉和冈底斯山脉之间。它不仅是野生动植物的天堂，同时也是一个具有丰厚沉积层的文化沃土。

海南风光

亚龙湾

白水

清波碧水戏鸥翔，
堤岸椰风送晚凉。
物换星移秋几度，
东坡入梦诧南荒。

亚龙湾，位于三亚市东郊。这是一个月牙形海湾，拥有7千米长的银白色海滩，沙质相当细腻。

椰子冠

（宋）苏轼

天教日饮俗全丝，美酒生林不待仪。
自漉疏巾邀醉客，更将空壳付冠师。
规模简古人争看，簪导轻安发不知。
更著短檐高屋帽，东坡何事不违时。

天涯海角，位于三亚市区西南23千米处，以美丽迷人的热带自然海滨风光和浓郁多彩的民族风情驰名海内外。

三亚猴岛缆车游

肖民华

悠悠往返似秋千，
遥阔双峰铁索连。
抓段彩云身上挂，
笑当天降活神仙。

猴岛，位于陵水县南约14千米处的南湾半岛。岛上生活着近2000只活泼可爱的猕猴，是中国也是世界上唯一的岛屿型猕猴自然保护区。

鹿回头观海景

忆宁

海上青山落日衔，
彗星观测赞非凡。
凝眸可见回头鹿，
远送清波亮白帆。

鹿回头山顶公园，位于三亚市西南端鹿回头半岛内，是登高望海、观看日出的绝佳去处。

五指山

白水

树萦万壑诉秋声，
异草奇花诱鸟鸣。
莫道雨林多变幻，
伸张五指向天擎。

五指山，位于海南岛中南部腹地，是海南岛海拔最高的山城。五指山周围群山环抱，森林茂密，是有名的"翡翠山城"。

海上观音

白水

崇高佛像仁空晴，
万顷波涛送梵声。
碧海云天盈法雨，
玉瓶甘露泽苍生。

海上观音像，位于三亚市，由三亚南山海上观音功德基金会发心敬建，巍峨壮观，堪称世界造像之最。

香港风光

登太平山
忆宁

大海连天水碧清，
太平顶上远涛声。
凌霄阁外斜阳里，
狮子亭前野鸟鸣。

太平山，位于香港岛的西部，海拔 554 米，是香港最高峰，也是香港最著名的游览胜地之一。

金紫荆花广场（新韵）
赵景华

荆花璀璨傍云开，碑入晴霄立壮哉。
一厦巍巍连地角，双旗冉冉映天垓。
江山回首迎风傲，日月明心载梦来。
揩净百年酸涕泪，炎黄崛起豁诗怀。

金紫荆广场，位于香港会展中心旁，为纪念香港
回归祖国而设立。

维多利亚港湾
王晓凤

我从赣水而来
一睹你的风采
离散多年的小妹
乡音未改

远望不眠港湾
比星空光璀璨
渡轮汽笛一声长鸣
喊出 我深深的祝愿。

维多利亚港湾是香港岛和九龙半岛之间的海港。由于港阔水深，
为天然良港，香港因此有"东方之珠"的美誉。

澳门风光

鹧鸪天 · 大三巴牌坊（新韵）

赵景华

劫难频频骤雨淋，依然倔强立孤身。

精雕圣母灵光显，细刻铜鸽旧事陈。

输鸦片，戮童真，侵疆掠海又殖民。

百年屈辱当铭记，遗迹从来励后人。

大三巴牌坊，位于澳门大巴街附近的小山丘上，是圣保禄大教堂的前壁，雕刻精细，巍峨壮观。

七子之歌 · 澳门

（民国）闻一多

你可知"mu-cau"不是我的真名姓？

我离开你的襁褓太久了，母亲！

但是他们掳去的是我的肉体，

你依然保管着我内心的灵魂。

三百年来梦寐不忘的生母啊！

请叫儿的乳名，叫我一声"澳门"！

母亲！我要回来，母亲！

妈祖阁，即妈阁庙，位于澳门半岛西南，是澳门著名的名胜古迹之一。

澳门

（清）屈大均

广东诸舶口，最是澳门雄。

外国频挑衅，西洋久伏戎。

兵愁蛮器巧，食望鬼方空。

肘腋教无事，前山一将功。

大炮台，又名圣保禄炮台、中央炮台或大三巴炮台。大炮台坐落在大三巴牌坊一侧，是澳门主要名胜古迹之一。

台湾风光

复台

（明）郑成功

开辟荆榛逐荷夷，
十年始克复先基。
田横尚有三千客，
茹苦间关不忍离。

郑成功祠，位于台南市东，又称延平郡三祠、开山王庙，是为纪念郑成功而建的祠庙。

台北故宫博物院

赵景华

宏伟馆阁对我开，
铜青玉秀古籍怀。
问君绝品有多少，
若见风云四壁来。

台北故宫，位于台北基隆河北岸士林区外双溪，是台湾省规模最大的博物馆，也是研究古代中国艺术史和汉学的重镇。

梦与诗

（民国）胡适

都是平常经验　都是平常影象
偶然涌到梦中来
变幻出多少新奇花样

都是平常情感　都是平常言语
偶然碰着个诗人
变幻出多少新奇诗句

醉过才知酒浓　爱过才知情重——
你不能做我的诗
正如我不能做你的梦

胡适公园，位于台北市南港区南港研究院路两侧。

台湾八仙山
白水

君问何方觅八仙，
玉山远眺见峰巅。
溪流幽谷风凉处，
头枕闲云自在眠。

八仙山，位于台中县和平乡，四周群山环抱，林木苍翠，昔日为台湾三大林场之一。

台湾阿里山
孙绩元

车在河边向上行，忽闻犬吠过村坪。
撑天浓翠三秋树，贴地微黄十月英。
路转峰回泉瀑响，云蒸霞蔚雾岚萦。
走来阿里郎和女，未若歌中动客情。

阿里山，位于嘉义县阿里山乡。阿里山共由18座山峰组成，是玉山山脉的支脉，也是台湾著名的旅游风景区。

水沙连
（清）黄叔璥

湖中员屿外重溪，三跨横藤人自迷。
此境若非番社异，武陵洞口认花溪。

台湾日月潭
白水

环湖叠嶂写云烟，日月衔波碧映天。
白鹭惊飞堤岸外，桃花灼灼向人燃。

日月潭，位于南投县鱼池乡境内，是台湾最大的淡水湖泊，也是最美丽的高山湖泊。

101大楼感赋

白水

雾绕云腾上翠楼，

重阳海岛旅人愁。

天梯千级登峰顶，

望断乡关七百州。

101大楼集办公大楼、观景台和购物中心于一体，是台北市的地标性建筑。

太鲁阁大峡谷

孙绩元

车往花莲雨水淫，穿行峡谷客惊心。

危崖何止三千丈，玉瀑高悬一万寻。

潭底轰鸣飞雾白，峰腰苍翠接天阴。

山来欲倒前途断，此刻诗人不敢吟。

太鲁阁国家公园，位于台湾岛东部。太鲁阁国家公园的特色为峡谷和断崖。另外，园内的高山保留了许多冰河时期的孑遗生物，如山椒鱼等。

澎湖杂咏

（清）周凯

人人海底作生涯，双眼红于二月花。

最怕北礁礁畔过，雄关铁板锁长沙。

澎湖列岛，位于台湾海峡上，是台湾第一大离岛群。总面积约为128平方千米，由90个大小不同的岛屿组成。

高雄爱河

白水

往返游船似织梭，
灯光水影漾清波。
高雄夜色多妍丽，
情侣成双步爱河。

爱河是高雄市最具文化特色的河流，入夜后的河岸在街灯的照耀下雅致迷人，漫步其间，很富情趣。

离台诗

（清）丘逢甲

宰相有权能耕地，
孤臣无力可回天。
扁舟去作鸥夷子，
回首河山意黯然。

日月潭文武庙，是位于南投县日月潭北边山腰处的一座文武庙。

鹅銮鼻即兴

李德身

驻足台湾最最南，
风涛卷雨兴犹酣。
中华大地鹅銮鼻，
三面向阳天际蓝。

鹅銮鼻，位于台湾省最南端，为台湾八景之一。园内珊瑚、礁石、灰岩地形遍布，怪石嶙峋。灯塔为公园的标志，已列为史迹保存。

风乎舞雩咏而归
——论白水先生山水诗

孔灏

　　登高而赋，是文化传统，也是诗家性情。南朝梁时刘勰的《文心雕龙·神思》有谓："登山则情满于山，观海则意溢于海；我才之多少，将与风云而并驱矣。"我市"70"后诗人白水先生（先生生于1943年，今年七十有余，乃自号"70"后也），工作之外唯以诗词创作和寄情山水自娱，足迹行遍了祖国的名山大川：曾携酒独走于铁马秋风之冀北，曾伴友同游于杏花春雨之江南，曾三上黄山，更曾五登泰山，至七十又五之年又仅以一己之体力爬上了华山主峰。其意兴遄飞之际，同时还创作出大量优美的山水诗词，终至集天下美景为皇皇巨册，汇人生阅历于字里行间，令读者一阅之下，顿生遗世之情，乃"不知有汉，无论魏晋"矣！

一、主题超拔，视野雄阔而境界全出

　　王国维先生《人间词话》开篇即道："词以境界为最上。有境界则自成高格，自有名句。五代、北宋之词所以独绝者在此。"然则，"有造境"，"有写境"，有"有我之境"，有"无我之境"，"故能写真景物、真感情者，谓之有境界。否则谓之无境界"。所以，对于某一首具体的诗词而言，有无"境界"，端在诗词的主题和视野。比如白水先生《清平乐·关东万里行》写："人生易老/莫让心衰老/踏遍青山精神好/万里风云凭眺//老汉白发葱茏/只身北上关东/笑看长白山峰/经霜枫叶正红。"此"有我之境"也！但是，从"踏遍青山精神好，万里风云凭眺"，到"笑看长白山峰，经霜枫叶正红"，恰好是由内省而外观，一方面是白发葱茏、目视天下，一方面却又枫叶正红、英气勃发，顿使全词之格调为之提振，动人心旌。又比如其《北岳恒山》诗："百岭千峰立太行，石阶栈道浸寒霜。青松古柏烟霞里，几片闲云抱夕阳。"此"无我之境"也！但是，万千峰岭也罢，古柏烟霞也罢，因了"几片闲云"对于"夕阳"之一"抱"，顿时使无情之山河亦如有情之众生，"此间有真意，欲辩已忘言"。再如其《七十五岁登西岳华山》诗："巅峰峭壁入云端，古柏奇松浸月寒。皓首石阶登万步，苍龙岭上我凭栏。"不论是"入云端"，还是"浸月寒"，又或者"登万步"，又或者"我凭栏"，其实都是说的一句"七十五岁登华山"。但是，诗词唯其如此写，才能使审美主体在与审美客体的互动之中，打通两者之间的隔膜，让"真情"成为"真景"，让"真景"成为"真情"。如此，也才能突出主题，"境界"全出。

二、意出象外，张弛有度而情怀尽现

《易传》在中国美学史上首次提出了"意""象"之说："圣人有以见天下之颐，而拟诸其形容，像其物宜，是故谓之象"；"象也者，像此者也"；"圣人立象以尽意"……"象"，指具体可感的形象；"意"，指思想、情意。"象生于意，故可寻象以观意。"（王弼《周易略例·明象》）但是，观白水先生山水诗，却往往可见其"意"出"象"外，充分展示了汉语诗歌的诗意思维之美、诗意情怀之美。诗人写《天下第一关·剑门关》："雾黯秋深月色残，巉岩峭壁剑门寒。飞梁缘阁依天险，到此方知蜀道难。"不是"月""残"，而是"月色残"；不是"剑""寒"，而是"剑门寒"。读者自可作"炼字""炼句"看，然而说到底，却还是诗人"炼意"的功夫。诗人写《关中之关·武胜关》："鸡公山下锁咽喉。镇鄂雄关筑战楼。乱世风云烟尽处，飞驰高铁越中州。"在鸡公山下，古战楼前，那乱世云烟散尽之处，则见一列高铁飞驰而过！于是，历史的慢，时代的快，人世的沧桑，尽在短短的四行诗中。诗人写《九塞之首·雁门关》："千秋关隘立嵯峨，故道荒台战事多。雁月楼头青石板，条条垒起旧山河。"起句有如宏大叙事，二句继续正面铺陈，然到了三句，仅仅重点突出"雁月楼头"之"青石板"，为的是：正是它们，"条条垒起旧山河"！在意料之外，又在情理之中，发人深思，令人警醒。

三、思接万里，直指当下而见地真切

"诗中有画，画中有诗"是中国古代优秀山水诗的特点之一。但是，山水诗中的画意如果缺少了思想和情感的支撑，那么往往是苍白和没有感染力的。当代美学家叶朗先生说："中国古代山水画家喜欢画'远'，高远，深远，平远……同样，中国古代诗人也都喜欢登高望远，屈原、阮籍、左思、李白、杜甫都写过登高望远的诗。登高远望是为了从有限的时间空间进到无限的时间空间，从而引发一种人生感和历史感。"在洞庭湖上，诗人坦言："苍茫云梦接天河，往返渔舟锦上梭。远影君山临薄暮，夕阳轻拨洞庭波。"以地上的云梦与天上的银河相汇合，让人间的渔舟在天女的锦绣上来往穿梭，而此时，傍晚的

　　君山正在薄暮中投下自己的倒影，那夕阳西下，也好像正在轻拨洞庭湖的清波……在峨眉山上，诗人坦言："重上峨眉赏月光，清风缕缕入松房。只缘碌碌修行少，愧对名山一炷香。"面对松间之清风，面对峨眉之佛光，诗人把自己一生的修行放在菩萨的慈悲智慧面前，深深地惭愧于在名山之上自己的一炷心香……

　　在黄鹤楼上，诗人坦言："黄鹤楼台话九州，楚天纵览越千秋。历朝权贵尘埃尽，当代名人竞出头。岂任贪官财敌国，难为百姓稻粱谋。河山无限烟云里，风雨连江向晚舟。""岂任"一句，固然义正词严，可是"难为"一句，偏又义愤难当……湖上、山上、楼上，方位各有不同，可是其思接万里的情感却内在相通，同时，均能关照现实，并且见地真切，各有非常清晰的明暗之喻。

　　两千五百年前，大思想家、教育家孔子听几个学生谈志向：有说志在治理国政的，有说志在代表国家办理外交的，孔子听了，均不以为然。最后，他的学生曾点说：我的志向，和刚才几位同学有所不同。那就是："暮春者，春服既成，冠者五六人，童子六七人，浴乎沂，风乎舞雩，咏而归。"在那暮春时节，穿上春衣，约上五六个成人，带上六七个小孩，在沂水中游泳，在舞雩台上吹风，最后，一路唱着歌回家——这是讲，即使是非常短暂的山水游历之中，也需要有一座舞雩台：供你极目四野，供你迎风振衣。最后才能"咏而归"。

　　对于白水先生而言，他的"舞雩台"可能是一座山，可能是一片海，或者可能是一幢楼，可能是一条江……但那"舞雩台"的高度却只能是他的思想、情感以及对天地人生的哲学思考和深刻感悟！如此，当生活的长风、岁月的长风，或者喜怒哀乐的长风吹来时，诗人自可以"手挥五弦、目送飞鸿"，以一种永葆青春的节奏："咏而归"……

作者简介：

　　孔灏，江苏连云港人，中国作家协会会员，连云港市评论家协会主席，连云港市诗歌学会名誉主席。于20世纪80年代习诗，并在国内各大诗歌刊物发表作品，有作品入选高中语文教辅读本和多省市高考模拟试卷作文材料。参加过《诗刊》第二十二届青春诗会，作品入选中国作家协会"二十一世纪文学之星"丛书。著有诗集《漫游与吟唱》《小情怀》《一枝花》等，在《苍梧晚报》开设"孔灏国学随笔专栏《千江有水》"。曾获第七届华文青年诗人奖、江苏省第四届紫金山文学奖、第三届郭沫若诗歌奖、第一和第二届花果山文学奖和首届花果山文化奖等。

后 记

张成杰

前年编撰的中华名胜指南《诗意中华》，发现还存在一些谬误，排版也不尽人意，总感觉有许多遗憾，遂想将其重新编撰。

经过半年多终于脱稿，并与北京鸿儒文轩文化传播有限公司商定，委托其出版发行，书名定为《锦绣中华》。书名中涵盖着两个方面的内容：一是中华广阔秀丽的山海自然景观，二是中华源远流长的人文精神。所以，这次编撰的《锦绣中华》不仅是中华名胜指南的山水诗集，更是介绍我国几千年诗歌发展及展现中华人文精神的历史长卷。

中国是诗歌的国度，有着悠久的诗歌传承。在历史长河的画卷中，曾涌现出众多著名的诗人和优秀的山水诗歌诗篇，点亮了中华文明之灯塔。

但山水诗并不是中华诗歌的全部，甚至在汉代以前还没有真正意义上山水诗。像在先秦的《诗经》和《楚辞》中，也有描写山水风景的诗句，如"昔我往矣，杨柳依依；今我来归，雨雪霏霏"。但这些只是处于内容上的从属地位，并未当作独立的山水审美对象来歌咏。

山水诗自魏晋时期才开始出现。我国第一首山水诗，出自建安时期"三曹"之首的曹操所写的《观沧海》。而后山水诗的鼻祖谢灵运、谢朓、陶渊明以及唐朝李白、王维等紧步其后尘，以歌咏山水为乐，创作了许多清新亮丽，别具风采的山水诗。

《锦绣中华》旨在展示中华民族诗歌源远流长的深度与广度，弘扬我国历史久远的中华诗歌和人文精神。这是有别于其他山水诗歌集之处。所以本书在介绍名人名居、纪念堂馆及墓园中，首选是其场所本人的作品，其次才是后人的纪念诗词。因为只有了解其本人的作品所表达的思想情感，才能更真实地感受他的精神面貌。

在这次编撰中，特聘请著名诗人王君敏先生、市诗词楹联协会郑威副会长、江苏海洋大学丁建江教授、市师范专科学院张永义教授、著名诗人李银清先生和诗人王建美女士、武明星女士为本书编选。他们对本书的编撰做了大量的工作，付出了艰辛的劳动，向他们表示最由衷地感谢！尤其是郑威先生在身遇伤痛期间仍每天不停为本书查缺补漏，让人非常感动，向他表示深深的敬意！著名作家宋文戈老师为本书进行认真的勘误，对此表示衷心的感谢。

　　我国著名诗人孔灏先生、王君敏先生在百忙之中为本书作文写序，给本书增添许多亮点，市诗词楹联协会副会长、清韵诗社社长赵春女女士为本书组稿、选稿做了很多工作，在此向他们表示由衷的感谢！

　　由于编者的水平所限，加之时间仓促，疏漏谬误之处在所难免，恳请专家、学者批评指正，不胜感激。

二〇二〇年秋

编者简介：

　　张成杰，江苏连云港人，1943年生于长沙。笔名老山泉，白水。中国诗歌学会会员，江苏省作家协会会员，连云港市诗歌学会首任会长，入选中国诗人大辞典。20世纪60年代开始诗歌创作，作品散见于《诗刊》《星星诗刊》《雨花》《扬子江诗刊》等国内各类刊物，并入选国内多种版本诗选集。多次在国内报刊征文中获奖，获连云港市首届政府文学奖。出版诗集《走进秋天》《墙头草》《老山泉诗选》，主编《山水连云港》《山海连云》《诗意中华》等。